古典詩歌研究彙刊

第四輯

龔鵬程 主編

第 5 冊

魏晉詠史詩研究

黃 雅 歆 著

俊逸鮑參軍
——南朝元嘉三大家之鮑照詩研究

陳 敬 介 著

國家圖書館出版品預行編目資料

魏晉詠史詩研究 黃雅歆著／俊逸鮑參軍——南朝元嘉三大家
之鮑照詩研究 陳敬介著 — 初版 — 台北縣永和市：花木蘭文
化出版社，2008〔民 97〕

序 2+ 目 2+114 面＋目 2+142 面；17×24 公分
（古典詩歌研究彙刊 第四輯；第 5 冊）

ISBN 978-986-6657-35-1（精裝）

1.（南北朝）鮑照 2.詠史詩 3.詩評 4.六朝文學
820.9103 97012115

ISBN - 978-986-6657-35-1

9 789866 657351

古典詩歌研究彙刊
第四輯 第 五 冊 ISBN：978-986-6657-35-1

魏晉詠史詩研究
俊逸鮑參軍——南朝元嘉三大家之鮑照詩研究

作　　者 黃雅歆 陳敬介
主　　編 龔鵬程
總 編 輯 杜潔祥
出　　版 花木蘭文化出版社
發 行 所 花木蘭文化出版社
發 行 人 高小娟
聯絡地址 台北縣永和市中正路五九五號七樓之三
　　　　 電話：02-2923-1455／傳真：02-2923-1452
電子信箱 sut81518@ms59.hinet.net
初　　版 2008 年 9 月
定　　價 第四輯 20 冊（精裝）新台幣 28,000 元 版權所有‧請勿翻印

魏晉詠史詩研究

黃雅歆 著

作者簡介

黃雅歆

台大中文系畢業、台大中文研究所碩士，碩士論文《魏晉詠史詩研究》。

輔大中文所博士，博士論文《清初山水詩研究》。

現任國立台北教育大學／語文與創作系所專任副教授。

提　　要

　　詠史一題雖自東漢班固揭櫫而起，實至魏晉時期才蓬勃發展。蓬勃之因與魏晉當代之政治、學術背景密切相關；其發展過程亦非僅因自班固詠史的開創，更承襲了先秦詩歌的傳統精神。詠史詩之發展脈絡有二：一是以班固〈詠史〉為典型，詠一人一事，述、贊分立的基本模式；二是承先秦詩歌「以史抒情」之傳統而來，基本形式為合多人多事於一主題下為詠，擇取史事片段情境而用。此二線各具典型而不相混，二者融合而樹立了詠史一體在文學史上的獨特地位。

　　本論文以魏晉時期詠史詩為研究對象，一方面探討此一新興詩體的性質、範圍、誕生環境及淵源；另一方面針對魏晉詠史詩的發展脈絡及形式演變、精神風格分別析論，並論其影響與價值，以俾接續唐代詠史詩之發展，冀能在文學史的討論上提供一點助益。

　　論文大綱如下：一、緒論。二、魏晉詠史詩的誕生機緣。三、魏晉詠史詩之發展與型態。四、魏晉詠史詩的情志與風格。五、左思的詠史詩。六、魏晉詠史詩的評價與影響。七、結論。

目 次

自 序

　　魏晉六朝在政治上是動亂頻繁的，而這混亂的時代卻正是我國純文學發展的黃金時期。尤其是在詩歌發展上，各種詩體的醞釀成形，藝術技巧的開創與進步，更居後代詩歌發展的奠基之功。在朝代更迭，表面平靜、內含不安的時代下，文人們內心多有深刻的身世之感，其心靈世界亦值得探索。於是，筆者自接觸中國古典文學以來，即對六朝時期文學極感興趣，至進一步研讀後，更覺內容豐富，值得鑽研。

　　本題之撰寫即在前述之基礎上，並起源於與陳鴻森先生討論時所獲之建議。之後筆者再次研讀六朝詩，並觀其後詩歌之發展，確知詠史一體爲我國詩歌發展史上重要的旁支。其雖非詩壇之主流，然自魏晉蓬勃發展以來至清而未絕。詠史一體實有著存在的意義與價值，其獨有的風格與誕生背景亦與詩人所處之時代與學識密不可分，在中國詩歌中是極獨特的。魏晉時期爲詠史一體之奠基期，亦樹立了此期詠史詩的特有風格，在文學史與作品本身的價值上皆深具意義。唯前人論此著作甚少；或有論詠史而未著眼其詩體萌芽至成熟的發展過程，或有論魏晉詠史而未成專著者。故筆者始擬以魏晉詠史詩爲題，爲此不容忽視的詩體廓清其源流與發展脈絡，以俾接續唐朝以後日成江河的詠史作品。

　　本題撰寫之初，得齊師益壽早年研究之啓發，並得林師文月資料的援助與鼓勵；撰寫其間，更獲葉師慶炳悉心的指導與幫助，使論文得以完成；在此致上最深的謝意。若有學力未逮之處，容或日後研究再予補充修訂。

中華民國七十九年五月黃雅歆謹識
於國立台灣大學中國文學研究所

第一章 緒 論

第一節 引 言

一、研究動機與目的

　　中國詩歌進入六朝，是個萬苗滋長的時期。詩歌逐漸脫離了民歌色彩，成爲具有個人風格的文人作品。在這段時期，詩歌的內容與形式皆得到極大發展，各種題材的開拓，句式長短的試驗變化、形式技巧與音韻的講求等等，甚至於文士寫作的各種不同心態與立場，在這三四百年間〔註1〕，都已清楚的顯現出來。

　　玄言詩、遊仙詩、擬古詩、山水詩、田園詩，以及詠物、宮體詩等，皆是在六朝時期所蘊育出的、具有獨特內容指稱的各類詩體。而詠史詩亦與前舉數類詩一般，在詩歌發展上，是具有獨特意義的一個詩類。

　　詠史詩之名雖由班固所揭櫫——班固詠史詩以緹縈救父一事爲

〔註1〕自曹丕建魏（西元220）至南朝陳國滅亡（西元589）止，共三百六十九年。歷史上所稱六朝，是指建都於建業之吳、東晉、宋、齊、梁、陳等六國。然而，文學史上的劃分却不能應歷史標準來區分；事實上，魏晉以至南朝四國，在文學發展上有著密不可分，一脈相承的關係，此可謂文學史上所稱「六朝」之意涵。

詠。而事實上，以歷史人物或事件爲詠爲嘆的詩作，要在魏晉時期才大量產生。魏晉文士所作「詠史詩」，大抵不脫班固詠史詩作的形式，以囊括史事爲全詩主體，詠嘆部分僅僅點到爲止；直至左思詠史詩的出現，才使詠史詩跨入新的境界，確立了「詠史」一體在文學史上的價值。詠史詩可說是出於魏晉成於魏晉的一個詩體，而更重要的是，「詠史」一體自確立之後，從唐宋至明清始終行而未墜，迭有開拓。唐代懷古、覽古詩的出現，可視爲詠史詩之同一脈絡；宋詩重議論，詠史詩便展現了哲理色彩；甚至在古典詩詞衰退的元明二代，詠史詩仍大量的產生，詠史詩在文學史上從來不是主流，但卻一直持續著、發展著，顯示著某種存在的「需要」，這種「需要」顯示著文人與時代，文學與歷史之間的關係，因此探討詠史詩產生的原因及發展過程，便有文學史上的意義。

前段所述詠史詩，是以班固詠史爲立足點，以〈詠史〉詩一題出現爲始，往下討論以詠史爲題之詩作；然而，若要全面探討詠史詩的發展，則必須拋棄詩名的侷限。雖然以詠史爲題的詠史詩是自班固揭示，至魏晉時期大量出現，但事實上，魏晉許多非題爲詠史的詩作內容，與歷史事件亦緊密相關，同樣是詩中詠嘆的主題，這些詩作之類型却不似承自班固而來。再仔細往上推敲，其實以歷史人物、事件爲詠嘆的創作手法，是極早便存在的了。可追溯至《詩經》以及《楚辭》中的某些篇章〔註2〕。借古人前事而言己意，是中國文學抒情傳統裡的常見筆法，以史抒情的方式可視爲後來詠史詩的先驅，它早在班固詠史詩出現之前就已經存在了。但是，這並不表示班固詠史詩的出現僅僅只是提供了一個「詠史詩」的名字而已。事實上，班固的〈詠史〉樹立了一種特有的形式，僅管鍾嶸批評它「質木無文」〔註3〕，魏晉

〔註2〕在《詩經》的雅、頌部分，如〈文王有聲〉、〈公劉〉、〈文王〉、〈生民〉等篇，皆言及商周祖先及歷史傳說，歌頌詠嘆。屈原的〈離騷〉、〈天問〉中，則引用了歷史人物、事件傳說，借古諷今，借史抒懷。詠史並未成爲作品的主體與創作目的，但可視爲詠史詩發展之先驅。

〔註3〕鍾嶸《詩品・序》：「東京二百載中，惟有班固詠史，質木無文。」

時期出現以詠史爲題的詩作大多無法脫離班固的形式，彷彿「詠史詩」已有一個典型，這個典型以班固的詠史詩爲依歸。

　　而以史抒懷的傳統仍然持續著，與班固詠史詩並存，在魏晉時期也有了更大的發展，它發展的空間與自班固詠史詩出現之後，以詠史爲題的詩作，似乎是兩條脈絡；而這「有實無名」的詠史詩，實際上卻有著淵源深遠的文學傳統。兩條脈絡在魏晉時期結合，使得詠史詩邁向一個新的境界，左思的詠史詩便是其中最大的功臣，他確立了詠史一體在文學史上的獨特地位。

　　詠史詩的發展與確立，魏晉時期是一個關鍵的時代，它爲何在魏晉時期如此的蓬勃，亦是值得探討的課題。再者，「詠史始自班固」的觀念可有再加補充與說明之處；而詠史的出現，往往便是文人對時代的關切或自身立場的告白，令人動容。因此，筆者選擇魏晉詠史詩爲題詳加考察，冀能在中國詩歌史的討論上提供一點助益。

二、研究範圍與大要

　　詠史詩的大量出現是始自魏晉時期，其發展、變化與成型，直至左思詠史締造的高峯，也在魏晉時期。本論文所欲探討的範圍即在這詠史詩奠基的階段，時代以魏晉時期爲主，考察當時詩作的內容及背景，進一步分析詠史詩產生的因素以及發展的過程、特色；往上兼論其源流，往下論其影響，以俾與唐代詠史、懷古詩接續。

　　詩作取材以逯欽立所編校之《先秦漢魏晉南北朝詩》〔註4〕爲主，並輔以其他相關資料。研究方式則先以縱觀詠史詩之脈絡，逐一分析其演變情形與形式特質；再以橫論魏晉詠史詩的內涵，綜合討論。本論文之研究大要如下：

　　「詠史」二字看似明白易曉，其實何詩可稱之爲「詠史詩」卻有待說明。蓋「史」字易明，「詠」字則可生多重認定，前人亦多有討

〔註4〕此書蒐校較丁福保《全漢三國晉南北朝詩》爲詳，而偶有見於丁書未見於逯書之詩，故互爲參用。

論。本論文第一章緒論之第二節即作問題的釐清。分析前人的說法與觀點，試提出合理的解釋，以適於進行本題的討論。近代學者對詠史詩的發展與特質亦有不少研究成果，本節亦將做概略性的介紹，同時亦提出本論文之分類標準，說明筆者的著眼點和理由。

第二章分析魏晉詠史詩的誕生機緣。任何一種詩體的產生、盛行，皆與時代背景相關，詠史詩亦不例外。但不同的是，詠史詩雖流行於魏晉時期，却未成爲文學主流；它特殊的性格，和文士創作之間的關係，透過時代背景的分析，可清楚的呈現出來。本章擬分爲三節，從政治、社會的變遷、史學的發展，以及文士內心的苦痛，與詠史詩本身應運而生的獨特性質，建構魏晉詠史詩的誕生環境。

第三章進入魏晉詠史詩的本題。如前文所述，筆者認爲魏晉詠史詩可分兩條線索來考察。其一自是以班固詠史詩爲首；班固開詠史一名，詠史詩也有了一個簡單的模式──史事十贊語〔註5〕，這其實也正是史傳的撰寫方式，將在後文詳加討論。這種模式在魏晉詠史詩中持續著，一直到左思詠史詩才有轉變。而其實左思詠史的別開新境是有跡可循的，這就必須論及「以史抒懷」的文學傳統；這條脈絡存於中國文學的血源裡，它並不在「詠史」的名下發展著。而詠史詩是不是該以班固的作品爲「正」，不同於班固的則爲「變」〔註6〕──因爲詠史之名畢竟是由班固而起的，這亦爲爭論焦點。了解詠史詩的兩條線索有助於釐清詠史詩的糾葛，筆者嘗試給它一個架構，一一分析其形式、精神。爲了使架構更爲突顯，並不做細微的分類；先分論這二條脈絡各自的發展過程及特色，繼論二者之間的關係。至於脈絡如何劃分界定，詩作取捨的理由，亦將討論於本章之中。而魏晉之前詠史

〔註5〕班固詠史詩以五言作。全詩十六句，僅後二句發爲喟嘆，前十四句完全依緊縈史事濃縮成詩，交待其事之來龍去脈。

〔註6〕何焯《義門讀書記》文選卷二：「詠史不過美其事而詠嘆之。檃括本傳，不加藻飾，此正體也；太沖多自攄胸臆，乃又其變。」何焯善立「正」、「變」之言，亦論遊仙詩：「何敬祖遊仙詩，遊仙正體，宏農其變。」

詩發展狀況亦於本章第一節中陳述。

　　第四章探討魏晉詠史的情志與風格。魏晉詠史詩有其誕生的獨特背景，也有其不同於文學主流的獨特詩風，但亦無法脫離當代主流文學之影響。而此期詠史詩之風格以詠史抒懷爲重點，作者個人的情志精神左右著詠史的內涵，是魏晉詠史詩重要價值之所在。本章即以詠史詩體著眼，進行主題分析與性質討論。

　　魏晉詠史的二條脈絡是論其發展的過程，而二者之合流實爲「詠史」一體在魏晉時期之重要階段，左思無疑是其時之重要詩人，由於地位特殊，本論文將於第五章專章討論左思的詠史詩。因左思個人精神的展現，以及詠史詩體發展的逐漸成熟，使詠史詩不論在形式、義蘊乃至創作技巧各方面，都得到極大的開展，具有重要的意義。

　　第六章爲魏晉詠史詩之評價與影響。詠史詩在魏晉時期奠基，後代迭有發展，隨著各代詩風的轉變而多樣化。歷代詩話、詩論中存有不少關於「詠史」一體的評論；本章第一節即歸納前人評論觀點，討論詠史詩的評價，並對詩體之「正」、「變」觀念再探討。第二節以左思爲主，論魏晉詠史詩的影響，第三節則小論六朝詠史詩的發展情形。

　　第七章結論，做爲本題研究之總結。後附參考書目。

第二節　詠史詩之界定與問題澄清

一、義　界

　　詠史二字乍看之下很容易明白，然而進一步探索，僅是「史」的範圍，就十分廣泛；而如何「詠」，才叫詠史，也是個不易劃分的問題。「史」之所指爲歷史殆無爭議，如前節所述，詠史是以詠歷史人物或事件爲主的。而詠史的對象，除了正史的人事外，尚應包括了野史與傳說。

　　詩人們詠史，雖有些僅止於歷史的複誦，而大部分或多或少都脫離不了「以前人酒杯澆心中塊壘」的色彩。或藉此提出自己的追求典

型，或表達無法明言的心情與意見，或以前人為自己的代言體；因此，選擇詠嘆的對象，多半是要形象鮮明，亦要普遍易曉，至少是為當時人所知的。那麼野史中的王昭君故事〔註7〕、傳說中的仙人王子喬，以及神話故事的刑天與精衛等，都可成為詠史的對象。

中國史學的發展到魏晉時期有了重大的轉變，關於「歷史」，魏晉人士有不同的看法。

時代的動亂，使傳統的價值與舊有的秩序都將面臨考驗，為了尋求未來的方向，此時的知識份子通常有著強烈的時代感，激使他們對歷史的探索，造成史學發展的高潮。魏晉正是這樣的一個時代，在文學與史學發展上皆是關鍵時刻。

關於魏晉史學的變革此不贅述，值得得注意的是，在魏晉史學作品的眾多形式裡，「最足以表現魏晉史學特色的是雜傳」〔註8〕，而「在魏晉雜傳中，最能突出這個時代史學特色的就是志異傳記，這一部分志異作品在唐宋以後劃入小說。但在魏晉時代卻被視為真實的存在而進入史學的範圍」〔註9〕。這自然是與儒家的衰退、玄學興起有密切關係，但也正可由此看出魏晉時人對「史」的認定，異於一般。

因此，詠史之「史」不必拘泥於正史所載。

雖然以詠史為題，是起自班固的詠史詩，魏晉時期亦大量產生以詠史為題的詩篇，但僅依詩題來分辨詠史詩却是不可行的。當然，題為詠史者即為詠史詩是不容置疑的；但若二詩除了題目有異之外，於形式、主題及構想上皆具共同特質，則無須也無法去強制區分。就簡單以「詠史」本質為「詠嘆歷史人物或事件」的觀點來考察，所謂「詠

〔註7〕 王昭君事蹟原見於正史，《漢書・匈奴傳》、《後漢書・南匈奴傳》中皆有記載。但至《西京雜記》中乃有誅畫工之說，以及毛延壽的出現。後則再經文人筆墨、小說彈唱家之敷衍渲染，加入動人情節，遂成廣泛流傳之昭君故事，已非正史原貌。

〔註8〕 逯耀東先生所著〈魏晉史學的思想與社會基礎〉一文，《中華文化復興月刊》八卷六期。

〔註9〕 同註8。

史」之作，便不僅存於以詠史爲題的作品中，而且數量上可能更多。最重要的是，這些「詠史詩」，彼此間互相交流、影響，事實上是不可分的。

而何者爲「詠」史呢？

歷來對詠史的定義多有討論，大陸學者降大任先生認爲「詠史詩是中國古代詩歌中作者直接歌詠歷史題材，以寄寓思想感情，表達議論見解的一個類別」〔註10〕（句中圈號爲筆者所加）。提出詠史詩的三個要件：直接歌詠、寄寓情思、表達意見。而蔡英俊先生亦下定義爲：「詠史詩是藉著歷史事件或人物做爲詩歌作品的敘述對象（也就是詩的題材），而表達作者個人對歷史事件或人物的觀感。」〔註11〕以此與降大任先生所言相較，蔡先生所指詠史之詠，似乎較侷限於所敘述的歷史事件內，針對所詠史事表達觀感，有沒有藉古喻今是不得而知的。但觀其後所收詩作中，則可見其意與降大任所言「寄寓思想情感，表達議論見解」相去不遠，這些定義大致說來是不誤的，但是還有些問題必須加以說明。

所謂「詠」史，史事與詩的關係應是密切的，它不一定要被明白的直敘，所代表的意義可以被引申，或被重新詮釋；表現方式可富新意。作者可引史書評述爲己意，亦可提出翻案之語，或藉古論今，這即是「詠」，同時也是使詠史詩更具意義的重要部分。如南朝詩人庾信一首〈王昭君〉，雖以王昭君爲全詩主角，但是其重點在於王昭君出塞時之神情、姿態、服裝，無關史事，亦無感嘆；主要是以眼前婦女之美態幻想歷史美女之丰采，詠史的味道就很淡了，反而更近於當時流行的宮體詩。

〔註10〕見降大任先生所著〈試論我國古代詠史詩〉一文（《詠史詩註析》附錄，山西人民出版社）。所謂「直接歌詠歷史題材」之「直接」二字實有待說明。觀其文中所指，直接歌詠，即爲正面敘詠歷史題材之意。直接與間接有關手法之運用，與正面歌詠史事之所指有別，須加以區分。

〔註11〕見《興亡千古事》一書前言。

　　再者，詠史與用典之間的區分亦需澄清，特別是在左思詠史詩中，有些史事似乎僅在詩中驚鴻一瞥〔註12〕，與所謂「直接歌詠歷史題材」，或歷史事件應是詩中主體的詠史詩本質似有相悖。關於此點，降大任先生有簡要的區辨：

> 古典詩歌創作中的「用典」，與詠史詩也需分清。古詩用典，大多關涉古人古事，有的詩幾乎通篇用典，但並非詠史詩。因爲「用典」是創作手法問題。詠史詩却是指古詩的一種類別，與是否用典，是性質不同的兩碼事。〔註13〕（文中圈號爲筆者所加）

他更引金代元好問二首詩來加以說明〔註14〕。

　　實際進行詠史詩的擇取時，這樣的觀念有很大的幫助，譬如李陵錄別詩中一首：「鍾子歌南音，仲尼歎歸與。戎馬悲邊鳴，遊子戀故廬。陽鳥歸飛雲，蛟龍樂潛居。人生一世間，貴與願同俱。身無四凶罪，何爲天一隅。與其苦筋力，必欲榮薄軀。不如及清時，策名於天衢。」首二句雖以鍾儀與仲尼離鄉望歸之情爲引，然其詩主題並非在詠二人之事，並非以其精神事跡爲主題，乃在以引起自身之感嘆，鍾儀與仲尼只是作爲「遊子戀故廬」主題的歷史典故，詩之發端而已。所謂「戎馬悲邊鳴」，扣合的是李陵的處境，與鍾儀和孔子無關。

　　至如左思詠史，其題爲詠史，實已明白揭示其詩主題是詠史，他在詠史之題的規範下作自由的創作，無論如何皆不可否定其爲詠史之

〔註12〕如左思詠史第八，僅出現「蘇秦北游說，李斯西上書」言及史事。

〔註13〕同註10。

〔註14〕降大任先生言（同註10一文）：「比如金代元好問的兩首詩，一首是〈讀靖康僉言〉，詠北宋末年『靖康之變』，以北宋滅亡的史事寄託對金亡的悲憤與感慨，屬詠史範疇；另一首〈出都（二首之一）〉：『漢宮曾動伯鸞歌，事去英雄不奈何！但見觚棱上金爵，豈知荊棘臥銅駝？神仙不到秋風客，富貴空悲春夢婆。行過盧溝重回首，鳳城平日五雲多！』是詩中運用大量典故，影射詩人亡國前夕的眞實情事，不是詠史。」

事實。著名的詠史八首以聯章的組詩型態出現，討論之時亦不能忽略聯章之作的特質。八首聯觀，前有序詩後似結語，其中則嘗試多種詠史詩創作的表現方式，以合爲一組。分章視之，仍具有其獨立的價值，而其中雖有些詩中史事僅短暫明示，其全詩旨意仍依史事而生。換言之，左思詠史是將史事之述與己身之嘆合而爲一，即直指史事，亦言己情，這與用典手法中典故是脫離原來史事血肉的工具有所差異。而要加說明者，即事實上，每一種詩類的建立，皆難斷然區隔，重要的是典型的確立，餘再就精神與形式以原則性的歸納。創作手法是另一層次的問題。

　　然而詠史之名，却易與懷古、覽古、詠古或詩史等題產生語意上的糾葛，雖然在魏晉時期困擾較少〔註15〕，却是討論詠史詩時應該注意的。

二、詩史、懷古與詠史

　　史與詩在名稱上的結合，除了詩史、詠史詩之外，尚有史詩一名。這三者却不能混爲一談。

　　稍涉西方文學者皆知，史詩爲西方文學源頭之一，其不論結構組織、形式內容，以及精神氣勢，都與中國傳統詩歌面目大不相同。「史詩」一詞，已成專有名詞，指稱西方文學裡的 Epic，自與本文所論之詠史詩無關。

　　至於「詩史」一詞雖源自中國文學，但是它却不是詩類的名稱。降大任先生認爲：

> 詩史，是對某些古典詩歌的特定稱呼，不是詩歌文學分類概念。詩史的「史」是對後人而言的，對作者來說，只是他生活的當代耳聞目睹的現實社會生活。詠史詩的「史」，不僅對後人，對作者來說，也已是前代歷史。二者形式可

〔註15〕雖然在魏晉時期未必無懷古詩的出現，但懷古之題標舉却始於唐代陳子昂，因此，在魏晉時期尚無懷古、詠史之名的混淆；而詩史之名殆行於稱杜甫詩，於魏晉時亦無所涉。

以相同，內容所反映的時代性不同。如杜甫的「三吏」、「三別」等作品，吳偉業的〈圓圓曲〉等，可稱詩史，却不是詠史詩〔註16〕

唐孟棨《本事詩》中有詩史的記載：「杜（甫）逢祿山之難，流離隴蜀，畢陳於詩，推見至隱，殆無遺事，故當時號爲詩史」（高逸第三）〔註17〕詩史之所指殆起因於指稱杜甫之長篇律詩而流行，宋人論詩亦多提及。

詩與史的結合，可分兩方面來談。其一爲以詩記錄當代歷史，其二爲以詩追述詠嘆前代的歷史。前者多半是出自作者親歷的感受，通常是在一朝之混亂變動中，作者對時代對國家有深痛的心情，以文字爲時代的見證。由於是作者親睹的現狀，不僅寫來具動人力量，更能補正史之不足。這類作品所記內容，雖於今日我們眼中是屬於「歷史」，事實上，對當時人而言却是正在發生、或者剛剛發生過的事，他們參與了那個時代，並非來自冷冷的文字記載。所謂「詩史」之背景應屬此類，它不是詩類，沒有特定的形式內容，而精神背景却是相通的。「詩史」之敘事特徵較強，近於敘事詩類，但其中寓有作者之史筆。因其內容皆爲當代有定論之事物，作者記錄的觀點與評斷，無形即爲其史才史筆之顯現。因此，有人說詩史「雖然含有甚多作者的價值判斷在，既非主觀地抒情、亦非客觀地載事，而是透過作者的文化意識與歷史感情，展現歷史與時代的意義，提示歷史的評判。」〔註18〕

以作品追述詠嘆前代的歷史，則與「詩史」大不相同。詠史之

〔註16〕同註10。

〔註17〕依龔鵬程先生在〈史詩與詩史〉一文（《中外文學》十二卷二期）中附註一所述：「詩史連稱，最早見於宋書謝靈運傳：『先士茂製，諷高歷賞……。並直舉胸情，非傍詩史』及南齊書王融傳：『今經典遠被，詩史北流』，但其意義似與唐宋以後不同。詩史爲唐人稱呼杜甫語，又見李朴與楊宣德書，但唐人文獻並無證據。」而後所稱詩史，蓋皆因稱杜甫詩之意而來。

〔註18〕見龔鵬程〈史詩與詩史〉一文（《中外文學》十二卷二期）。

作即選用前代的、已有定論的史事爲描述對象，雖可在翻案、或重新詮釋中表現史識，但這却非其重點。歷史題材在文學形式裡可有很好的運用，特別是在敏感、詭譎的政治情勢下，獨具特殊意義。後將詳論。

　　自唐以後，懷古與詠史詩始有了某種程度的混淆，懷「古」，自然是古人前事，與「史」是相關的。懷古詩之名雖是起自陳子昂，但六朝未必無懷古之作，如謝朓〈和伏武昌登孫權故城〉一首即是。然懷古與詠史之重要差異即在「懷古必切時地」（《說詩晬語》卷下），而《隨園詩話》卷六論懷古詩則言「懷古詩乃一時興會所觸」，皆說明懷古詩是詩人切於時地，以所生感觸所爲之詩。其時其地是必要的條件。降大任先生便直指詠史與懷古二者是其歌詠之觸發點不同，他並言：「詠史詩是直接由古人古事的材料發端來創作的，懷古詩則需有歷史遺跡、遺址或某一地點、地域爲依託，連及吟詠與之有關的歷史題材。」〔註19〕（圈號爲筆者所加）不過他也強調這是二者相對性的區分。事實上，就詩的本質來看，懷古與詠史皆以吟詠歷史題材爲主，是十分接近的。只是，二者在其關懷角度與精神層次上亦有某種程度的差異。「懷古」心靈所關懷與反省的，不僅是個人生命的存在，乃是眾人共同的命運，是社會的也是自然律的生命困境〔註20〕。廖師蔚卿更進而指出：「詠史」詩大抵借一二古事以喻況自己，發揮個人情志；或對一二古人古事，加以批評，對整體的人類及人生的意義之反省，或整體的人類命運的悲憫情懷是較少的〔註21〕。而就發展過程而言，懷古詩無疑是繼詠史詩之發展脈絡而來的；於是廖師亦續言以「懷古」的意識情態爲主題的作品，是由「詠史」演進而成的；唯「詠史」爲主題之作個人情感色彩較鮮明。此容待後文分析討論。

〔註19〕同註10。

〔註20〕見廖師蔚卿〈論中國古典文學中的兩大主題〉一文，《中外文學》十七卷三期。

〔註21〕同註20。

另外，如歷代詩話中所稱「弔古」、「詠古」之詩，大多是用語上的不同，所指概皆詠史之類。如《小清華園詩談》卷下：〔註22〕

> 弔古之詩，須襃貶森嚴，具有春秋之義，使善者足以動後人之景仰，惡者足以垂千秋之炯戒。如左太冲之詠史，則曰「何世無奇才，遺之在草澤」，不勝動人以遺賢之憂；⋯⋯。

又如《說詩晬語》卷下：〔註23〕

> 詠古詩未經闡發者，宜援據本傳，見微顯闡幽之意。若前人久經論定，不須人云亦云。⋯⋯

雖名稱不同，實指詠史詩。

三、詠史與詠懷

過去的歷史、已有定論的公案，置於詩中詠嘆有什麼意義呢？雖然歷史是不斷前進的，但是許多歷史現象却不斷在重演，動亂是有跡可尋的。處於風雨欲來前的社會，文士們便焦慮的在作品中提出警告，而以古諫今便是最好的方式，這也正是詠史詩之精神意義所在。當然，純粹爲詠史而詠史的詩作未必沒有，但是就中國詩歌傳統而言，敘事中完全沒有抒情成份的不多，而詠史詩也正繼承著「以史抒情」的傳統，與詩人以詩言志，以詩抒情的性靈一同發展著；雖有些自詩作本身看不見作者直接的寄託，而選用史事時必不脫有感而發。

關於詠史詩之精神、價值的進一步闡釋將於後文專章討論，此提出詠史之基本精神爲抒情與敘事之合一，在某種程度上與廣義的詠懷詩是重疊的，甚至可說，詠史亦爲詠懷之一，特別是於詩中可直見寄託者更爲接近。故《陶詩析義》中言：「古人詠史，皆是詠懷，未有泛作史論者。淵明云：厚恩固難忘，投義志攸希（詠三良語），此悼張褘之不忍進毒，而自飲先死也。況二疏明進退之節，荊軻寓報讎之

〔註22〕《清詩話續編》，木鐸版。

〔註23〕同註22。

志，皆是詠懷，無關論古。」〔註24〕雖嫌推論太過，但詠懷性質愈強之詠史詩，確是詠史詩中較具意義價值的。王瑤在《中古文人生活》〈擬古與作僞〉一章〔註25〕中說到：

> 古時流行的詠史詩，其基本性質和另外一種遊仙詩實在沒有什麼分別，（中略）作者所要說的是自己的感懷，並不是史實的考證，則他對於歷史上某些事件的看法，也只是那些事件中底人的活動；就是說他常常會情不自己來設身處地在古人的地位裡，主觀的成分特別重；所謂「思古之幽情」，在他們是特別濃厚的。

又，前人論左思詠史多同何焯「名爲咏史，實爲咏懷」的說法〔註26〕，認爲其詩本質是詠懷詩；更有人將之列入詠懷詩組內討論，言其以詠史來詠懷，風格即在「皆是詠懷，無關論古」〔註27〕。

　　這些論點指出詠史詩具有詠懷的性質，但並不能泯滅其詠史的立場與事實。「名爲咏史，實爲咏懷」的指稱，似有詠史詠懷二者不相並存之意。其實從詠懷詩的立場來看，詠史或許是其表達方式之一〔註28〕；同樣的，自詠史詩發展的觀點來看，於詠史間融入詠懷，可視爲內涵義蘊的開拓，仍屬詠史詩。而且什麼是詠懷詩，其實是

〔註24〕見《陶靖節全集注》。
〔註25〕現收於《中古文學史論》一書中，長安版。
〔註26〕見何焯《義門讀書記》：「題云咏史，其實乃咏懷也。」
〔註27〕李正治《六朝詠懷組詩研究》第三章第四節：以「詠史」爲題的組詩類型，風格即在「皆是詠懷，無關論古」，充滿詩人理想與感慨。（中略）論古乃是「將自身站立在旁邊，從事對歷史人物的客觀描述，以及理性批判，有如史書的贊論之體，但與作者自身的存在處境毫無牽連。進入詠懷層次，則是「將自身放頓在裏面，轉移純粹客觀的歷史描述，使和自我的存在處境息息相關。」將詠史詩組視爲詠懷詩，但其中所辨却是「論古」與「詠懷」的差異，而「論古」並不等於「詠史」。
〔註28〕如阮籍〈詠懷詩〉：「昔聞東陵瓜，近在青門外。連畛距阡陌，子母相鈎帶。五色曜朝日，嘉賓四面會。膏火自煎熬，多財爲患害。布衣可終身，寵祿豈足賴。」即爲詠史詩，以東陵侯邵平爲主題，前爲敘事，後加贊語。

很廣泛的概念。以詩抒懷即是詠懷，詠物可以詠懷，詠史也可以詠懷。

　　而詠史詩則是有明確指稱的詩體，詠字本身，即有作者主觀意念的投影。詠史詩中的詠懷性質，可視爲一種創作的動力，而影響了詠史詩呈現的面貌。

第二章　魏晉詠史詩的誕生機緣

第一節　政治、社會之劇變——傳統價值的動搖

　　魏晉時期是中國歷史上首次由統一走向分裂的局面,政治情況空前的混亂。東漢政壇由外戚與宦官輪番把持,政風日壞,社會問題叢生。而人民貧困,盜賊四起,經濟面臨破產,終於引起了靈帝時的黃巾之亂。隨之而來的則有董卓之亂及日後的軍閥交戰;廣大的中原地區成為混亂的戰區,人民慘象環生,京師殘破不堪,對於當時親歷與目睹的文士而言,是心靈上極大的衝擊。

　　紛擾的局勢雖暫時定於曹魏王朝,然而動亂並沒有告終,不到五十年之間(西元 220 年曹魏立,265 年滅),司馬氏便顛覆了曹魏,在這次政權爭奪中,文士們遭到政治的株連,掀起一場可怖的屠殺。司馬懿與曹爽爭權得勝後,相關於曹爽的文士集團即告誅滅,如何晏、丁謐等人即喪生於此。司馬師繼位後亦強力剷除異己。知識份子遭到了嚴重的精神迫害。

　　用不當手法建立政權的晉朝,並未帶來時代的安定。自私的政權與政策,使上下層社會狀況更加混亂。先因宗室分封造成八王之亂,後引起五胡亂華,終釀成南北分裂、朝代更迭頻繁的局面。

　　時代之動亂,常常是傳統價值產生動搖的時刻。魏晉詩人即身

在此毫不確定的時代之中，他們一方面接近政治核心（古文人讀書
求仕，原以從政為目的），一方面則目睹社會現況；而政局詭譎，沒
有一個價值是恒久的，沒有什麼信仰可以寄託，人們的生活秩序與
思想失去了原有的軌道，數百年來依恃的精神標的——儒家思想被
破壞了。人們可以更積極、更自由的嘗試尋求未來的答案，也可能
失去了對現實生活的期待，亦對生命的長久失去信心。此期老莊思
想盛行，史學亦有突破的發展，文學方面更有重要的建樹，釋氏佛
家思想也瀰漫其間，這種相近或相悖的現象共存，實有其複雜的背
景因素。漢末以來的敗亂，逼使人們去面對死亡，而「死亡——個
人的及國家社會的毀壞，在生活的反省中所激生的孤絕感，這時乃
求之於老莊及佛教思想的解脫」，然而「老莊及佛教之任性逍遙或俱
歸寂滅均解決不了生命的困境，且益增其省思的迷惑，而歷史的悲
痛則滙集了死亡之不可逃避及人類創建之遭受毀壞的事實，引發了
普遍人性的疏離感和孤獨感」〔註1〕。由盛至衰的帝國凋敝動亂之
中，興起人們之歷史興衰意識，歷史感與死亡的孤絕感，成為「懷
古」的基本精神。而詠史雖有異於懷古，然其運用古人史事寄託之
意，其精神背景是相近的，以自身託寓於古人，顯示唯有在歷史中
能得其同志、現世無侔之孤涼。

　　綜言之，魏晉時期是傳統價值全面動搖的時刻，舊價值已「破」，
新價值未「立」，社會混亂，卻也充滿各種的「可能」；知識份子可掙
脫數百年來獨尊儒術的，定於傳統的思想羈絆，開拓更多的精神空
間。生活的慘狀、社會落敗，對創作心靈而言毋寧是強烈的衝激，而
前所未有的言論亦紛紛出籠。因此在政治上，它雖是由強盛統一走向
分裂衰敗，在學術思想、史學、文學，乃至於藝術各方面卻開創了一
個黃金時代。

　　魏晉時期由於在政權上推翻了「正統」，對原居學術文化「正統」

〔註1〕見廖師蔚卿〈論中國古典文學中的兩大主題〉一文，《中外文學》十
　　　　七卷三期。

之地位者亦深具影響;其政治制度及論政態度則直接左右著讀書問政的文人。由曹操獲權繼掌漢家天下之後的政治變革,影響學術文化發展最巨者有二:其一為儒家地位的崩弛,其二則是門第勢力的壯大。

一、儒家的勢衰

魏晉時期儒家地位的動搖,可由二方面來觀察。

在政治上,曹操繼董卓亂後把持了朝政。他非太學之士,亦非儒者,憑著自己的力量取得了天下,《三國志·魏書·武帝紀》中說他「少機警,有權數,而任俠放蕩,不治行業」〔註2〕,他具雄才大略,卻不是傳統經儒,可想其不為當時名士所重〔註3〕。因此他對於人才的選取有自己的看法,他「對於東京末年,那班有名無實的,有德無能的,亦即過去輕視他的人,是深恨痛絕的。因為,這些人在如此一個環境中,對他無所補益」〔註4〕,他需要的是開業之士,而非守成之眾。他頒布的〈求賢令〉,摧損了儒家的道德觀念。他說:「若必廉士而後可用,則齊桓其何以霸世?」〔註5〕又說:「夫有行之士,未必能進取;進取之士,未必能有行也。陳平豈篤行,蘇秦豈守信邪!……士有偏短,庸可廢乎!」〔註6〕因此,「二三子其佐我明揚仄陋,唯才是舉,吾得而用之!」〔註7〕。

彷若一夕間,原有的價值觀念都不再適用了,對於以通經入仕的習儒文士而言,無疑是一種摧抑;而對於習於儒家道德規範下的人們而言,無疑是一種惑亂。此時詩人心中必有著時代的矛盾。

〔註2〕見鼎文書局出版,《三國志》一,頁2。
〔註3〕據王瑤《中古文學思想》中〈政治社會情況與文士地位〉一文所引陳琳為袁紹檄豫州文中言:「操贅閹遺醜,本無懿德」,顯示名士對曹操無好感。
〔註4〕見何啓民〈漢晉變局中的中原士風〉,《中國歷史學會史學集刊》第五期。
〔註5〕見《三國志·魏書·武帝紀》〈求賢令〉
〔註6〕見《三國志·魏書·武帝紀》〈敕有司取士毋廢偏短令〉
〔註7〕同註5。

　　然而儒家在時代中失去了支配的力量卻非僅因此而起，對儒家的質疑是全面性的。動亂與矛盾激盪著詩人的內心。政治上不再尊儒，使得諸子百家甚至各種新思想都有了自由發展的空間。漢帝獨尊儒術，「於是儒家思想便超越各家一躍變成權威，不過任何思想一旦成唯我獨尊的權威後，就會很容易定型，既然定型的思想，便失去原有的活力而逐漸僵化」，所以「一旦社會發生變動，這種既已僵化的舊思想體系，就很難適應變動的新環境」〔註8〕。

　　仙道思想瀰漫，顯示人們對生命感到不可恃，對處世感到傍徨。這樣的時代促成個人意識的覺醒，而知識份子除了面對生活，還要思索未來，也產生了矛盾的心靈衝激。

　　儒家的崩弛使學術文化發生重大的變化，其中最值得重視的是史學與文學，因為，「此二者尤為當時之新創」〔註9〕。更要注意的是，史學從經學的附庸脫離後，即進入了文史合流的階段。動亂之際往往是史學蓬勃之時，由於「知識份子為了尋求自我的存在，他們特有的時代感情，勢必激起他們對歷史的探索」〔註10〕。文士研讀史書，熟知史事，甚至親筆撰述，蔚為風潮（於下一節細論），顯示其於時代的關懷與思索，具積極精神。

　　純文學的觀念也在此時覺醒，作品顯示了作者個人的性格，錢穆先生認為：「此一時代之人生，乃多表現在此一時代之文學中。換言之，此一時代之文學，乃成為此一時代一種主要史料」〔註11〕。欲知此時代精神，必尋於此時文學作品固然是對的，但此時作品中「個人的差異」遠不如「時代的差異」〔註12〕；我們習於以建安、正始或者

〔註8〕見逯耀東〈魏晉史學的思想與社會基礎〉一文，《中華文化復興月刊》第八卷第六期。

〔註9〕見錢穆〈略論魏晉南北朝學術文化與當時門第之關係〉一文，《新亞學報》五卷第二期。

〔註10〕同註8。

〔註11〕同註9。

〔註12〕同註3一文中所言：「我們讀他們（魏晉文士）的作品時，就常有一

太康、永嘉等時代的區隔來討論詩風，正因在這時代中文人們有代表一時代的、明顯的共同風格，同期之主流詩人的個人精神相近，這種情形，自然與文士集中於同一社會階層，來自共同的生活相關。

　　然而，除了建安時期的「風骨」與正始時期詩人情志的寄託之外，領導魏晉六朝詩壇的主流，多半顯示詩人們的消極精神;遊仙或者玩樂，以及談玄避世。特別是流行於南朝的宮體、詠物詩，無非是貴族生活、唯美奢靡的反映，似與當時史學蓬勃，文士探索時代精神的積極是互相乖違的，然而，這卻正是時代的矛盾，與心靈的矛盾。

　　詠史詩在魏晉時期大量出現，正與文史合流、文士熟知史事，具有史識的時代背景相關。每一個變動的時刻，史學家即奮筆著述，文士們便關心時代、探索歷史，這也是詠史詩自始而不絕的原因。它存在的意義必須與時代風貌、文士精神合觀，在純文學的立場，它也許不具領導詩風的資格;卻在文史合流的背景下，發展為一種獨特的詩體。

二、門第的壯大

　　士族集團形成與地位的確定，始自東漢，他們不僅在政治上有優越的地位，在經濟上也享有豐厚的待遇；退職時在地方上成為具名望的士紳，其官位則由家中子弟承襲。久而久之，自然形成地位鞏固，具地方領導力量的大族。

　　曹操出於宦官之後，其父曹嵩雖為太尉，其位得來卻不名譽〔註13〕，這種出身自不見容於當時士族，而他掌權後頒布的〈求賢令〉亦擺明與傳統士族敵對的態度，樹立另一套用人標準、取消士族一向自矜的道德傳統，替代以法治精神。然而，士族在地方上畢

　　　種感覺，即時代的差異，多於作者個性的差異。所以我們很容易看
　　　出了建安正始，或太康永嘉底作風和內容的不同，但很不容易分析
　　　建安七子，或「三張二陸」底作風和個性的差別。」
〔註13〕《後漢書》卷一百八曹騰傳:「曹嵩靈帝時貨賂中官，及輸西園錢一
　　　億萬，故位至太尉。」

竟有其深厚的力量，曹操摧抑士族，自然也遭到不少阻力；在「得天下」之後，「治天下」時不得不需要士族們的合作。加上董卓之亂使洛陽殘敗，世家多受其害，部分士族於曹操起兵時亦稍有援助〔註14〕，而士族往往擁有自己的家兵武力；這種種原因使得曹魏必須對士族有所妥協，也使得士族勢力經過喪亂仍然維繫著，且日益壯大。其中影響魏晉文士甚巨的，即為文帝時九品中正制度的訂定施行，它成為士族們仕進的坦途，形成門閥勢力的壟斷，使有志仕途的一般文士遭到極大的戕害，加深了時代的苦痛。

魏文帝採用陳羣的奏議，定九品官人之法。在各州縣設置大小中正，大中正負責管區內人物品第之考核，分為九等，以任吏部選用人才。各地則有小中正，負責將各地鄉評報請大中正，以為品評之依據。此制起意雖是注重鄉論，但凡屬本州人士皆需入品，無論已仕或者未仕，未免煩瑣且難以全然公正，結果多單憑門第以定高下。而進仕後之官階升降亦憑中正所給的門第，而官職之適任與否，中正又何得而知呢？只依門第之聲譽來考察;如此不論州郡察舉的進仕之階，或日後官職的晉升，皆成為門第士族的天下，形成魏晉南北朝的「貴族政治」，其結果正如唐柳芳〈民族論〉中所言：

> 魏氏立九品，置中正，棄世冑，卑寒士，權歸右姓。以其州大中正主簿，郡中正功曹，皆取著姓士族為之，以定門冑，品藻人物。晉宋因之。〔註15〕

身為寒士或世族，無論生長環境與前途，都有了極大的分野，他們所遭受到的身心待遇，在作品中顯示了不同的精神，出自寒門的文人往往出現對此制度的控訴。掌握政治權力的人，往往能左右文化的導向，當時名重一時的文人，亦多有門第和官職為基礎〔註16〕，政治影

〔註14〕《三國志・魏書・武帝紀》注引世語：「陳留孝廉衛茲以家財資太祖使起兵，眾有五千人。」

〔註15〕見《新唐書》卷一百九十九柳沖傳。

〔註16〕王瑤《中古文學思想・政治社會情況與文士地位》：「文人學士的社會地位，也只決定於他的門第和官爵，而並不一定在於他所構詩文

響著文學的地位，成為許多寒士的精神苦悶的根源，對於了解當時作品內涵是極其重要的。

第二節　史學之發達

　　就史學發展而言，魏晉時期是個重要的階段，無論就質或量來說都有蓬勃的表現，顯示當時知識份子對史學的濃厚興趣。本節即欲就史學興盛的情況，闡述文史合流的現象，並觀察文學家與史學之密切關係，以窺詠史詩興起於魏晉時期之學術背景。

　　以劉歆的《七略》、班固的《漢書‧藝文志》以及《隋書‧經籍志》相較，《七略》中無立史部，《漢志》則將史部之書雜入春秋略與子部儒家之中，唯至《隋志》則將史部獨立成類，可見在漢至隋之間的魏晉時期顯然經歷了一次史學的變革。事實上魏晉史家與史籍確是風起雲湧，盛極一時，凡是文人，很少與史學沒有關係的。

　　著述形式的增加，是六朝史學的特點。在數量上，隋志史部內有八百一十七部，與亡佚者共計則為八百七十四部，較經部多出一倍，而且經部多為漢以前之舊書，史部卻多為魏晉以下之新著。此期史書之增多，自與史學人才輩出相關；而除了原有的著述形式之外，魏晉史書包含了紀傳體、編年體、雜傳志怪，不僅有國修史書、私人著史風氣亦盛，不論帝王賢士、豪門寒士皆有史書的撰寫。

　　前節所述，在儒家地位崩弛的魏晉時期，文學與史學都得到了新

　　的優劣高下。（中略）建安七子中孔融王粲應瑒陳琳，皆東漢以來的士族；……夏侯玄裴秀，皆弱冠為散騎黃門侍郎；何晏為魏之外戚，（略）王弼為王粲族孫，父業為劉表外孫，……。過江之後，門閥的勢力愈發展，文士等憑「地」進仕的也愈多。（略）文人中則二陸兩潘，已開先例。陳郡謝氏一門，謝混以下，……無不以能文著名。（略）又如梁時彭城劉孝綽兄弟群諸子侄，一時七十餘人，並能屬文。蘭陵蕭恪，兄弟十六人，有文學者子恪子質子顯子雲子暉五人。如果不是憑恃一種傳統的家教和優裕的地位環境，這種現象簡直是不可能的事情。」

的發展，而這整個時代精神，也同時反映在文史變革的過程中。逯耀
東先生在〈從隋書經籍志史部的形成論魏晉史學轉變的歷程〉〔註17〕
一文中說道：

> 在這個轉變的過程中，不僅形成魏晉時代經史的對稱，然
> 後脫離史學而且與當時意識形態領域裡另一個發展的新情
> 相結合，而形成所謂的「文史」合稱。（中略）
> 文學發展到建安已蔚為大國，俱備了完全獨立的條件。不似
> 史學脫離經學而獨立的過程那麼緩慢而迂迴，因為當時史學
> 完全控制在經學之下全無獨立而言。所以，當史學脫離經學
> 獨立之初，很容易就和當時蓬勃發展的文學結合起來了。

因此，此期史學之特質與文學之特質發展於共同的時代精神之基礎
上，有其共通之處；更重要的是，史學之作者往往也正是文學家，
以學術視之文史是二類，以人物觀之其實是同一批人。於是逯文中
續言：

> 這些（隋志所著錄者）史書大都出自第一流的文士的手筆。
> 晉書卷八十二將陳壽、孫盛、干寶、習鑿齒、司馬彪、謝
> 沈、鄧粲、王隱等「良史之才」聚在一起，可說是中國最
> 早的史學傳。但撰後漢紀的袁宏則在文苑傳，而文苑傳裡
> 的伏滔、李充、曹毗、庾闡、左思都曾任過大著作或著作
> 郎「專掌國史」。

著名之文學家同時也是重要史學作者有如皇甫謐撰《帝王世紀》十
卷，袁宏作《後漢紀》三十卷。晉史的撰寫則先後有陸機、郭璞、謝
靈運、蕭子雲、子顯，以及沈約、干寶等人之著作，他們之間或兼擅
詩文，或兼通玄學，這種亦文、亦玄、亦史的情形在當時是很普通的，
主要是當時人治史的態度，「並不滿足於千頭萬緒弄不清的歷史事
件，還想要在這些錯綜紛亂的歷史事件中歸納出原理原則來」〔註18〕。

〔註17〕見《食貨月刊》第十卷第四期。
〔註18〕見劉節《中國史學史稿》一書，第八章「文學、玄學與史學」。弘文
　　　　館出版社。頁111。

　　而文史合流，使魏晉史學著作文藻華美，「或虛加練飾，輕事雕采；或體兼賦頌，詞類俳優」，因此有「文非文，史非史」〔註19〕之貶辭。但是如同文學表現個人情志一般，此期史學著作也擁有濃厚的個人色彩，流露著作者關注的主題及思想體系。如袁宏所撰《後漢紀》，其旨趣即與荀悅《漢紀》不同，他重視名教，不僅在其中表彰美行，而且十分重視歷史人物的評價，其書中有〈正始名士傳〉、〈竹林名士傳〉、〈中朝名士傳〉等；這種注重人物品評的態度，是與當時風氣相合的。而當時史家對歷史人物評論的標準是與前代有所不同的，他們不再以傳統眼光爲限，出現了評論的新意，突出了歷史人物的性格。

　　從范曄的《後漢書》來看，在人物列傳的部分，他較史記、漢書增添了文苑、獨行、方術、逸民、列女等傳，這些類傳部分，正是最足以表現魏晉史學特色的雜傳。人物類傳的增加，顯示此時史家對歷史人物評價的興趣與重視，更重要的是，在人物論贊中代表作者個人的言論，足以傳遞個人思想立場，並表現史識。他們不必依儒家道德標準爲依歸，可更自由地自多方角度來評論歷史人物，寄託自己對政治、社會各方面的意見。也因此，「在魏晉史學轉變發展過程中，出現了純粹以個別人物爲單位的新的歷史寫作形式」〔註20〕，即爲別傳。

　　這種重視自我，注重人物性格的特質，其實正是這整個時代的精神，錢穆先生說得更清楚，他認爲：「當時史學重心在傳述人物，詩則重在人物自身之表現。綜合言之，可知此一時代之注重人生，惟其

〔註19〕見劉知幾《史通・敘事》篇：「昔夫子有言：文勝質則史。故知史之爲務，必藉於文。自五經以降，三史而往，以文敘事，可得而言焉。而今之所作，有異於是。其立言也，或虛加練飾，輕事雕采；或體兼賦頌，詞類俳優。文非文，史非史，譬夫烏孫造室，雜以漢儀，而刻鵠不成，反類於騖也。」

〔註20〕見逯耀東〈魏晉對歷史人物評論標準的轉變〉一文，《食貨月刊》第三卷第一期。

所重，乃在個人，而非羣體。」〔註21〕從歷史人物的評價裡，可窺見此期人們所追求的典型。如前述《後漢書》所增添之人物類傳中，文苑傳的出現顯示文學地位的獨立與提昇；蔡琰入列女傳，代表魏晉人對女性傳統道德標準的改變，以及對女性有獨立人格之評估。至於逸民傳的出現，則值得重視。原來在儒家思想中，隱逸人物是有的，而且也有頗高的評價（如伯夷叔齊），但是儒家原則是「邦有道」時，積極於世，只有「邦無道」時才獨善其身，是退而求其次的。而這種儒家道德與政治結合的理想，在東漢晚期就漸漸分離了；逸民傳便「象徵著個人與國家政治權力的分離」〔註22〕，一些逸民高士成爲人們追求的精神典型。

譬如皇甫謐《帝王世紀》中所作〈高士〉、〈逸士〉等傳，目的是在於「舉逸民，天下之民歸心焉」〔註23〕，其中所提之「被衣」、「王倪」、「巢父」、「許由」等人，都是《莊子》中寓言人物。一方面，這些原屬傳說的人物堂堂進入史書，一方面則可見皇甫謐所推崇的精神典型。

以前述魏晉史學發展的情況與特質爲基礎，對於詠史詩產生背景及精神則可互爲觀照，更得以掌握。詠史詩大量出現於魏晉時期，先決條件必應是文士對歷史的熟悉，熟讀史書才能對史事有所感應和引用；而此時史學正值蓬勃發展之際，文史人才又往往互通，可見詠史詩之大量出現有跡可尋。班固以史家兼詩人，作詠史詩，以史事概述加句末贊語，原即史傳之撰寫形式；而魏晉詠史詩亦多沿此形式，應與此期文士多諳史書相關，如前舉作《晉紀》四卷的陸機，著《後漢紀》的袁宏等人皆有詠史之作，即如田園詩人陶淵明亦多覽史著，而有〈詠荊軻〉等詩之作。

〔註21〕同註9。

〔註22〕同註20。

〔註23〕同註18一書，第八章甲節「一般史學家的生活態度」一文所引，弘文館出版社，頁115。

　　而注重個人、非羣體的態度也表現在詠史詩中。魏晉詠史詩多重歷史人物之詠嘆評述（後將詳述），就像他們喜歡寫傳記，是想「反映個人行動對於當時社會所發生的影響」〔註24〕一樣，詠史喜詠人物，是與當時風氣相通的。此期詠史詩多爲個人精神情志之寄託，包括個人處境的反映與探討〔註25〕，以及自我追尋目標、抱負的表白〔註26〕等，以自我精神之表達爲主，至於以古諫今，期對整個政治社會之有所譏刺的企圖心，在整體比例上是較弱的。

　　史傳中對逸士精神的肯定推崇，在詠史詩中亦有連貫的表現，如阮瑀詩一首：

　　　　四皓隱南岳，老萊竄河濱。顏回樂陋巷，許由安賤貧。伯
　　　　夷餓首陽，天下歸其仁。何患處貧苦，但當守明眞。

其中所舉四人，有的爲儒家人物，有的則非，然其主旨即在詠隱逸守行的情操。而左思詠史八首之中，更言「被褐出閶闔，高步追許由」，直言許由爲其心目中效法的典型人物之一。

　　由此觀之，不論詠史詩之誕生背景，或者詠史之精神，皆與當時史學發展狀況，文史合流之情形密切相關，是在討論詠史詩之前不得不先有的認識。

第三節　文士之苦痛與詠史之獨特形式

　　不論是大環境的變動（如朝代更替，家園殘破），或者小環境的弊病（如門第壯大，豪門壟斷仕途），都使生活在這個時空下的文士心靈有著極大的苦痛。此時，不僅是階層之間互有歧見，統治者內部矛盾亦烈，皇室的衝突也是常見的（如曹氏父子王位之爭，晉初八王

〔註24〕同註18一書，頁117。
〔註25〕如曹植〈怨歌行〉一首，以周公事跡爲主題，其旨在於「爲臣良獨難」，不啻自身處境困難的表白。再如多首〈三良詩〉之作，即針對三良殉葬之事討論君臣之間的行止，表達意見。詠二疏之詩亦然。
〔註26〕如左思〈詠史〉八首之三：「吾希段干木，偃息藩魏君。吾慕魯仲連，談笑卻秦軍。」明白揭示自我期許的典型。

之亂）；在這種情況下，文人若涉身於兩派鬥爭之中，便難逃災禍。這在文士心中實爲一嚴重的問題，却又難以避免。

門閥勢力的強大，使得文人地位的評估有了變相的標準。王瑤在《中古文學思想》一書〔註27〕中說道：

> 典籍文義，正是貴門子弟高貴的招牌，和寒素人士進仕的
> 手段。（中略）因此文人學士的社會地位，也只決定於他的
> 門第和官爵，而並不一定在於他所構詩文的優劣高下。因
> 爲文義只是進仕的方法，本身並不是職業。

他並舉例說明如謝氏一家，蘭陵蕭子恪、子雲、子顯兄弟五人等，如果不是依恃傳統的家教與優勢的地位，是不可能快速成名的；當然，以寒微之世出身的文人並非沒有，而道路就崎嶇得多〔註28〕。於是，他認爲：

> 一個作者無論他的出身華素，到他成爲文人時，他必已經
> 有了實際的官位。這政治地位實在就是他文人地位的重要
> 決定因素。〔註29〕

文人在當代地位的高下與其政治地位相關，在文學史上是常見的；然而魏晉時期由於門閥勢力的強大，世家子弟的優勢，造成競爭上的不平等，使得問題份外嚴重。這種起步上的不平等，與個人的才華無關，當然也與豪門寒士之文學成就評價無關。

當時的風氣使得文人們不得不依附權貴，否則難以完成工作，如

〔註27〕見〈政治社會情況與文士地位〉一章。今併於《中古文學史論》一
書中。長安出版社，頁34～35。

〔註28〕同註27，頁38。引張華爲例：「晉書張華傳云：『華少孤貧，自牧羊。
同郡盧欽見而奇之，鄉人劉放亦奇其才，以女妻焉。』劉放於魏明
帝時，以帝側近倖任中書監，雖出身寒素，而權重一時；明帝崩時，
放與孫資盡力促成司馬懿輔政，可以說是晉室的佐命功臣。所以張
華之貴，除『名重一世，眾所推服』外，主要還是因爲有親戚的關
係。」但他即使已具聲譽，還是受人稱嫌。「本傳言『荀勗自以大族，
恃帝恩深，憎疾之。每伺間隙，欲出華外鎮。』又言『賈謐與后共
謀，以華庶族儒雅，進無逼上之嫌，退爲眾望所依。欲依朝綱，訪
以政事。』」可見在那個時代，無門閥勢力爲背景，處境是很艱難的。

〔註29〕同註27，頁42。

王隱即受其害。〔註30〕《晉書》王隱本傳：〔註31〕

> 王隱字處叔，陳郡陳人也，世寒素。父銓，歷陽令，少好
> 學，有著述之志。（中略）隱以儒素自守，不交勢援。博學
> 多聞，受父遺業，西都舊事，多所諳究（中略）。時著作郎
> 虞預私撰《晉書》，而生長東南，不知中朝事，數訪於隱，
> 並藉隱所著書竊而寫之，所聞漸廣。是後更疾隱，形於言
> 色，預既豪族，交結權貴，共為朋黨以斥隱。竟以謗免黜
> 歸于家，貧無資用，書遂不就。乃依征西將軍庾亮於武昌，
> 亮供其紙筆，書乃得成。

這樣的遭遇是不是令人心痛呢？而在此時代環境下生活的文士之苦
悶便可想而知了。

　　自己的前途難以掌握，全寄之於出身背景的造化，是小我的悲
痛。而面對國家朝政不綱，貴族淫樂，百姓貧苦之情景，有識之士心
中的憂慮，是屬於大我的悲涼與憤恨。一方面洞悉時局，一方面對制
度失望，兩方衝擊之下，使得文士生活有兩極化的呈現——漠世與高
聲疾呼，這種矛盾卻也正是文士心中最深的痛楚。

　　劉節先生在《中國史學史稿》〔註32〕一書中指出魏晉時期的歷
史家有兩種生活態度，其實也正是此時文士之兩種生活態度。一是「逸
士派」，一是「豪士派」；前者自與道家佛家思想相關，合流於當時玄
學之風；而豪士之所指，即陸機所說「遊子殉高位於生前，志士思垂
名於身後」之類人物。歷史上逸士型與豪士型人物皆受到當時文士所
推崇，這不僅在史學著作上可見，在詩歌作品裡亦可尋，而詠史詩正
是其中最可明顯表現的。

　　詠史詩大量產生於魏晉，除了因為文學本身的變革，文學思潮
與形式在此時大為開展，加上其時史學研究之風興盛，文士熟於史

〔註30〕引劉節《中國史學史稿》一書第八章〈文學、玄學與史學〉頁 116
　　　　之意。弘文館出版社。
〔註31〕見《晉書》卷八十二，列傳第五十二。
〔註32〕同註 30 一書第八章〈文學、玄學與史學〉。

籍人物等機緣之外，文士之苦悶與對時代社會欲求傾言管道亦可謂因緣之一。

就文學形式而言，在動亂不安，史學蓬勃發展的時代，文學作品便經常出現文士對歷史的觸發與感慨。他們在作品中用前事來印証今事，用歷史事蹟爲面具，說著自己想說的話。文史的結合，拓展了文學取材的層面，而由於所言爲己身深切感受，敘寫前人前事時份外能掌握其精神面貌，使得此一特殊的文體同時也具備了藝術成就。

在這個政局詭譎的時代中，文士善用歷史題材於作品裡具有特殊意義；他們一方面心中焦慮，一方面難以明言，透過詠史形式提出警告與勸諫，是最好的方式。魏晉時期詠史詩多以歷史人物出處之精神來表達自己的立場與思想，表面上可謂之敘寫史事，卻往往是作者情志。是極爲巧妙的掩飾，又不失其詠史之獨立價值。試以阮籍詩一首爲例：〔註33〕

　　　　駕言發魏都，南向望吹台。蕭管有遺音，梁王安在哉？
　　　　戰士食糟糠，賢者處蒿萊。歌舞曲未終，秦兵已復來。
　　　　夾林非吾有，朱宮生塵埃。軍敗華陽下，身竟爲土灰。

全詩所敘之事爲戰國時期魏國爲秦國所破之事。魏軍被秦將白起大敗於華陽，終至滅亡。阮籍詩中所指敗亡之因是「戰士食糟糠，賢者處蒿萊」，而這不也正是處於司馬氏當權下士人的遭遇嗎？魏國因此而「軍敗華陽下」，曹魏的未來呢？就此詩看來，似全不涉今事，但古今印證卻又相合，既可全身避禍，又發心中不得不發之言。此詩並非命題羣詠之作，作者無端以此史事爲詠，有所寄寓是毋庸置疑的。以詠史之形式來作「言在此」而「意在彼」的創作，因其歷史人物鮮明獨特的形象，早已烙在人們心中；而那些已有定論的史書，也爲人們熟知；使得以前事証今事的用意順利彰顯，並深具說服力，亦使自我精神之表白更具力量。試舉曹植〈怨歌行〉一首爲例：

　　　　爲君既不易，爲臣良獨難。忠信事不顯，乃有見疑患。周

〔註33〕〈詠懷詩〉八十二首之三十一。

　　公佐成王，金縢功不刊。推心輔王室，二叔反流言。待罪
　　居東國，法涕常流漣。皇靈大動變，震雷風且寒。拔樹偃
　　秋稼，天威不可干。素服開金縢，感悟求其端。公旦事既
　　顯，成王乃哀嘆。吾欲竟此曲，此曲悲且長。今日樂相樂，
　　別後莫相忘。

全詩主旨在首二句揭示，其重心尤在「爲臣良獨難」一句，以周公爲主角，詠其輔佐成王，雖竭盡忠誠，仍不受管、蔡二叔所信任，遭受讒害，待罪東國之一段故事。曹植著力描寫周公盡忠，其心情唯有上天可知，這種「爲臣獨難」的痛苦，不正是借周公鮮明的形象、眾人皆知的史實，來表彰自己的立場與苦悶嗎？從曹植遭受曹丕猜忌、排擠，甚至仇視的環境來看，曹植無異是以周公的遭遇自況，也借以表白「爲臣」之心。故論者在分析此詩時才要說：「按說詩人寫完『公旦事既顯，成王乃哀嘆』的圓滿結局，當應曲終可竟了。但詩人偏要綴以『吾欲竟此曲，此曲悲且長』的尾巴」，這便是因爲「歷史上的周公旦的怨歌，雖已曲終，但周公一主題的怨歌還正以詩人爲主角，既悲且長，不知所終地重複演奏著呢」〔註34〕。

　　形象鮮明、具說服力量、能以此喻彼，加上此時文士熟於史書，具有史識的背景下，詠史詩無疑提供了一個可供發洩又可避禍的文學形式。在創作過程中，不僅要依賴作者對史事的熟悉，更要依賴作者在史學方面的修養，因此亦可充分展現個人的才學。有些以共同命題、競相撰寫的詠史詩〔註35〕，即無非具有文士集團互相較量的味道。

　　對作者心志的抒發而言，原本鬱結在心，無法暢所欲言的言辭，可藉由過去的歷史渲洩而出，說的是前人的心志，也是自己的心志，具雙重意義，在文學藝術的創發上亦有其價值。

〔註34〕見降大任選注、張仁健賞析之《詠史詩註析》一書，山西人民出版
　　　　社，頁19。
〔註35〕如王粲、阮瑀、曹植等建安文士皆有〈詠史詩〉以三良殉秦王爲詠，
　　　　在共同命題的限制下各展所長。

　　詠史詩自班固揭題而出，在魏晉時期大量出現；另一方面，中國文學「以史抒懷」的傳統亦在此時大爲發展；皆因魏晉時局的變革、文學思潮的風起雲湧、史學研究之勃興，乃至文史合流，文士之苦悶與詠史之獨特形式，聯合促成了詠史詩在魏晉快速的萌芽滋長，進而奠立了一詩體的地位。它雖不曾主宰詩壇，卻是與時代密切相關的產物；就其文學形式而言，並具有獨特的價值。

第三章　魏晉詠史詩之發展與型態

第一節　魏晉以前之詠史作品

　　魏晉以前的詠史作品，須就兩個階段來談。一是先秦時期，一則是兩漢時期。

　　嚴格說來，先秦文學典籍中有關歷史題材的詩篇，並非明顯隸屬於詠史詩的範疇內；換言之，就詠史詩成爲一獨立詩體、具有獨特形式與意義的立場而言，早期文學中的歷史詠嘆，僅可視爲此一詩體的精神濫觴，知詠史詩與中國文學傳統之互相接續，見其醞釀過程。

　　《詩經》中有關周代開國事蹟之記載與開國先王之歌頌的一系列篇章，如〈文王〉、〈大明〉、〈緜〉、〈皇矣〉、〈文王有聲〉、〈生民〉、〈公劉〉等詩，歷來論者多以「史詩」相稱〔註1〕。關於「史詩」一詞之使用於本論文第一章已述及，此不贅論；欲做討論者，即這些詩篇與後來詠史詩發展上的關係。

　　前所舉詩數章中，其內容含括了周朝開拓史，如始祖后稷的誕生

〔註1〕見裴師普賢編著《詩經評註讀本》（三民書局）（下），〈大明〉、〈緜〉、〈皇矣〉、〈生民〉、〈公劉〉等篇前小序。葉師慶炳《中國文學史》（學生書局）（上），頁84。張火慶〈中國文學中的歷史世界〉（《中國文化新論・文學篇一》，聯經）頁266。劉大杰《中國文學發展史》頁40。此稱「史詩」其意涵與西方文學中「史詩」一詞是不相侔的。

（〈生民〉）、公劉遷周至豳地（〈公劉〉）、太王遷歧（〈緜〉）、文王遷豐（〈文王有聲〉），以及太王、太伯之德與文王伐密伐崇之事（〈皇矣〉）和武王伐商克殷的經過（〈大明〉）。從詩歌的形式內容來觀察，這些敘述史事的詩作，其實是較近於敘事詩的。它們詳於敘事，如〈文王〉七章，追述文王的德業，從首章至末章不僅敘事完整，其語句於章與章間更首尾蟬聯〔註2〕；再如〈公劉〉六章，詳細的記載了公劉遷豳的過程。從他如何的考量遷徙，至遷徙的路線、狀況，細瑣備具；可說是一幅「絕妙的遷徙圖」〔註3〕。這種以直述歷史為主的寫作方式，被論者認為「頗詳於敘事，與後代的詠史詩大不相同」〔註4〕。然而，「詳於敘事」並非不能存於詠史詩中，「直接歌詠歷史題材」〔註5〕原即詠史詩的特徵之一；關鍵在於其是否僅「詳於敘事」而已。

　　《詩經》中所謂周代「史詩」的詩篇雖近於敘事詩，但因其某些特質，卻使得它和單純的敘事詩有分別〔註6〕，成為詠史詩基本精神之源頭。此重點在於其雖為敘事，而敘述中帶有強烈的主觀意識，對所述之史事對象有著價值上的評斷。雖然一般在敘事時亦不免主觀情感的介入，然與價值之評斷終究不同。不過，這種主觀的價值評斷並沒有在這些詩篇的寫作形式上明顯的呈現出來，它只是在整個敘事的架構上透露出一點這樣的精神，即「詠」的部分尚未成為詩中表現的

〔註2〕見《詩經評註讀本》（下）頁386，〈文王〉詩後總評引清學者牛運震言：「通篇每以首尾蟬聯為章法。二章至五章中腰過接跌頓，自成一格。」

〔註3〕見裴師普賢《詩經評註讀本》（下）頁464，〈公劉〉小序：「這是一篇詳述周室祖先公劉遷徙豳地經過的詩。舉凡開國宏規，遷居瑣務無不備具，不啻一幅絕妙的遷徙圖。」

〔註4〕見廖振富《唐代詠史詩之發展與特質》（師大78年碩士論文）頁20。

〔註5〕見本論文第一章註10。

〔註6〕葉師慶炳論敘事詩之發展時亦言：「就詩經而論，其中大雅之生民、篤公劉、緜、皇矣、靈台、大明、文王有聲七篇依次而觀，無異一本周民族開國史詩，自可作敘事詩看；然各篇字裡行間無不充滿對先人崇敬歌頌之情，蓋其作旨在此，則又與一般純粹敘事詩究有差異。」（見《中國文學史》（上），頁84）。

形式內容。如〈公劉〉六章雖是一幅公劉遷徙豳地的圖象，然每章之首皆以「篤公劉」起句，此一「篤」字便透露了對人物的褒貶，牛運震即言其以一「篤」字括通篇之旨。又如〈皇矣〉八章之三，敘太伯讓王季之事爲：

> 帝省其山，柞棫斯拔，松柏斯兌。帝作邦作對，自大伯王季。維此王季，因心則友。則友其兄，則篤其慶，載錫之光。受祿無喪，奄有四方。

形式上是直述其事。然「帝作邦作對，自大伯王季」二句意指太伯讓位其弟王季的美行，即爲周顯揚天下之始；而「因心則友」以下四句，說明了因爲王季的修德，增加周之福慶，亦使得太伯讓德之美行更爲光顯。無異對王季之修德充滿肯定與歌頌的態度。同詩第五章言密須民抵距周室，文王出兵攻克之事，則述以「密人不恭，敢距大邦」之詞，故文王才「爰整其旅，以按徂旅，以篤周祜」，皆透露了對史事主觀立場的導引。

　　但是這些詩篇雖有著直接詠嘆歷史題材的精神，然在形式上並不明顯；而更重要的是其基本性質與後代詠史詩大不相同。基本上，這些詩中「詠」的意義是全部指向一個共同目的的。劉大杰先生的《中國文學發展史》認爲他們將祖先們建國的功業和奮鬥的過程，交織著神話的材料，有意的記述下來，一面作爲統治者的楷模，一面則是爲不忘祖先的功德〔註7〕。換言之，這些詩中價值評斷的「詠」的精神是爲一共同而特定的方向而發的。不管引述什麼樣的史蹟，結論只有一個，即：周的先王是多麼的偉大，值得歌頌；周代開國之業是多麼的神聖，不容質疑。這些詩敘事時的強烈主觀成分，是非個人意識的，是以當政者的立場考量，是由上而下的〔註8〕，與

〔註7〕見其書第二章第四節。
〔註8〕〈毛詩序〉言：「雅，正也，言王政之所由廢興也。」朱熹《詩集傳》言：「雅者，正也，正樂之歌也。……正小雅，燕饗之樂也，正大雅，朝會之樂，受釐陳戒之辭也。」雅是流行於中原一帶爲王室所崇尚的正聲（葉師慶炳《中國文學史》（上）頁8），而雅詩的主體是燕享

後代詠史詩呈現個人精神之表現，試圖寄託心志理想，或為人生哲學層面之探索等有性質上的差異。

　　另外，先秦詩歌中的歷史題材並非如後代依憑著可靠史書記載，其史料來源龐雜，有口耳相傳者，亦有神話傳說。這些歷史神話如何產生與流傳，其背後意義是不可忽視的。他們詠嘆這些信而無徵的史事，在選材與製作上亦應有著特殊的目的。〈生民〉內容為周始祖后稷的誕生神話，言后稷為上帝之子，藉姜嫄之腹所生，其後姜嫄受辱，棄后稷於野，卻賴天祐等傳奇過程；此神妙與神聖之旨，實與耶穌自瑪利亞腹中所出之事相類。周代先王與其事蹟被神化、合理化、英雄化，是其詩詠嘆的共同點。稱頌與神化中，無疑有著鞏固周朝，穩立國體的意義。這些歷史神話則極可能是被有意運用的政治神話。

　　因此，同是歷史題材的選用，在形式和基本性質上，《詩經》中有關史事的詩歌，與後代詠史詩是有差別的。然而，它們提供的有關歷史題材於詩歌中的運用功能，可說是開了詠史詩的先河。其有意利用歷史題材為教化功能所顯示的思想精神，則有論者認為具有兩個重要的特徵，都是後來史家的習慣原則：「一是以道德理念對歷史人事作價值判斷；一是相信歷史可作為今人行動與修身的鑑戒。」〔註9〕而詠史詩發展的初期雖有這樣的精神，但後來則更朝向個人情志的抒詠。

　　不同於《詩經》為詩歌總集，《楚辭》為一具有濃厚個人色彩的作品。〈離騷〉與〈天問〉諸篇中歷史題材的運用，顯然有著屈原個人情緒的湧現。朱自清先生認為：「後世的比體詩可以說有四大類：詠史、遊仙、艷情、詠物。詠史之作以古比今，左思是創始人。……

　　　　朝會公卿大夫之作（裴師普賢《詩經評註讀本》（下）頁1）。可見其
　　　　詩立場多在於為政之王朝，與風詩來自民間「上以風化下，下以風
　　　　刺上」之性質相異。
〔註9〕張火慶〈中國文學史中的歷史世界〉一文。收於《中國文化新論·
　　　　文學篇一》，聯經版，頁268。

這四體的源頭都在王注《楚辭》裏。」〔註10〕實際上，就多方面而言，《楚辭》作為後代詠史詩體的源頭，的確較前舉《詩經》中以歷史為主題的詩篇來得貼切。屈原運用歷史題材，不僅有「喻君」與「自喻」的目的〔註11〕；在形式上，其對歷史人物的引述，只是有限度的擇其可作為典型、以資勸戒的事蹟，再予個人主觀意識的評定，這實為後來詠史詩之重要精神。只是，屈原作品裏的歷史題材，僅為全詩的片段，並非首尾完足的詩篇，當然就全詩的主題來講，是不符詠史詩之條件的。

　　而就其精神而言，如〈離騷〉運用歷史之詠嘆言今日政治之弊端，並表達自身之政治理想所在：

> 昔三后之純粹兮，固眾芳之所在。雜申椒與菌桂兮，豈維紉
> 夫蕙茝；彼堯舜之耿介兮，既遵道而得路。何桀紂之猖披兮，
> 夫唯捷徑以窘步。惟夫黨人之偷樂兮，路幽昧以險隘。

只選擇堯舜之「耿介」，桀紂之「猖披」的特質為詠，以配合其後黨人偷樂，幽昧險隘之所指，並表示己以堯舜為典型。再如：

> 苟中情其好脩兮，又何必用夫行媒？說操築於傅巖兮，武
> 丁用而不疑。呂望之鼓刀兮，遭周文而得舉。甯戚之謳歌
> 兮，齊桓聞以該輔。

取傅說、呂望、甯戚三人受君延用之事為詠，集合於「苟中情其好脩兮，又何必用夫行媒」的主題下，這種形式在魏晉詠史詩大量出現，是詠史詩成立自發展至成熟之前重要的過程。因為詩人自身情志的展現與寄託，而運用歷史題材中適合為詠的局部史事，此技巧確應影響了後世。與《詩經》中周代「史詩」之作以歌頌詠嘆民族英雄、建國事蹟的立場、目的，大不相同。關於這兩種不同的情況，張火慶先生認為這些早期文學裏類似詠史性質的詩、辭，「從它們的內容與表現，大約可以看出文人對於歷史世界的兩種不同反應——理性的、或感情

―――――――――――――――

〔註10〕朱自清〈詩言志辨〉一文，頁269，收於《朱自清古典文學論文集》，
　　　　源流出版社。
〔註11〕同註4，頁22。

的。前者與史家在建構歷史世界時所持的態度，仍有相似，只是比較斷章取義；後者則是文人從事於創作時，獨有的特色，在表現上也比較細緻且變化多端。若從中國詠史詩的發展上看，這兩種心態分別佔有一定的分量，甚至有著階段性的各領勝場。」〔註13〕《詩經》中有關歷史的敘述雖爲主觀，但其立場非藉以發抒一己之情緒，爲有計畫的、以政權中心爲主的，全盤回顧歷史，言其與史家立場較爲接近是可以的。

兩漢時期則爲詠史詩正式萌芽之期。「詠史」之名得於此時，其形式內容也有了獨特的、不同於先秦詠史性質作品的模式。

班固一首五言〈詠史〉，被視爲詠史詩誕生的標的，雖然有人懷疑其題本未稱詠史〔註14〕，但鐘嶸於《詩品》裏則曾兩度提及。而在此關心的是，其詩本身確可爲詠史詩的開創者。此詩以緹縈救父之事爲詠，全詩如下：

> 三王德彌薄，惟後用肉刑。太蒼令有罪，就遞長安城。自恨身無子，因急獨煢煢。小女痛父言，死者不可生。上書詣闕下，思古歌雞鳴。憂心摧折裂，晨風揚激聲。聖漢孝文帝，惻然感至情。百男何憒憒，不如一緹縈。

從首句至「惻然感至情」，完整的依據史事濃縮成詩句，交待提縈其事之因果背景，而末二句則是作者發出的感嘆。齊師益壽將此詠史詩歸於史傳型一類，指其特色即爲：「但指一事」，「據事直書」，「有感嘆之詞」；在結構上包括兩個部分——「述」與「贊」的部分。而這

〔註13〕同註9，頁272。

〔註14〕吉川幸次郎〈論班固的「詠史詩」〉：「收載此詩（班固詠史詩）的選本，最早係見於明代嘉靖年間，馮惟訥所編集的《詩紀》一書，並冠以「詠史」之詩題；（中略）曾引及此詩的較早之載籍中，據我所知，僅有一處，即《文選》李善注。……李善注中嘗引此詩而稱「班固歌詩曰」；（中略）二者字句之出入今姑不論，然《文選》注，此但稱「班固歌詩」，《詩紀》則題「詠史」，此或出於馮氏以意所加。」其後又言：「即使是出於馮氏恣意所爲，然因未發現其它反證，故以此爲班固〈詠史〉詩中的一首，以理衡之，似非爲過。」見《中外文學》第十三卷第三期，陳鴻森譯。

種結構，很像史記中列傳的結構，以「述」爲主，以「贊」爲客，不過是在詩中，「述」「贊」的前後次序較有彈性。〔註15〕

　　觀察此詩，去除末二句來看，實與敘事詩無異，所敘述的事件又是人們早已熟知的歷史，手法更是平淡無奇，無怪乎鐘嶸要稱其「質木無文」〔註16〕了。不過，這樣的一首詩，卻成爲創作詠史詩的基本形式。這種形式的產生，和班固本身是史家不無關係。從閱讀史籍，撰寫史書的過程中，發出對史事的個人喟嘆，他熟知史事，應亦熟知史籍撰寫形式，成爲此詠史詩的創作背景。換言之，詠史詩一題成立於史家之手，其特殊形式可說是源自於史傳的。而後則成爲魏晉詠史詩遵循的形式。

　　這種面對書本、文字記載而得來的喟嘆，與先秦時期來自特定目的，或吐自胸臆而運用歷史題材的創作性質自是不同的。當然，會選擇某一歷史現象爲詠，必有選擇的因素，譬如班固詠緹縈，可能即針對漢代肉刑之不仁道而發，並非全無心志的寄託；然而就全詩觀察，在敘述與贊嘆中無一不有道德意義的評定〔註17〕，作者的精神旨意實難得見。

　　班固的詠史詩應不是一首〔註18〕，另有三首斷片逸句：

　　　　長安何紛紛，詔葬霍將軍。刺繡被百領，縣官給衣衾。
　　　　寶劍值千金，指之于樹枝。

〔註15〕見齊師益壽〈談六朝詠史詩的類型〉一文，《中華文化復興月刊》第十卷第四期。

〔註16〕鍾嶸《詩品》：「東京二百載中，惟有班固詠史，質木無文。」

〔註17〕《史記・孝文本紀第十》：「齊太倉令淳于公有罪當刑，詔獄逮繫長安。太倉公無男、有女五人。太倉公將行會逮，罵其女曰：生子不生男，有緩急非有益也。其少女緹縈自傷泣。乃隨其父至長安，上書曰：『妾父爲吏，齊中皆稱其廉平。今坐法當刑，妾傷夫死者不可復生，刑者不可復屬，雖復欲改過自新，其道無由也。妾願沒入爲官婢，贖父刑罪，使得自新。』書奏天子。天子憐悲其意，乃下詔曰……其除肉刑。」

　　　　班固詠緹縈不僅同史記之述，字句亦多襲之。

〔註18〕參吉川幸次郎〈論班固的「詠史詩」〉一文。

延陵輕寶劍。

雖然只見片斷詩句，但可知內容分別以霍去病、季札掛劍之事為主題。再由晉人傅玄〈秋胡行〉一首（《玉臺新詠》題為「和班氏詩」）來推測，班固亦應有詠秋胡之作〔註19〕。暫且不論其以五言形式出現，對於文學史上考訂五言詩形成時代所具之重要意義；這種情形顯示班固有意於詠史詩的創作，並也確實樹立了詠史詩的典型。

這種典型相較於先秦詩歌裏詠史性質之篇章，除了皆以歷史題材為主外，動機與形式顯然皆有所不同，稱不上「一脈相承」的緊密性。而若仔細觀察，漢代詩歌除班固詠史詩之外，其實尚有其它詠史詩的存在。東方朔有〈嗟伯夷〉一首：

窮隱處兮窟穴自藏，與其隨佞而得志兮，不若從孤竹於首陽。

其題寫的是伯夷，其詩寫的也是伯夷叔齊隱於首陽之事；首句先點出伯夷是個什麼樣的人物，但不敘述事蹟；後以「與其」如何「不若」如何，呈現作者個人對史事的態度；有史有詠，無疑是詠史詩。但它顯然與班固詠史詩之簡括史書，「述」「贊」分明不同。若再就東方朔個人背景的配合考量，則更可見其「以史抒情」的本質，與先秦詩歌運用歷史題材的精神是相通的。

根據《史記·滑稽列傳》的記載，東方朔因行徑怪異被稱為狂人，有人問起，他便答道：「如朔等，所謂避世於朝廷間者也。古之人，乃避世於深山中。」而歌曰：「陸沈於俗，避世金馬門。宮殿中可以避世全身，何必深山之中蒿廬之下。」由此可知，其避世於朝廷的態度正如伯夷叔齊避世於深山之中；而〈嗟伯夷〉所指為伯夷，所託乃己言。它並沒有班固詠史詩所揭之平整的格式，卻較近於「一脈相承」的文學傳統，這在後來魏晉詠史詩的發展裏，與班固詠史形式隱然成為兩條並行的脈絡。

東漢酈炎有詩二首也是值得注意的。此時已有班固詠史詩的出現，然酈炎於詩中運用史事的方式與班固並不同。其詩二首如下：

〔註19〕同註18。

　　大道夷且長，窘路狹且促。脩翼無卑棲，遠趾不步局。舒
吾陵霄羽，奮此千里足。超邁絕塵驅，倏忽誰能逐。賢愚
豈常類，稟性在清濁。富貴有人籍，貧賤無人錄。通塞苟
由己，志士不相卜。**陳平敖里社，韓信釣河曲**。終居天下
宰，食此萬鍾祿。德音流千載，功名重山嶽。

　　靈芝生河洲，動搖因洪波。蘭榮一何晚，嚴霜瘁其柯。哀
哉二芳草，不植太山阿。文質道所貴，遭時用有嘉。**絳灌
臨衡宰，謂誼崇浮華**。賢才抑不用，遠投荊南沙。抱玉乘
龍驥，不逢樂與和。安得孔仲尼，爲世陳四科。(以上圈號為
筆著所加)

詩中出現陳平、韓信、絳侯、灌嬰之事僅爲數句，因此日學者興膳宏
認爲此詩中歷史人物、故事不過是道具而已〔註20〕。然而酈炎詩中運
用史事的方式卻值得留意。依興膳宏「道具」之說，即與詩中典故運
用之意相同；但是在這二首詩中，雖歷史人物僅短暫出現，無其事蹟
之引述，全詩亦非以此史事引起；然二詩中卻各有一主題成爲全詩之
主幹，這主題則與其所引史事緊密相關。

　　如前一首，即以「富貴有人籍，貧賤無人錄。通塞苟由己，志士
不相卜」爲其主旨，之前詩句皆依此旨而發，之後陳平、韓信亦出於
此題。其主題選擇或與作者本身欲抒之心志相關，然若句句視爲依陳
平、韓信事蹟而出，亦十分相合。除了未仔細交待陳、韓二人生平始
末之外，其詩後半明顯是針對二人所詠嘆的。第二首詩的情形亦同，
主題在於「文質道所貴，遭時用有嘉」，其後賈誼即依此主題爲詠。
簡言之。酈炎之運用歷史人物、事件有另一種不同的方式，它並不像
典故脫離原有的血肉應用於不同的場合中，它和全詩之詠嘆內容是直
接相關的。它不必交待所引人物事件始末，因爲它只想截取某一部份

〔註20〕興膳宏〈左思と詠史詩〉一文：「班固、王粲らの詠史詩では故事を
　　　歌うこと自體が一つの大きな目的でありえたのに對し、酈炎の詩
　　　では、故事あるいは歷史人物は一つの道具だてとしての價値を有
　　　するにすぎない。」《中國文學報》第二十一冊。

為詠，而非全盤的詠嘆，至於它想截取的是哪一部份，則揭示在全詩的主題裏；也就是說，其詩必有「主句」的存在，以結合以下所提出的歷史事件。

這種形式在魏晉詩壇中大量出現，形成詠史詩的常見形式。興膳宏亦意識到酈炎詩所產生的引導性，並提出特別是在曹氏父子的作品中可易見。〔註21〕

而若加以回顧，即不難發現酈炎詩運用歷史題材的方式，與本節前舉屈原在〈離騷〉中運用的手法是相同的；同樣的例子，在〈九章‧惜往日〉中亦可見：

> 聞百里之為虜兮，伊尹烹於庖廚。呂望屠於朝歌兮，甯戚歌而飯牛。不逢湯武與桓繆兮，世孰云而知之。
> 吳信讒而弗味兮，子胥死而後憂。介子忠而立枯兮，文君寤而追求。……或忠信而死節兮，或訑謾而不疑。弗省察而按實兮，聽讒人之虛辭。芳與澤其雜糅兮，孰申旦而別之。

詠百里奚、伊尹、呂望、甯戚等古賢被任用，以及伍子胥、介子推忠信死節之事，納於其後「芳與澤其雜糅兮，孰申旦而別之」的主題中，是言前人之嘆，亦言己之心情。再如〈涉江〉：

> 接輿髡首兮。桑扈臝行。忠不必用兮，賢不必以。伍子逢殃兮，比干菹醢。與前世而皆然兮，吾又何怨乎今之人！

同樣的情形，「忠不必用兮，賢不必以」成為結合眾多史事的主旨。

由此觀之，所謂詠史詩，在魏晉以前隱然有兩條脈絡，這樣的認識，對於討論魏晉詠史詩之構成形式與發展是必須的；除了班固詠史一題的成立之外，自先秦以來詩歌中「以史抒情」的手法原就已存在、持續著。詠史詩一體的成熟，匯集著二者的養份；這是在探討此一詩

〔註21〕同註 20 一文：「この（指酈炎詩）ようなあり方において歷史人物のイメージが遇される詩は、時が三國に移つて詩人の數も作品數も飛躍的な增加を示すようになるとともに、いつそう顯著に私たちの前に現われてくる。私の觀察によれば、こうした手法はことに曹氏父子の作品中で著しい傾向をなすように感じられる。」

體之源流與形成過程時不可忽略的。

第二節　以班固〈詠史〉爲典型——魏晉詠史詩（甲）

　　何焯《義門讀書記》中曾對遊仙詩提出正體、變體的說法〔註22〕；關於詠史詩，他亦言：「詠史不過美其事而詠歎之。櫽括本傳，不加藻飾，此正體也。太沖多自攄胸臆，乃又其變。」〔註23〕意指詠史一體自班固揭題而起後，發展至左思詠史時有了變革，與前代不同，故爲變體。此說雖亦著眼於詠史詩的流變，然卻忽略了詠史詩發展中的另一重要源頭，左思詠史的「變」並非完全獨創；何焯所言其實是就班固詠史詩之一脈而言——即明顯以詠史爲題揭示詩旨者，依此考量，左思詠史詩自然與前人有顯著的不同；但是如前節所述，魏晉以前，除班固詠史詩之外，事實上亦有著不以詠史爲名卻以史入詩抒情的詩作存在著，它的源頭甚可溯自先秦，這種創作方式在魏晉時期大爲流行，它可運用於各種需要中，抒情、贈答、批評時事等，對於史事的截取鎔鑄亦較有變化；所謂左思詠史的「變」，必須就此一脈絡來觀察。

　　然何焯提出「正體」的說法，卻頗堪玩味。正體的存在，似乎意味著一個最初的、固定的典型結構。所謂「正體」，通常是一種基本的典型，結構上四平八穩，有固定的表現手法，類似一題目之下的範例、範本。這種情形，在詠物詩、宮體詩、田園詩等詩類中皆可見到，當它成爲典型化時，我們很難在其中分辨哪一首詩是出自哪一個詩人的手筆。何焯「正體」之說，顯示詠史詩亦有一個共同的規格存在，此一規格，筆者認爲即起自以班固〈詠史〉爲典型，沿至魏晉時期以詠史（包括詠古人古事）爲題的一系列作品。

　　至於「變」，雖然左思詠史在「詠史詩」爲題一系之下，不管形式內容各方面都有了極大的變化，但是考察其承襲脈絡，其「變」並

──────────────

〔註22〕見何焯《義門讀書記》文選卷二：「何敬祖遊仙詩，遊仙正體，宏農其變。」

〔註23〕同註 22 何焯書。

不是絕對的，雖然其在詠史詩一體的奠立與價值上是有極大的貢獻，然就何焯的敘述觀點而言稍嫌單一。若就詠史一題而言，左思詠史確是一大「變」，而若就其「變」的內容而言，其却非完全開創，甚且淵源甚早。那麼何者為「正」，何者為「變」，實有待討論。胡應麟《詩藪》言：「詠史之名，起自孟堅，但指一事。魏杜摯贈毋丘儉，疊用入古人名，堆垛寡變，太沖題實因班、體亦本杜」。其中隱有分魏晉詠史詩為兩條脈絡之意，但將左思之「體」溯自杜摯却未能顯其完整的演變過程。本文引何焯「正體」之說，用以說明一詩體之典型結構的存在，並非全襲其正變的觀念，而欲另從兩條線索來觀察魏晉詠史詩的流變與構成形式。

六朝詩歌的滋長自然有各種的因素，然而文學集團的形成與與文士互相唱和競才實居推動之功。筆者認為許多詩類典型的產生，與此應不無關係。曹丕〈與吳質書〉中曾言：「昔年疾疫，親故多離其災，徐、陳、應、劉，一時俱逝，痛可言邪；昔日遊處，行則連輿，止則接席，何曾須臾相失，每至觴酌流行，絲竹並奏，酒酣耳熱，仰而賦詩，當此之時，忽然不自知樂也。」由此，可想像當時文學集團聚合之盛況，而文士聚會，重頭戲乃在賦詩吟詠，一較長才，賦詩若有競賽性質，自然必須在相同的形式主題之「規格」下進行，因此許多同名共詠的詩，經常是這種情形下的產物。

以魏晉詠史詩而觀，當詩人們寫「詠史詩」時，往往便是那具有某種固定典型的詩類，而這固定典型正是承班固詠史之作而來的——濃縮史事，加以簡短的感嘆；亦有跡象顯示它們可能是被用於酬唱場合。以建安時期詠三良為主題之三首詠史詩為例：

王粲〈詠史詩〉：

> 自古無殉死，達人所共知。秦穆殺三良，惜哉空爾為。結髮事明君，受恩良不訾。臨沒要之死，焉得不相隨。妻子當門泣，兄弟哭路垂。臨穴呼蒼天，涕下如綆縻。人生各有志，終不為此移。同知埋身劇，心亦有所施。生為百夫

雄，死爲壯士規。黃鳥作悲詩，至今聲不虧。

阮瑀〈詠史詩〉一首之一：

> 誤哉秦穆公，身沒從三良。忠臣不違命，隨軀就死亡。低頭闚壙戶，仰視日月光。誰謂此可處？恩義不可忘。路人爲流涕，黃鳥鳴高桑。

曹植〈三良詩〉：

> 功名不可爲，忠義我所安。秦穆先下世，三臣皆自殘。生時等榮樂，既沒同憂患。誰言捐軀易，殺身誠獨難。攬涕登君墓，臨穴仰天歎。長夜何冥冥？一往不復還。黃鳥爲悲鳴，哀哉傷肺肝。

就三詩個別觀察，可說其詠史方法各有經營的方式。王粲一首與班固最爲類似，首句至「涕下如綆縻」一段交待了三良事由，後段則是自身發出的感嘆，其敘事部分，班固詠緹縈字句多襲自史記，王粲此首取《詩經・黃鳥》一章之句意。「臨穴呼蒼天」即概括自「臨其穴，惴惴其慄。彼蒼者天，殲我良人」，而「生爲百夫雄」亦同「維此奄息（仲行、鍼虎），百夫之特（防、禦）」之意〔註24〕。但此詩較之班固，王粲筆端有情，較爲動人。

　　阮瑀則簡化了史事，在前二句就點出重點，隨後著重於三良心理狀況的描述，至於評贊則在首句很精短的說出來了，是與王粲不同的，營造一種高昂有力的氣勢，其首句直言「誤哉秦穆公」一路直下，透顯三良「恩義不可忘」的忠貞，前人認爲此體爲詠史詩之下斷語之始〔註25〕。

　　曹植詩首二句「功名不可爲，忠義我所安」有如文章之卷頭語或小說之楔子一般，具揭示主題與「警語」的性質，其下亦敘三良事蹟，繼而評道：「誰言捐軀易，殺身誠獨難」，再接著狀其入墓之際悲嘆之

〔註24〕其事見《左傳・文公六年》：「秦伯任好卒，以子車民之三子奄息、仲行、鍼虎爲殉，皆秦之良也。國人哀之，爲之賦黃鳥。」

〔註25〕毛先舒《詩辯坻》卷二：「阮元瑜詠史二首，收法極有氣勢。蓋此體一下斷語，便啓惡道矣。」（錄自《清詩話續編》）

情，又呈現了與前二首不同的味道。

雖然他們各有各的表現方式，然這其實都不過是在一個大規格下的小變動而已，如《抱真堂詩話》便指仲宣與子建所作三良詩「所處不同」，是在「首句各自出意」〔註26〕，詩人們在這個主題一致、結構一致、性質一致的詩題下，運用自己的才華，各顯其才。所謂主題、結構、性質的大規格，在這三首詠史詩的共同點中可以整理出來。

三首詩的結構是——敘事加評述，並以詠一人一事為限〔註27〕。敘事不論長短，皆簡括自史事或文字記載，評述不論如何安排，其實感嘆的內容都十分一致，沒有突出的異議。雖然在詩歌技巧與動人力量較班固稍強，但是整個形式距班固並不遠。另值得注意的是，三首詩的結尾都歸到《詩經》的〈黃鳥〉一章，這種不約而同的表現，或可在無直接證據之下，為同題競作的現象做一旁證。王粲等三人同屬一文學集團，以共同的主題為詠，有共同遵守的大原則，也有私自約定的小規則（詩末歸於〈黃鳥〉一章）。他們雖未必是在同一場合中相互競作，但其創作間的關聯性應是毋庸置疑的〔註28〕。當然，以「詠

〔註26〕宋徵璧《抱真堂詩話》：「三良詩，仲宣作何其怨慕，子建作何其忠婉，所處不同，首句各自出意。」（錄於《清詩話續編》）

〔註27〕齊師益壽〈談六朝詠史詩的類型〉一文，分六朝詠史詩為三種類型，其中言：「丁福保在所編《全漢三國晉南北朝詩》的緒言中曾說：『班固詠史，據事直書，特開子建，仲宣詠三良一派。』從丁福保的話看出，可知詠史詩之中還有不同的流派。他指出曹植的〈三良詩〉、王粲〈詠史詩〉跟班固的〈詠史〉詩同屬一個派別，這是正確的看法。而這一派的詠史詩，我以為可定名為史傳型的詠史詩」，並指出此類型之特色為「結構上包括兩個部分：一是『述』的部分，一是『贊』的部分。這兩部分之間的關係，是以『述』為主，以『贊』為客。」本節所論魏晉詠史詩甲類，大致與齊師「史傳型」詠史詩相類，但齊師以其詩性質而分詠史詩為「史傳」、「詠懷」、「史論」三型，本文則以詠史詩之源流發展立場著眼，故在討論上另有不同。

〔註28〕興膳宏〈左思と詠史詩〉一文中亦嘗論及其三人，乃至建安文士集團裏，作品間的關聯性：「建安文學は多く曹氏兄弟を中心とする同志の雰圍氣の間から生まれた。個個の詩人作品は、目に見えぬ絆

史詩」爲題之作並不盡出自於酬唱競作，但是它們的形式確是有一個
既定的限制存在的。即如曹植，除了〈三良詩〉之外，尚有許多詠史
的篇章（見本章第三節所論），然這些詩篇的形式却不與〈三良詩〉
相同，更可見二者之間的分際。以「詠史」爲題者是自成一格的。

　　嚴格說來，簡括史事入詩，除了表現詩人的巧思與精簡的工夫
之外，意義並不大〔註29〕，因爲再怎麼出奇致勝，終究不能違背史
實，閱讀起來也就難逃乏味的命運。至於心志的寄託，前舉三詩選
擇三良事爲主題，是否由於這些文士皆屬曹氏政權的臣子地位，因
此要借詠三良來有所寄寓呢？他們在詩中雖爲三良殉穆公之事表示
哀痛，却不如〈黃鳥〉一章哀悼與批判之意貫穿全詩，而著筆於三
良的忠誠，推崇其忠臣的行爲，一方面表示自己的忠貞，一方面則
隱指曹氏當權者不應以己意來謀殺賢臣。如果以這個觀點來考量這
些詩作，也許是確有寄託心志之用。然而這種寄託實屬一種自身對
在位者的表態，對象是單一的，但更重要的是，從魏晉時期的數首
「詠史詩」作品的觀察裏，敘事之外的感嘆部分，事實上個人色彩
並不明顯，多皆以已成定論的評論加以引用或發揮，因此雖有感嘆，
却少見作者生命力的顯現。換言之，即使這些詩的背後有所寄託，
有先入爲主的意見加以選用，但若不配合作者的背景、心情等外在
條件加以推敲，是難以判斷他的動機的。畢竟其詩明白揭題爲「詠
史」，其內容確也謹守其份，儘管創作時之「有意」與「無意」是難
以斷然論定，但是就其顯示的程度而言，有意藉詠史的形式來寄託
個人特殊心志的力量是很薄弱的。同題賦詠，是在既定的主題下，
再附以個人的情感意見而出，是「以情附題」，與先有不吐不快之心
志成形，再擇史事而詠之「以題附情」，擁有揮灑的自由度，終究是

　　によって強い連帶感を保っている。」
〔註29〕同註 27 一文：「這一型的詠史詩，所詠對象都是一特定的古人，而
　　　　且人物事跡，全有出處。（中略）如此，在『述』的部份便不能不受
　　　　史實的拘限，作者所能表現的不過是修辭剪裁的工夫。而『贊』的
　　　　部份差不多都是異口同聲的贊美感嘆，別無新意。」

有差異的。

　　觀察魏晉時期，以「詠史」（包含詠人物）為題之詩，事實上數量有限〔註30〕，而魏晉詠史詩自然不僅於此。然而這些詩不論時代早晚，皆遵循著共同的格式，其中曾因左思詠史詩的出現，突破了原有的格局，但在左思之後的「詠史詩」卻仍未見太大的變化〔註31〕。如張協一首〈詠史〉，主題為二疏之功成身退，仍舊是交待了二疏事跡與行止，贊嘆推崇其情操。詩如下：

> 昔在西京時，朝野多歡娛。藹藹東都門，羣公祖二疏。朱軒曜金城，供帳臨長衢。達人知止足，遺榮忽如無。抽簪解朝衣，散髮歸海隅。行人為隕涕，賢哉此大夫。揮金樂當年，歲暮不留儲。顧謂四座賓，多財為累愚。清風激萬代，名與天壤俱。咄此蟬冕客，君紳宜見書。

這首詩或非互相唱和之作，而再考察張協本人及其作品，此詩當可有張協本身情志之寄託〔註32〕，或許是對當時政壇的一種反擊，並提出自己稱許的典型。但他仍採用了「詠史」之固定形式，所能呈現的義蘊，顯然不如在〈雜詩〉中的揮灑自如。

〔註30〕王　粲：詠史詩
　　　　阮　瑀：詠史詩二首
　　　　曹　植：三良詩
　　　　左　思：詠史詩八首、詠史詩
　　　　張　協：詠史
　　　　王胡之：覽古詩
　　　　袁　宏：詠史詩
　　　　陶淵明：詠二疏詩、詠三良詩、詠荊軻詩
〔註31〕左思的〈詠史詩〉名雖承班固而來，其形式結構卻大不相同，似承自魏晉詠史詩之另一脈絡而來。其表現手法雖在魏晉「詠史詩」中未造成影響，卻使六朝之「詠史詩」有了明顯的改變。就魏晉詠史詩發展的風格，以及左思詠史詩本身的價值而言，皆須將左思詠史詩另立專章討論。
〔註32〕據張協本傳：「協，字景陽。（中略）入為中書侍郎，轉河間內史。以亂屏居草澤，屬詠自娛。永嘉初，徵為黃門侍郎。不就。」張協與其兄張載齊名於當時，見當時時局混亂，便各自辭官隱退，因而能避禍。故其詠二疏之行止，不無自身表白之意。

　　另如陶淵明亦有〈詠三良〉一首，觀其詩的結構，實與王粲、曹植無異，不過是在敘事部分以三良之立場、口吻來描寫，傳達為臣之戒慎與忠情，末仍歸於《詩經》〈黃鳥〉一章。可視之為和王粲等人詠三良之作。至如〈詠二疏詩〉、〈詠荊軻詩〉亦屬相同形式。試舉一首為例：

〈詠荊軻詩〉：

　　燕丹善養士，志在報強嬴。招集百夫良，歲暮得荊卿。君子死知己，提劍出燕京。素驥鳴廣陌，慷慨送我行。雄髮指危冠，猛氣衝長纓。飲餞易水上，四座列羣英。漸離擊悲筑，宋意唱高聲。蕭蕭哀風逝，淡淡寒波生。商音更流涕，羽奏壯士驚。心知去不歸，且有後世名。登車何時顧，飛蓋入秦庭。凌厲越萬里，逶迤過千城。圖窮事自至，豪主正怔營。惜哉劍術疏，奇功遂不成。其人雖已沒，千載有餘情。

建安時期阮瑀即有詠荊軻之詠史詩一首，與前舉他詠三良之詩同樣只有短短十句長度，從「燕丹善勇士」開始，敘荊軻事至易水送別而終。錄其詩如下：

　　燕丹善勇士，荊軻為上賓。圖盡擢匕首，長驅西入秦。素車駕白馬，相送易水津。漸離擊筑歌，悲聲感路人。舉坐同咨嗟，歎氣若青雲。

因燕丹善勇士，故而荊軻擔負了「圖盡擢匕首」的執行任務，便有了悲壯的易水送別。阮瑀此詩形式特殊之處，在於其有述而無詠，而且敘事不完整；就簡括史事來說，他並未呈現荊軻的全部事跡，易水送別後荊軻的遭遇在詩中就看不到了。缺乏詠的詠史詩自然是有缺憾的，從另一方面看，不過即是以史事為題材的敘事詩而已。

　　然觀陶淵明〈詠荊軻詩〉則顯然是祖述阮瑀之作。不論是首句的「燕丹善養士」，或是「漸離擊悲筑」，以及「飛蓋入秦庭」、「圖窮事自至」等皆如阮詩。但卻詩述其人其事本末，補阮詩之不足，亦在末二句補上了自己的感嘆。從這二首詠荊軻的詩作中，更顯示此類以班

固詠史爲典型的詠史詩，敘事部分是重於感嘆部分的。換言之，「詠」的部分不僅平淡無奇，佔全詩的篇幅亦小，不過像是附驥尾而出，創作之功力主要顯示於敘事部分。

這種形式結構，並不只是魏晉詠史詩發展初期的現象而已，也不是魏晉詠史詩的單一面貌。事實上，同時另有許多雖不明以詠史爲題的詠史作品存在著，它們呈現不同的型態，與這些「詠史詩」並行發展著，對於整個魏晉詠史詩的成熟與定位，佔有同等的份量。

第三節　以史抒情寄意之傳統──魏晉詠史詩（乙）

以歷史人事入詩的作法並非始自班固，可溯源至更早，在前文已有所論證。嚴格說來，這原屬詩人創作時所運用的表現技巧之一。他們不必在「詠史」的名目下，亦以詠史的方式表達欲託訴的主題，而造成詩作本身多重的特殊效果，這樣的方式是前有所承的，然而，詩人們大量的運用寫作，卻是在魏晉詩壇才特別的顯著。

以詩題來區分詩類雖不十分恰當，然而，在魏晉詠史詩的討論中，這些爲數不少的非以「詠史」爲題的詠史詩作，確實有著與以「詠史」爲題的詩作不同的面貌，就其發展脈絡而言，是有分別討論的意義的。它們同樣以史事連綴成爲全詩主體，並引發感嘆，無疑是詠史詩類了；但其不以「詠史」爲題，沒有「同題賦詠」的創作背景，避開了團體與「典型」，不僅在選擇主題詠述的心態，或者創作手法的使用，都有了更多的個人因素與創作自由度的存在。

建安文士幾乎皆有詠史的作品產生，前節所舉不過其中之一二。這一方面顯示了當時士人對史書的熟悉（見第二章第二節）。另一方面，除了互相唱和的產物外，在自由創作的過程裡，詩中描述的主題、對象因詩人自身情況而異，則較能從中窺見詩人的情性與寄託。在詭譎的魏晉政壇中，詠史無異是一種溫和而清楚的象徵手法。即使純就詩作本身而言，史事與主旨互映，亦有利意象的營造。試舉曹丕〈惶

惶京洛行〉一首：

> 夭夭園桃，無子空長。虛美難假，偏輪不行。淮陰五刑，
> 鳥盡弓藏。保身全名，獨有子房。大憤不收，褒衣無帶。
> 多言寡誠，祇令事敗。蘇秦之說，六國以亡。傾側賣主，
> 車裂固當。賢矣陳軫，忠而有謀。楚懷不從，禍卒不救。
> 禍夫吳起，智小謀大。西河何健，伏尸何劣。嗟彼郭生，
> 古之雅人。智矣燕昭，可謂得臣。峨峨仲連，齊之高士。
> 北辭千金，東蹈滄海。

以兩句至四句為一段落，概括一個人物，全詩由興句引起。曹丕結合
這許多歷史人物為詩，顯然有其弦外之音，這些人物有共同的身份：
人君之重要輔臣。他們雖非一國之主，對大局却是舉足輕重的，但下
場不同。韓信在事成後身亡，張良保全；三國因蘇秦之言而亡，楚懷
王不聽陳軫之言而得禍；這種種描述即在突顯一點：賢臣左右著人
主，而人君極需賢臣。集合這些事件於此主題下，曹丕的心意便明白
昭顯了。「智矣燕昭，可謂得臣」是他所慕，而「忠而有謀」之臣是
他所求，是求才若渴的心理表現。如這般的帝王口吻，大概是一般文
士不會有的。同樣的帝王心態，也出現在漢末雄主曹操的詠史詩中，
〈短歌行〉一首如下：

> 周西伯昌，懷此聖德。三分天下，而有其二。修奉貢獻，
> 臣節不墜。崇侯讒之，是以拘繫。後見赦原，賜之斧鉞。
> 得使征伐，為仲尼所稱。逮及德行，猶奉事殷。論敘其美，
> 齊桓之功。為霸之首，九合諸侯，一匡天下。一匡天下，
> 不以兵車。正而不譎，其德傳稱。孔子所嘆，並稱夷吾。
> 民受其恩，賜與廟胙。命無下拜，小白不敢爾，天威在顏
> 咫尺。晉文亦霸，躬奉天王。受賜珪瓚，秬鬯彤弓。盧弓
> 矢千，虎賁三百人，威服諸侯。師之者尊，八方聞之，名
> 亞齊桓。河陽之會，詐稱周王。是以其名紛葩。

看他詠嘆的對象皆為天下霸主，不難得知其胸懷與野心，以及對威服
天下的嚮往。

由此二首詩觀，與前節所述甲類詠史詩之形式大不相同，但是並不陌生，與本章第一節中所引屈原作品中部分詠史段落類似。取史事人物中符合本詩主題之重點，集合詠嘆；這種創作方法在魏晉時期得到延續與發展，成爲構成全詩的主體，不再是片段的運用，亦在酈炎〔註33〕詩發端之後更進一步的開展。更明顯的詩例，如曹植〈豫章行〉一首：

> 窮達難豫圖，禍福信亦然。虞舜不逢堯，耕耘處中田。太公未遭文，漁釣終渭川。不見魯孔丘，窮困陳蔡間。周公下白屋，天下稱其賢。

把虞舜、太公、孔子、周公串連起來的軸心，即全詩首二句所揭示的主題。曹植運用這些人物，僅取其「遇」與「不遇」之間的際遇，以與自己冀一展抱負的徬徨心境做對照。由於地位處境之不同，這樣的詩是不會出現在其父曹操、其兄曹丕手中的，與甲類詠史相較，同題共詠的詩作雖不乏個人心情的融入，但對於其面面俱到、就事（史）論事的客觀立場必須顧及的限制，所傳遞的個人情志力量便弱得多。

而集合此非題爲詠史之詠史詩爲一類，則因其亦正有著共同的表現特色，恰與甲類分明。最大的不同，是它們多半是合多人多事爲詠，重點並不在於每一對象的背景、過程的具體呈現，他們並不在乎事件敘述的完整與否，而是取其部分情境遭遇以詠，至於擇取的標準則視詩人所欲表現的主題而定。而先提出主題，再詠史事，似乎是曹植詠史詩的慣有寫法，〈怨歌行〉、〈精微篇〉，至如前節所引〈三良詩〉皆同。

甲、乙二類同有詠史不可少的讚嘆部分，然筆者認爲這二類的詠讚，由於創作背景、形式有所差異，性質亦應有所分辨。甲類詠史，以一人一事爲敘述重點，他們交待史事的來龍去脈，成爲詩的主要部分，詠歎不過跟隨所詠對象而來，提出的多是已成定論的說

〔註33〕見本章第一節之引論。

法；或許也正有寄託，卻無法明確斷定。至於乙類詠史，爲何串連這些史事，爲何取這部分的情境、遭遇，本身即耐人尋味；這必緣於作者內心的情志、主張，而這個主張往往就呈現在詩中的評歎裡。詩人是在心中先有了想法，才去結合這許多歷史上的人事的可能性，要比甲類大得多。

興膳宏認爲如酈炎詩中運用史事的方式，史事不過如詩中的道具而已〔註34〕，此說在酈炎詩中確可成立，然脫胎自相同手法的許多魏晉詩作却不能如是觀。如前舉曹氏父子之詩，史事雖被選用以表達詩人既定的主旨，但是它們已然成爲全詩的主體，是全詩的主要架構，無法不視之爲詠史詩，而爲詠史詩創作的另一種形式。

此類詠史詩活用於各種創作目的與場合，其風格亦跟著文學潮流的演進而開展。詠史詩在此時多以樂府古題爲之，以樂府舊題爲詩乃曹氏父子之所擅，亦與詩體演變過程相關。曹操則爲以樂府古題敘詠史事懷抱之第一人。

詠史抒懷的方式亦可用於互相贈答，值得特別提及者爲杜摯與毋丘儉互相贈答一組；表面看起來是贈答詩，實質上是詠史詩。由此更見詩人詠史之時，是有自己的話要說的。杜摯贈毋丘儉之作比毋丘儉回贈者更爲明顯：

> 騏驥馬不試，婆娑櫪櫪間。壯士志未伸，坎軻多辛酸。伊摯爲媵臣，呂望身操竿。夷吾困商販，甯戚對牛歎。食其處監門，淮陰飢不餐。買臣老負薪，妻畔呼不還。釋之宦十年，位不增故官。才非八子倫，而與齊其患。無知不在此，袁盎未有言。被此篤病久，榮衛動不安。聞有韓眾藥，信來給一丸。

前有興句，繼有主題，後爲一串的史事，共有十人之多。對於史事背景的交待更爲簡化了，僅以一句點出關鍵處而已。其中呂望、甯戚等人史事在屈原之詠史段落（參本章第一節）亦出現過。而同樣的人物，

[註34] 參本章註20。

在屈原筆下是用來詠其「苟中情其好脩兮，又何必用夫行媒」，羨慕人君能識其才於草莽；在杜摯的筆下，則成為「壯士志未伸，坎軻多辛酸」的代表，這完全是因於作者截取史事時著眼點的差異，立場的不同，配合主題的旨意，屈原取其因人君識才而獲舉之幸運，杜摯則全取前人困厄之際為詠。由此便可見這類詠史詩比起班固典型的敘事型詠史有更大的創作空間，不必受限於一人一事首尾交代完整的呆板，而這樣的手法與後來詩中之使事用典應是相關的。

杜摯這首詩中，可見詩人是如何的坎坷心情，他用了這些史事來自況，最末則消極的歸結於求藥學仙，對現實世界十分沮喪。除了杜摯之外，如潘尼有〈送盧弋陽景宣詩〉，王胡之〈答謝安詩〉〔註35〕同樣是詠史詩。此外，尚有歐陽建以詠史體來寫〈臨終詩〉，阮籍詠懷詩中亦不乏詠史詩的出現〔註36〕，由此可見，此類詠史形式是流行於魏晉詩壇，並被廣泛的運用。

此時詠史詩多半不脫樂府詩題，曹植、傅玄、張華等人都有不少的作品〔註37〕；而在形式上相當一致，沒有太大的變化，故能合稱一類以與前節以班固之作為典型互相比論。這種形式到了左思手中，不但承繼，且加以轉化，將此類詠史自樂府詩中脫出，亦轉變了以〈詠史〉為題之詩的既定模式；從這個觀點來看，才更能掌握左思詠史之價值。

〔註35〕潘尼詩為：「楊朱焉所哭，歧路重別離。屈原何傷悲，生離情獨哀。知命雖無憂，倉卒意低迴。歎氣從中發，灑淚隨襟頹。九重不常鍵，閶闔有時開。愧無紵衣獻，貽言取諸懷。」
王胡之詩為：「巢由坦步，稷契王佐。太公奇拔，首陽空餓。各乘其道，兩無貳遇。願弘玄契，廢疾高臥。」

〔註36〕如詠懷詩「二妃遊江濱」一首詠舜之二妃；「昔聞東陵瓜」詠邵平；「狷獫上世士」詠巢父許由；「駕言發魏都」則詠戰國魏敗亡於秦之史事：凡此種種，皆藉詠史來詠懷。

〔註37〕曹植：丹霞蔽日行、豫章行二首、怨歌行、靈芝篇、精微篇
傅玄：惟漢行、長歌行、秋胡行、秋胡行（和班氏詩）、牆上難為趨
張華：遊俠篇、蕭史曲、縱橫篇

　　另要提及者，是張華〈遊俠篇〉一首。在齊師益壽一文中，將六朝詠史詩分有史論型一類〔註38〕。所謂「論」是指「別出心裁，獨具慧眼」的，不僅超出一般共同感受。而且往往有「特意作翻案、唱反調的」。並提出在六朝時這類詠史詩並不多，僅顏延之〈五君詠〉可列入，其餘則存於唐以後的詠史詩中。但是，筆者觀察，雖然不論甲類或乙類詠史詩，其贊語皆不脫已成歷史定論的評斷，即使是在配合詩中主題選擇史事片段時，亦是按照其固定的評價。然在張華〈遊俠篇〉中，卻彷彿已透露一些不以為然、唱反調的端倪。全詩如下：

> 翩翩四公子，濁世稱賢名。龍虎相交爭，七國並抗衡。食客三千餘，門下多豪英。遊說朝夕至，辯士自縱橫。孟嘗東出關，濟身由雞鳴。信陵西反魏，秦人不窺兵。趙勝南詛楚，乃與毛遂行。黃歇北適秦，太子還入荊。美哉遊俠士，何以尚四卿？我則異於是，好古師老彭。

以戰國四公子為詠嘆對象，稱其美善，推崇其功業，但在末二句卻提出全然不同的生活態度；詠則詠之，卻不認同。

　　在後來詠史詩的發展中，此乙類詠史詩佔有重要的意義，如班固一般重於敘事，來自書中文字的複誦與感嘆，後代已難得見；而此不以一人一事為限、不作乏味的史事複誦、擇前人部分情境以自喻的創作形式，則提供了一個可供發展的空間，並豐富了詩歌本身的義蘊。

〔註38〕〈談六朝詠史詩的類型〉第五章節。《中華文化復興月刊》第十卷四期。

第四章　魏晉詠史詩的情志與風格

　　由於左思詠史八首在魏晉詠史詩中具有獨特的地位與價值，故將於後章專論，此處以其它魏晉詠史作品為主。

第一節　主題精神

　　在大約五十多首（依第一章所述原則取捨）的魏晉詠史詩中，可明顯發現，詠歷史人物者佔絕大多數，以歷史事件為主題者較少；在這些少數以事件為主的詠史作品裡，詠三良殉死之事者最多，概因其為互相詠作下的產物，計有王粲、阮籍、曹植（此三人詠三良之相關性已見於第三章第二節），以及陶淵明等所作四首，另有曹植〈丹霞蔽日行〉以紂亂周興，漢繼周起，詠「王道興」的道理；阮籍〈詠懷詩〉八十二首之三十一「駕言發魏都」詠戰國時魏敗於秦之事；傅玄〈惟漢行〉以鴻門宴一事為詠；盧諶〈覽古詩〉〔註1〕

〔註1〕 降大任先生在〈詠史詩與懷古詩有別〉（《社會科學戰線》1984，四期，文藝學）一文中以陳子昂〈薊丘覽古贈盧居士藏用七首併序〉一詩認為「所謂『覽古』與懷古是同一意思」。懷古詩是透過歷史遺址的觸發而為詩。他亦認為「懷古詩受空間地點的限制」，那麼，若以覽古與懷古為一事，覽古必亦具相同性質。然而盧諶〈覽古詩〉以「趙氏有和璧」為發端，敘詠完璧歸趙之藺相如事，未及史跡，應為覽史籍古事而發，與懷古詩有別。

詠和氏璧一段史事；除此之外，魏晉詠史詩作品多以詠歷史人物為起點。

　　這些歷史人物大致可有幾個類型，一是逸士，以許由與伯夷叔齊為代表。二是為數眾多的不遇之士。三是救急解難、感報知遇的壯士與俠士。

一、逸士、高士之典型

　　伯夷叔齊在武王平殷紂之亂後，因不贊同其以暴制暴〔註2〕之舉，故恥而不食周粟，隱於首陽山，採薇食之後死。許由在堯唐時，堯欲讓天下於他，許由不受，隱耕於潁水之陽、箕山之下；後堯又欲召他為九州長，此次許由甚且不欲聞，洗耳於潁水之濱。這樣的人物，不論在君王或一般文士筆下都成為一再被詠嘆推崇的對象，然而，其詠嘆的心理實有不同。曹操在〈善哉行〉中合古公亶甫、伯夷叔齊、晏平仲、孔子等人為詠，稱伯齊二人為「古之遺賢」「讓國不用」，其詩心意實在於欽羨古有賢臣，其志在成為霸主，這在其詩後半「齊桓之霸，賴得仲父」、「晏子平仲，積德兼仁」等句可知。換言之，曹操詠其人，是藉詠自己的求賢標準，並非稱揚意在隱世之行。然而，一般文士取此二人為詠，却與伯、齊二人站在同一個立場，以贊同古人隱逸之舉而嘆自己不如追隨前人。這種對現實世界失望而思求其次，全身而退的情緒普遍的存在魏晉詩人心中，許由與伯夷不僅是古之賢者而已，他們成為文士們心中「富貴之畏人兮，不若貧賤之肆志」〔註3〕的代表。阮瑀詠許由伯夷「何患處貧苦，但當守明真」；阮籍則言「咄嗟榮辱事，去來味道真。道真信可

〔註2〕《史記・伯夷列傳》：「伯夷叔齊隱於首陽山，採薇而食之，作歌曰：登彼西山兮採薇矣，以暴易暴兮不知其非矣。神農虞夏忽焉沒兮，我適安歸矣。吁嗟徂兮命之衰矣。」

〔註3〕秦世道德消滅，焚書坑儒，時有南山四皓。甪里先生、綺里季夏、黃公、東園公，為秦之博士，見世間昧，退而作歌：「莫莫高山，深谷逶迤。曄曄紫芝，可以療飢。唐虞世遠，吾將何歸。駟馬高蓋，其憂甚大。富貴之畏人兮。不若貧賤之肆志。」

娛，清潔存精神」〔註 4〕；左思用「振衣千仞岡，濯足萬里流」言許由之高士風貌；陶淵明〈飲酒詩〉二十首之二，稱伯夷而嘆「不賴固窮節，百世當誰傳」。

　　在非約定的情況下，許由伯夷等人成爲文士們紛紛詠嘆的對象，其背後的意義並不是僅僅在於推崇他們不慕功名的態度，而是這種堅守原則的氣節叩動魏晉文士的心弦。在魏晉這個表面平靜，內部暗潮洶湧的時代中，有志文士莫不欲有所做爲，在傳統價值被傾倒，而擁有更自由的發展空間下，士人們怎會追慕不求功名的消極態度呢？在史學、文學的精彩表現中，我們也看見了魏晉文士們努力的成果；然而，這些學術上的成就，終究是「立言」的事業；魏晉文士實現自我抱負的路程，是無奈而命定的。士族與寒士之間的涇渭分明，讓一般文士難得晉身之階，一些需靠政治地位才得施展的理想便註定落空。當然，身在高位的士族子弟未必皆是紈袴之徒，而未能展才的寒士們，或未必皆眞有高人一等的卓見；然而這樣的解釋是無法扭轉制度的不合理的，機會的不平等造成文士們心中的沈痛。更重要的是當時貴族集團所顯示的正也是一個奢華富貴、吟風弄月、自成封閉的、握有權位的世界；實教出自民間，知民之疾苦、國之弊端的有心之士們甚爲焦慮與悲憤。

　　這些出身寒門的文士們，從滿懷抱負的希望，到面對不合理制度的失望，乃至抗爭無效的絕望後，開始尋求現實世界之外的世界。魏晉時期遊仙、隱逸之風的興盛，基本上是對現實世界的一種反彈。對現實失望，對生活失去期待，對生命亦茫然不可知。然而，對於這些曾有滿腔熱情的文士們而言，崇慕隱逸生活的背後，藏有輕視於現實富貴的不屑姿態。權力永遠被權貴世家把持著，而權力中心的浮華奢靡，爲人所不恥；既然如此，不如貧賤以守志，何必「同流合污」。於是許由伯夷等人便在此時獲譽甚高。其實，許由等之背景與魏晉文

〔註 4〕阮籍〈詠懷詩〉八十二首之七十四「猗歟上世士，恬淡志安貧」一首。

士並不盡似，但其無視於功名的清高氣節，却正好切中魏晉文人的心。許由自始即排斥世俗功名，魏晉文士却是在歷經挫折後才認清功名之路的醜惡；許由的安貧是主動的，魏晉文士却不免有被動的因素。然而他們詠許由、伯夷叔齊，代表著將被動轉爲主動，主動的棄絕這個令人失望的社會。

在前述相同的前題之下，除了許由、伯夷，一些無視功名、安於貧賤的人物典型也成爲詩人詠嘆的對象。其中可以陶淵明〈詠貧士詩〉七首爲代表，共詠原憲、黔婁、袁安、張仲蔚、黃子廉等人。陶淵明描寫了貧士「弊襟不掩肘，黎羹常乏斟」〔註5〕的窘境，但却更嚴正的表達了「所懼非飢寒」〔註6〕的態度，而道「誰云固窮難」〔註7〕。這些歷史人物穿過時間的閡隔與作者心意相接，亦使作者在艱困的現實環境中獲得撫慰的力量。陶淵明即在〈詠貧士詩〉第二首明言「何以慰吾懷，賴古多此賢」。

而除了這些出身寒門、仕途坎坷的文士之外，身在貴族階級的文士們，也有著內心的苦悶。他們雖然能順利的躋身上流社會，而這種與生俱來的「幸運」却也代表著毫無選擇的、無可避免的捲入殘酷的政治競技場中。雖然在曹丕政權領導下的建安文士都受到禮遇，但是觸及權力的敏感地帶，却是十分無情的。因爲權力鬥爭，曹丕即位後，與曹植交好的一批文士便遭橫禍。至於在司馬氏手中建立的晉朝，文士集團更無法置身恐怖的政治鬥爭之外。換言之，寒士欲躋身於上流社會的過程雖是一場悲劇，而原已置身上流社會的文士們仍要面對強大的精神壓力，這樣的壓力令人疲憊，想要逃脫。詠贊隱逸之士當然也可視爲對在位者的一種表態，然而未嘗不是士人們內心的感慨。

於是阮瑀有詩詠四皓〔註8〕、老萊、顏回、許由、伯夷之詩，而

〔註5〕〈詠貧士詩〉七首之三。
〔註6〕〈詠貧士詩〉七首之五。
〔註7〕〈詠貧士詩〉七首之七。
〔註8〕阮瑀〈詩〉（《詩紀》作〈隱士詩〉）：「四皓隱南岳，老萊竄河濱。顏回樂陋巷，許由安賤貧。伯夷餓首陽，天下歸其仁。何患處貧苦，

言「何患處貧苦，但當守明眞」；曹魏的魏明帝曹叡也有「嗟哉夷叔，仲尼稱賢。君子退讓，小人爭先。惟斯二子，于今稱傳。林鍾受謝，節改時遷。日月不居，誰得久存。」（〈步出夏門行〉）之嘆。

許由等人在魏晉詠史詩中出現頻繁，透露著魏晉文士在時代中的無奈；而在其推崇、追慕前人隱世的坦蕩高行時，內心却不似筆下描述遠離仕場後的恬淡平靜。不過是在這個混亂的時代中，這些高士的典型成爲他們心中最後的寄託與慰藉。

二、懷才不遇的志士

仕途的壅斷，戕害了有志之士的熱情。「懷才不遇」便成爲魏晉文士的普遍心情，也成爲詠史詩中重要的主題之一。

由於魏晉詩人的關注點在於個人，對於歷史事物中的人物自然特別的關心，尤其是那些與自身遭遇緊密相關的，往往成爲詠嘆的對象，亦即是說，魏晉詠史詩「往往是爲個人命運的憂憤情緒尋求一個客觀的歷史對象」〔註9〕。這種情形在前章所述魏晉詠史詩乙線是較爲明顯的。在無外在環境下，詩人詠史應有其內心因素，而這些引起詩人詠嘆的歷史人物，必有其叩動作者心弦的背景。這種以人爲主線發展的歷史事件，多半是角色單一，敘述線軸單純的；而重在所詠對象與作者本身精神、遭遇相疊互詠之處，亦爲此期詠史之主要性質。

懷才不遇的主題反映在魏晉詠史詩上，多半是合多人多事爲詠的；因爲在這個主題下，前人不遇的情境便是擇取爲詠的對象，不在突顯個人精神，而是他們的不遇皆非因自身才能之不足，是時運非己能控制的共同遭遇。詩人們在面對不遇之士所發出的感嘆即是在爲懷才不遇的今古文士發出感嘆，當然也包括了自己。因此，歷史上不遇之士多能引起詩人們內心的共鳴，並不限定特有的人物；再者，不遇

但當守明眞。」
〔註9〕見肖馳〈中國古典詠史詩的美學結構〉一文，《學術月刊》1983，十二期。

之士引詠愈多，更顯這是歷代文士具有的相同命運，可藉古人為伴。

　　幾乎有詠史詩作的魏晉詩人們多有這樣主題的作品。杜摯、阮籍、左思、陶淵明等都有此嘆。杜摯〈贈毋丘儉詩〉合伊摯、呂望、管仲、甯戚、酈食其、韓信、朱買臣、張釋之、袁盎等人為詠，而言「壯士志未伸，坎軻多辛酸」；左思則於詠史八首之四、之七分詠揚雄，以及主父偃、朱買臣、陳平、司馬相如（將於下章討論）。另如陶淵明〈飲酒詩〉二十首之十八，詠揚雄：「子雲性嗜酒，家貧無由得。時賴好事人，載醪祛所惑。觴來為之盡，是諮無不塞。有時不肯言，豈不在伐國。仁者用其心，何嘗失顯默。」狀揚雄貧苦窘況，但言其仁者用心是不論在顯耀或寂寞的。同時肯定了不遇之士並非因本身之不足，實為時代之悲。

　　但是在這些不遇之士的詠嘆裡，卻不可忽略其中透露的重要訊息，這些歷史中不遇之士的典型，雖有如揚雄以著述而終，但多半並非一生不遇。如伊摯、管仲、韓信、朱買臣、司馬相如等大半被引詠的人物，不遇皆是一時之事，時間或長或短，但終有施展長才，揚眉吐氣的一日。而未能施展抱負的這些魏晉文士們是否亦存有希望，能如前人一般，今日的不遇是暫時，而非永遠？這些有不遇遭遇的前人帶給他們心靈上的慰藉，也代表了他們心底隱藏的冀望。透過歷史的詠嘆，他們能引前人為知己，為精神的伴侶，也繼續為不遇遭遇之後的未來殘存期待。

三、救急解難的壯士與豪士

　　懷才不遇的主題自然多出於仕途坎坷的寒門文士之手，因自身的遭遇，相對於同樣的歷史人物則更能引起同情與詠嘆的意念，而成為魏晉詩人共同尊崇感佩的典型，但不僅是出於寒門的文士希冀有立功業的機會，已順利踏上仕宦之路的士族文士們亦不乏有強烈理想者，這種欲在混亂世局中盡力的心志是一致的。戰國時代的策士、辯士，以及為知己死的豪士荊軻等出現於詠史詩中，在評價不一的詠嘆中，

適可知其對立功業的企望，以及堅持的原則。

　　遊走於戰國時各國間，以辯術獻智謀，不擇手段爲國爭強權利益的辯士們，並不是儒家傳統下推許的道德之士。而在魏晉時期儒家傳統面臨威脅，曹操並頒布〈求賢令〉，提出唯才是用的標準，表彰陳平、蘇秦之功業，不計個人操守，更摧毀了儒家取才的道德觀念。然而，經過漢末三國的亂象至天下暫定於曹魏手中，再由曹操轉至曹丕時期，雖然仍求才若渴，但是曹丕對於賢臣的標準顯然不同曹操。

　　曹丕在〈煌煌京洛行〉（見第三章第三節引）中論古之賢臣，論陳軫，稱其賢，而言「忠而有謀」；亦推許魯仲連「北辭千金，東蹈滄海」是「齊之高士」；然而對於善於權變之術得以並相六國的蘇秦，曹丕有嚴厲的批評，他不但認爲蘇秦合縱之說反教六國滅亡（「蘇秦之説，六國以亡」），而且對於在秦國發兵欺齊、魏之後使得六國合縱約解時，蘇秦先至燕再至齊再度賣弄權術，這種「左右賣國，反覆之臣」〔註10〕的行爲甚爲不恥；對於其因刺身亡，必須以車曳裂屍徇市的方式來尋其兇手的下場表示應當（「傾側賣主，車裂固當」）。很明確的表示他不要這種臣子。至於戰國名將吳起，他直以「禍夫」稱之，非但不表彰其善用兵爲魏國立下功業之長處，反針對於其拙劣的品行，甚表痛惡（「西河何健，伏尸何劣」）〔註11〕。這和曹操〈求賢令〉中所言：「陳平豈篤行，蘇秦豈守信邪！……士有偏短，庸可廢乎！」的論調大不相同。概因初創天下，需不擇手段爭奪權勢，急需才能之士獻計，然一旦定天下進入治國階段，忠貞之士便爲輔弼人君之重要條件，畢竟亂世之需不同於治世。

　　以一己之利爲謀的權變之士不受人君歡迎，在文士眼中他們亦

〔註10〕見《史記・蘇秦列傳》。
〔註11〕《史記・孫子吳起列傳》：「……及悼王死，宗室大臣作亂而攻吳起。吳起走之王尸而伏之。擊起之徒，因射刺吳起，並中悼王。悼王既葬，太子立。乃使令尹盡誅射吳起而並中王尸者，坐射起而夷宗死者，七十餘家。」

不過是狡詐之士，不是自己企求立業揚名的典型。如張華〈縱橫篇〉：

> 蘇秦始爲交，同學鬼谷先生。辯說剖毫釐，變詐入無形。
> 巧言惑正理，人主莫不傾聽。

顯然對於其舌粲蓮花惑亂人主之詭詐十分不贊同。

不以一己私利爲重，能在緊要關頭擔負起險要任務，解除危機的賢能壯士，爲曹丕心中所求，而這樣的膽識之士同時也是魏晉文士所傾慕追求的。曹丕以人主的立場稱詠魯仲連，左思則更以魯仲連爲個人追求之典型目標（見下章詳述），傅玄的〈惟漢行〉以鴻門宴爲主題，對於文臣張良的慴懼，以及樊噲的智勇，各有貶揚。

> 危哉鴻門會，沛公幾不還。輕裝入人軍，投身湯火間。兩雄不俱立，亞父見此權。項莊奮劍起，白刃何翩翩。伯身雖爲蔽，事促不及旋。張良慴坐側，高祖變龍顏。賴得樊將軍，虎叱項王前。嗔目駭三軍，磨牙咀豚肩。空厄讓霸主，臨急吐奇言。威凌萬乘主，指顧回泰山。神龍困鼎鑊，非噲豈得全。狗屠登上將，功業信不原。健兒實可慕，腐儒安足歎。(圈號爲筆者所加)

對於傳統書生在險急時毫無用處表示不滿，而不論出身，對於智勇雙全，扭轉情勢的忠勇壯士大加讚揚，這種在「刀口上」立功的勇壯，不同於傳統經儒；不論出身但論人物氣格的標準，亦不同於曹操之「唯才是舉」；這是這個時期文士們推崇的典型，亦顯示自我期許的方向。於是在詠史詩中可發現不少對這類人物的詠嘆，除魯仲連、樊噲等人之外，完璧歸趙的藺相如亦屬此類。盧諶〈覽古詩〉述完璧歸趙之始末，稱詠藺相如「捨生豈不易，處死誠獨難。稜威章臺顚，彊禦亦不干。屈節邯鄲中，俛首忍回軒。廉公何爲者？負荊謝厥譽。智勇蓋當世，弛張使我歎。」有甚爲懾服之意。

在前章所述魏晉詠史甲線，以班固詠史爲典型的詠史詩中，有阮瑀與陶淵明二首之〈詠史詩〉詠荊軻；另有王粲殘詩一首〔註12〕，

〔註12〕《韵補》卷一，王粲詩：「荊軻爲燕使，送者盈水濱。縞素易水上，

與左思詠史八首之六皆以荊軻爲詠。在王粲與阮瑀詩中只見敘荊軻事而不見詠，其中王粲詩不全，難以論定，不知二人是否爲同題共詠，亦無法得知其詠荊軻之觀點。至於陶淵明詠荊軻顯然是祖述阮瑀之作，已見第三章所論。大體上這些詩皆不出班固詠史，述爲主詠爲次的模式，即使在陶淵明的詩中也僅見短暫的抒論。但是荊軻在詩人的筆下重複出現，其人在魏晉時期應是有其意義的。荊軻爲知己死的壯烈表現，透過司馬遷精彩的描述，使其精神風貌深刻的留在歷史裡。荊軻「好讀書擊劍」，可謂遊俠之士；但他「以術說衛元君，衛元君不用」；又與蓋聶論劍，因「蓋聶怒而目之」而去；游於邯鄲時，與句踐爭道，遭句踐怒叱而後逃；然而荊軻並非膽小猥瑣之輩，他這種不動聲色的深沈表現實異於常人。他等待的是一個能知他、識他的人，然後他就甘心爲之竭忠效力。他其後雖在燕市與高漸離狂飲，而「雖游於酒人乎，然其爲人沈深好書，其所游諸侯，盡與其賢豪長者相結」〔註13〕，實非平庸之輩。故日後燕太子丹心誠待之，荊軻即可憑知遇之恩，捨生相報。

對於在仕途管道不暢，或身處政治鬥爭激烈下的魏晉文士們，荊軻無疑振動了他們的內心。只要有人眞能賞識之、重用之，並貼心對待，他們定竭誠以報。身處權力中心者以此表白心跡，無法躋身中心的寒士們亦以此爲期望。荊軻明知事成與不成皆必喪生於外，仍壯烈的前往，爲歷史上唯一而強烈的人物典型；這個典型成爲魏晉詩人引爲表白己意，述詠心情時最悲壯的對象。

但是荊軻離智勇雙全的標準尚有一點距離；魏晉文士所願是能救急解危的壯士，荊軻捨生固可感，畢竟是立功未成，毫無助益。他們詠其肝膽，卻嘆其事功未成，義勇有餘智謀不足；直言之，此時文士是「以成敗論英雄」的。如陶淵明便嘆「惜哉劍術疏，奇功遂未成」，而左思則直言其「無壯士節」，可見抱有缺憾。然而這樣一個歷史上

涕泣不可揮。」
〔註13〕以上引文見《史記‧刺客列傳》

獨一無二的人物典型，卻能深切的詮釋魏晉時期士人們的心境而引起
內心的共鳴與詠嘆，縱使非心目中追求的完美目標，亦給予極高的崇
敬。因爲他「雖無壯士節，與世亦殊倫」，「賤者雖自賤，重之若千鈞」
（左思〈詠史〉八首之六），所以「其人雖已沒，千載有餘情」（陶淵
明〈詠荊軻詩〉）。

　　不論是以許由爲典型的高士，或是眾多具有不遇境況的前人，以
及救急立功、一展抱負的智勇壯士；其實都是魏晉文士內心情境的反
映。在熟讀史籍的文士筆下，這些典型獨受偏愛。正顯示著此時詩人
的關注點，是在於一名士人的出處進退，並藉以表達個人在這個社會
的自我期許、表白、抗議，以及自我解脫的方式。在詠史詩中出現的
這些不同的前人典型，背後正是詩人情志展現與掙扎轉變的過程。

第二節　藝術風格

　　如前節之析論，魏晉詠史詩中詠歷史人物者佔絕大的比例，以歷
史事件爲主題者僅佔少數。雖然歷史人物的本身必仍隨著歷史事件而
存在著。但是仍要分辨的是：歷史人物因「個人」行止而產生的歷史
記錄，與其它事件是不同的。它是以個人爲主軸，個人的精神與作爲
影響著事件的評價，相對於以單一歷史事件爲主體者，個人的份量顯
得重要而主宰著事件之進行。而魏晉詠史作者關注於歷史中的「人
物」，正顯示著本時期重視「個人」的特質（見第二章）；此時史學家
們喜於寫傳記，著眼於個人行動對於當時社會造成的影響；詠史詩亦
反映了相同的現象，他們將自我精神與詠嘆對象相互投射，作爲自我
表白的方式，與注意歷史經驗的傳遞，以助社會改革或啓悟人生，在
心態上有極大的差異。相對於以古諫今，它是消極的；對於感悟宇宙
人生之哲理而言，它是深度不足的。但是魏晉詠史詩却因此緊連作者
隱藏於內的心志與情緒，讓讀者能自此掌握詩人的生命；僅管它形式
簡單，言語質樸，却有著「以情動人」的力量。

　　正如肖馳先生所言：「一般說來，主宰著魏晉六朝時代詠史詩的，是險惡黑暗政治制度下封建知識份子對其個人命運的沈痛思索與憂憤情感的混合物」〔註14〕；因此，在魏晉詠史詩中，訴諸情感較訴諸理智強烈的多。個人的命運在歷史的詠嘆中找到時代的意義，詠嘆的對象亦具有某種典型意義──如懷才不遇的典型、高士的典型、壯士的典型等；而從對象中尋回自我，得到心靈的舒解。

　　此期詩體以五言古詩為主，曹氏父子則多用樂府舊題創作。而「古體詩的語法，本來和散文的語法大致相同」〔註15〕，正與以敘事為主的魏晉詠史詩性質互相關連。不論前述魏晉詠史甲線或乙線，其實都不脫敘事性格，以班固詠史為典型的甲線尤為明顯，幾佔全詩之大半。而乙線雖取多人多事合詠，然其必先排列其事內容情境，亦佔詩之主體。這種單線的、敘事的性質為詠史詩發展初期之風格，有多方的背景因素，其中即與此時詩體相關。換言之，古體詩提供一個散文式的藝術形式，魏晉詠史詩直線進行的時空結構則在其中發展著。二者之間的相關性，在近體詩成熟的唐代更為明顯，此時詠史詩突破單一時空限制，展現了較大的幅度。古體詩「遞進的」、「流動的」、「敘述的」〔註16〕的性質，亦正是魏晉詠史詩性質。

　　以敘事為主的重點在於詩人要藉著前人的情境來映射自身的情境，所以前人的遭遇，或者行止是不能省略的，否則「以彼言己」的效果就難以達成。另一個重點是，魏晉詠史詩大多從讀史而發，這與感發自歷史遺址的懷古、弔古性詠史詩有極大的不同。詩人們讀史，是個人心靈與史事人物相通，是一對一的、平面的、單一的關係。詩人發而為詠的對象，必然是啟動自身心靈之人事；什麼樣的人物或事件引他提筆為詠具有關鍵性，而有交待的必要。以讀史書引發的詠史

〔註14〕見肖馳〈中國古典詠史詩的美學結構〉一文，《學術月刊》1983，十二期。
〔註15〕王力著《漢語詩律學》第一章。
〔註16〕同註14。

詩，來自於一個在閉鎖空間中進行的詩人的內在心靈活動，引述事件人物為詠的動機即有或大或小的意義，雖然從表面上來看，有某些詩只是史傳的簡括，看不見真正的詠嘆旨意〔註17〕。而面對具體的、臨場的史跡時，與咀嚼文字歷史有很大的差異。開闊的自然空間，歷史的遺跡，如此真實的時間的證據，引發詩人回顧歷史、思索生命，將個人生命的哀嘆提昇至人生哲理的層面，所謂「遠望當歸」、「登臨懷古」的條件在以讀史為主的魏晉詠史詩中是較少見的。

而從魏晉詠史詩發展脈絡來看，它正漸漸自述史走向詠史／詠懷相互結合的階段。由讀史出發，不論是以述史為主的型態，或有意識的擇取前人遭遇為詠的形式，都應有著「心中有事，發而為詠」的背景，而這「心中事」是極其個人的、內心的。雖然在詠史甲線類型化的表面形式裡，這樣的指稱只能依靠揣測，然在為數眾多的詠史乙線中，不難發現它正是繼承先秦詩歌以史抒情的傳統而來，而這「以史抒情」的主題則成為魏晉詠史發展的方向，建立此期詠史／詠懷的風格。左思詠史詩即為成熟的作品，並成為詠史詩之經典名作。

詠史抒懷的結合雖有淵源可尋，但與大量產生詠史詩的魏晉時代背景亦不可分。第二章所述魏晉詠史詩的誕生機緣中，可知詠史詩在魏晉應運而生，不僅因為史學與文學在此期產生極大的變革，更因為時代的苦悶、精神的壓抑，正可藉詠史形式傾訴發洩，言不敢明言之意，託無法施展之志；詠史詩的蓬勃發展本因此「需要」為助力，自然也就決定了它在魏晉時期發展的方向。所以，僅管班固在東漢揭示了詠史詩之典型結構，然自建安時期以下，詩人們却大量的朝著詠史抒懷的脈絡創作著。

詩人在詠史中為個人遭遇尋得了時代的意義，他們關注歷史人物雖然是當時喜於品鑑人物風氣的反映，然而他們與歷史的關係，事實上正是從歷史人物身上找尋自我的過程。換言之，面對歷史，閱讀史

〔註17〕如東漢班固詠史以來，第三章所述魏晉詠史甲線的大部分作品，敘事性極強。

書的同時，詩人們主觀情緒的介入是魏晉詠史詩風格形成的主要因素；他們並非對歷史做深刻而理性的思索，即使冷靜思索亦以個人之沈痛憂憤為起點，少見讀史而來的歷史使命感。雖然在魏晉詠史詩中，詩人們大多扮演著講述史事的旁觀者，很少在詩中有「我」現身；他們敘述歷史，傳達人物的心聲，使用前人的立場；冷靜或者激動，似乎都因詠嘆對象所左右；但是這樣的形式背後，真實的情況正好相反，却是詩人們左右著詠嘆對象的情緒。雖然詠史根據史傳，而這些過去的人物却是在詩人的擇取決定下重新活過來的；他們在詠嘆時給予前人的評價僅管少有翻案意味，却仍是一種精神典型的塑造；意即，當我們閱讀魏晉詠史詩時，從其中認識的歷史人物，是這些詩人們眼中的人物；正如我們透過史傳要了解前人時，亦藉著史家的手眼，然而在文學作品中則蘊藏了作者更多的創作心靈。所以，僅管魏晉詩人以一種旁觀的、敘述者的立場來詠史，使「我們在歷史肖像中直接看不到作者，但我們可以超越歷史肖像，看到作者。」〔註18〕

顯然的，在魏晉詠史詩這種自歷史中發掘自我意義的過程中，發洩成分是大於內省的。由於他們是從自身不平遭遇，內心的憂悶出發，詠史其實正是另一種控訴的形式，這種藝術形式安全又可供發揮。這當然也是他們要詠嘆人物的原因，唯有藉著前人之口才能肆無忌憚的大鳴不平，痛陳時弊。然而，大多數的魏晉詠史詩仍受限於呆板的形式，直至左思詠史才有精彩的表現。順著魏晉詠史詩的眼光，我們看到是詩人本身，而不是歷史。因為採自史書的記載，往往是書面的、有定論的文字記錄，因此在詩中出現的事件敘述都十分單純，少有思辯的過程；這正是因為作者思路跟隨著文字記錄單線發展，而詠嘆則出自於自我情志的投射，其本上是「選擇」歷史，而非「議論」歷史；這使得要從魏晉詠史詩中找到這些熟於史事的詩人們對歷史的觀點成為一件困難的事。

〔註18〕同註14。

在這單調的、敘述性的詠史性質下，詩人本身的精神氣蘊便成為左右詠史詩價值的重要支柱。班固詠史的「質木無文」即因於其詩中不見詠嘆之精神所在。大凡詩歌之評價，在於「質」、「文」二方，詠史詩顯然是以「質」為重的，而魏晉詠史詩的「質」便是由作者個人精神帶來的強烈生命力。這也正是為什麼以班固詠史為典型的魏晉詠史甲線作品，往往是四平八穩却索然寡味，不如乙線獲得詩人們大力的創作。事實上，能在魏晉詠史詩既定的格局下，加以轉化而使個人精神淋漓盡致的展現出來，才能達到此期詠史詩的頂峯，突破詠史詩發展初期的僵局。因為魏晉詠史詩中述史的立場，使得全詩過份依賴史實的排列，雖然史實本身與作者個人命運暗合的角色是十分重要的，但却往往削弱詠嘆部分突顯個人生命的力量；所以魏晉詠史詩的發展路線便由述史為主而轉向抒懷精神的加強，讓詩人風貌的展現，推向此期詠史風格的高峯。

魏晉詠史不同於「切時地」〔註19〕的懷古性質，詠史目的亦多在「以古喻今」，而非「以古諷今」。「感事陳辭」〔註20〕具諷諭之旨的詠史詩要在唐朝才有盡致的發揮。魏晉詩人最迫切的是在解決自身的問題，大環境的制度構成他們發展的障礙，若無法突破，則遑論其它。對時弊的不滿，對國家的憂心，完全積壓在一己之情不能伸展之下。從今人的角度來看，魏晉詠史或嫌過於小我，不夠恢弘，然在當時背景下，詩人們實受困於第一線障礙，唯有掙脫自身的牢籠，才是最重要的。而面對自身牢籠的「以古喻今」，往往有著最哀痛最無奈的心情，這種出於內心深沈的真情，亦是此期詠史詩所獨有，非日後詠史詩所能取代的。

詠史詩在文學主流之外發展著，從魏的建安到晉太康時期，詠史詩雖仍保持著質樸的語言性格，事實上詩歌的藝術形式已產生了極大

〔註19〕沈德潛《說詩晬語》卷下：「懷古必切時地。」
〔註20〕元楊載《詩法家數》〈諷諫〉一條：「諷諫之詩，要感事陳辭，忠厚懇惻，諷諭甚切而不失情性之正。」

的變革，太康詩壇更是一片唯美之風。詠史詩僅管置身詩歌主流之外，却非置身時代之外，仍有某種程度的影響。然而形式美的追求並未爲詠史詩帶來炫麗的辭藻，顯示詠史詩自魏晉時期大量出現以來，已在文學主流之外隱然成一獨立發展的路線，有自己的基本風格與要求，並續由南朝、唐宋以下承繼與開創。

第五章　左思的詠史詩

　　左思詠史詩必須立專章來討論，不僅因為它是詠史詩的名作，更重要的是它在魏晉時期詠史詩中處於集大成的位置，將它放入第三章中所論魏晉詠史詩甲線或乙線的脈絡中都不合適（參第三章第二節所述）。

第一節　形式結構

　　以一人一事為詠，或集合多人多事於一主題，以及部份情境的擇取選用，在左思詠史詩中皆可見，而在調度安排，融合運用上更加靈活且揮灑自如；歷史事件為他所用，圓熟而無束縛感。

　　左思詠史詩今見存八首，另有殘詩四句〔註1〕。八首一組的詠史詩寫作時間已難考訂，但應非成於一時之作〔註2〕。由聯章組詩的形式來創作詠史詩，是自左思始，在整組詩的結構安排上，可見詩人用

〔註1〕除《文選》所收八首外，《北堂書鈔》卷百十九武功部禦邊項引有左思詠史四句：「梁習仕魏郎，秦兵不敢出。李牧為趙將，疆場得清謐。」
〔註2〕有據「長嘯激清風，志若無東吳」之句，推〈詠史〉第一首當成於平吳之前。但此八首是否成於一時之作頗難考訂；而其內容前後呼應，首尾聯貫，殆時間亦非相隔太遠；或有推測應成於泰始八年（272）至太康元年（280）之間。參葉日光〈左思生平及其作品年代之推測〉（《明新學報》第一期），以及程會昌〈左太沖詠史詩三論〉（《國文月刊》第十七期）。

心之處，他將自己的心志很清楚的寄託在這組詩中。這是左思之前詠史詩人中所無的，此將詠史詩帶進了一個新的境地。

這八首詠史詩彼此間有著組詩互相依存、首尾呼應的相關性，但亦有著個別存在的價值。從中可發現左思對這八首詠史詩分別使用了不同的手法，雖然其中可窺見承自前人痕跡，却多有創變。依此，左思當是有心於詠史形式的嘗試與突破。

組詩八首，首章可視爲序，描述其追求之理想典型；從詩作本身來看，是不合乎詠史條件的，如果僅此一首而冠以詠史之名，自然令人莫名所以，但它位於八章之首，不妨以序詩視之，用以引起以下各詩。聯章之作自有與一般單一詩作不同之處，以此首詩來質疑詠史詩的範圍與義界是不需要的。所謂「一首有一首章法。一題數首，又合數首爲章法，有起有結，有倫序、有照應，若闕一不得，增一不得，乃見體裁」〔註3〕，左思詠史八首亦有起有結，首章是序爲起，不須以此而生名實不符之論。

序詩之後，二章詠馮唐，借詠門第制度下的受害者，痛陳此風之不當；三章提出作者心中完美典型魯仲連，特別頌揚其爲功成身退之英雄，表白自我追求之終極目標；四章詠學者揚雄埋首玄虛，雖人嘲其所作《太玄經》，仍甘於治學之寂寞；五章是高士許由，突顯其振衣捨世，恢廓的精神風貌；六章詠義士荆軻；七章以早年不遇爲主題，共詠主父偃、朱買臣、司馬相如、陳平四人；末章則以不遇之士的境況作結，再顯功成身退的立場，此章爲組詩之結語。在這個完整的架構中，詠嘆的對象身份無一重複，顯示其有意的選擇安排，巧妙的將自身的理想與精神的表白寄託其中，詠史八首意蘊著整個左思想留給世人的話。

就詩的表現手法而言，左思運筆是活脫大膽的，已完全脫離了史書的複誦。班固式對史事對象單一的、有頭有尾的敘述方式固然不可

〔註 3〕沈德潛《說詩晬語》卷下。

見，至於簡化史事，做階段性的背景敘述方式，在左思詠史詩中亦慨然放棄。史事始末的敘述交待，無論如何都是使詠史詩受限而難以施展的包袱，如何詠史而避開史事呆衍，能不著痕跡卻又不離史事為主之詠史本質，即為詠史詩發展中所需突破的。左思詠史不對古人古事之來由做交待，不把詩當作史書的濃縮；詠其人，著重其精神風貌的塑造，使其形象生動。

張玉穀《古詩賞析》曾分左思詠史有四法：「或先述己意而以史事證之；或先述史事而以己意斷之；或止述己意而史事暗合；或止述史事而己意默寓。」歷來論者皆多有說明。本節論其形式技巧則較著重於詠史詩在發展上的相承與開創，特別是左思在詠史形式上的突破。以下先就每章詩之個別表現觀察。

《說詩晬語》指出：「太沖詠史，不必專詠一人，專詠一事。」然不專詠一人一事的手法卻不是始於左思的，在前章已述。雖然左思詠史與班固以一人一事詳述的詠史形式大為不同，但是他並非沒有專詠一人一事的詩篇。〈詠史〉第六以荊軻為全詩主幹，即以一人一事為詠。阮瑀〈詠史〉「燕丹善勇士」亦以荊軻為詠，其後陶淵明也有〈詠荊軻詩〉，二者有某種程度的相關性，已見第三章所論同屬魏晉詠史甲線。左思此首類屬甲線脈絡，然他僅取荊軻飲燕市時之豪氣為詠，又有所不同。舉詩如下：

> 荊軻飲燕市，酒酣氣益震。哀歌和漸離，謂若傍無人。雖無壯士節，與世亦殊倫。高眄邈四海，豪右何足陳。貴者雖自貴，視之若埃塵。賤者雖自賤，重之若千鈞。

前為述後為詠，仍是詠史的基本格式。但是左思對荊軻的「述」不似班固佔了全詩的主體，述與詠恰分佔詩之各半。更重要的是，六句對荊軻的敘述裡，不僅非有始有終如史傳般的完整交待，甚至亦避開了人們詠荊軻時最熟悉最受歌頌的主要片段——行刺秦王、為知己而死的悲壯。他歌詠的是荊軻飲於燕市的豪情，以及易水別時的睥睨之姿，就用這兩個不連續的特寫鏡頭來傳遞荊軻的面貌。在魏晉詠史乙

線中，雖然詩人們已運用選取部分情境的方式來構成全詩的主題，然而，仍然是一種簡化史事，情境概說的敘述方式，如「伊摯爲媵臣，呂望身操竿。夷吾困商販，甯戚對牛歎」等，是取其壯志未伸時爲詠，但是在其中我們得知的是事件的內容，卻看不到其人面對事件的表情與神態，我們從他們遭遇的情境裡觸及歷史人物的心路歷程，而不是自他們的言行舉止間知其風貌精神。詠史詩簡括史傳的敘述，不但使得它無法擁有如史傳之敘述能讓歷史人物自活潑的語言文字中跳脫起來，更成爲自身刻板的侷限。

左思則乾脆放棄詠史詩中交待史事始末的「史」的部分；他介紹所詠之「史」的方式，是擇一情境畫面放大呈現，以傳遞其人精神爲主，來替代史事的簡括。於是他只告訴人們荊軻飲酒的神態，與臨別前的眼神，來說明此詩所詠的豪士是什麼；這樣的一個人，在左思眼中雖非壯士，卻仍與世不同，而能有「高眄邈四海，豪右何足陳」的豪氣。此詩雖亦爲作者配合其詩主題而擇史事部分情節而用，但手法又有不同，更爲不著痕跡；雖同班固詠史是以一人一事爲詠，但顯然改變了以敘事爲主詠爲末的配置，並開創了另一種傳達史事人物的方式。

左思擅於塑造歷史人物的精神風貌，在〈詠史〉第五，詠許由的高逸時有十分成功的表現：

> 皓天舒白日，靈景耀神州。列宅紫宮裡，飛宇若雲浮。峨峨高門內，藹藹皆王侯。自非攀龍客，何爲欻來游。被褐出閶闔，高步追許由。振衣千仞岡，濯足萬里流。

許由的生平事跡，一字未提，只用「振衣千仞岡，濯足萬里流」來刻劃一個高士的精神氣度。僅此二句卻已足夠，無怪前人要言：「嘗想左太沖『振衣千仞岡，濯足萬里流』二語，欲作數語點綴實景不得。」〔註4〕

其實詠史之作所舉歷史人事多半是人們熟悉的，如此才得傳遞詩

〔註4〕葉矯然《龍性堂詩話初集》（錄自《清詩話續編》）

中寄寓之精神。在詩中用大量篇幅去描述史事緣由，其表現詩才的目的較解說事件的功用來得多。因爲人們未必要由詠史詩來了解史事，簡括史事的必需性和價值並不大。而以班固詠史爲典型的那些魏晉詠史詩裡濃縮史事入詩的詠史模式，應與其團體賦詠，競才創作的背景相關，它們要有共同的創作背景，當這個背景不再存在，或者作者以詩直接訴諸於讀者時，自然無需拘泥這樣的模式，而有更自由的空間。

　　左思不在一開場就扣緊所詠的對象；有時採用反面襯托的手法，如前舉第五首寫許由，但全詩三分之二著墨於京城繁華耀眼的景致，卻在末尾一轉稱許由，更顯力量。當然，這樣的詠史手法常令人面臨是否同於用典的困惑。而如本論文第一章曾述及，詠史與用典的區辨，基本上是詩的類型與創作手法的問題，雖然歷史事件只集中在少數詩句中明顯出現，但若全詩仍依循此人事主題進行，甚至以烘托此主題爲爲目的，自與用典僅爲創作手法之運用有所不同。

　　〈詠史〉第七的形式結構顯然同於前述魏晉詠史詩乙線，這種結合多人多事之部分情境於同一主題之下爲詠的手法，大概就是其「題實因班，體亦本杜」之說最佳的憑證，但僅以「體亦本杜」的說法是不足顯示其淵源的（參第三章）。左思以文士顯達之前潦困的共同遭遇，結合主父偃、朱買臣、陳平、司馬相如四人於「英雄有迍邅，由來自古昔。何世無奇才，遺之在草澤」的詠嘆主題之下。現錄詩於下，不須說明，只須與第三章第三節所論對照，即可知其實爲魏晉詠史乙線之典型作品。

　　　主父宦不達，骨肉還相薄。買臣困採樵，伉儷不安宅。陳
　　　平無產業，歸來翳負郭。長卿還成都，壁立何寥廓。四賢
　　　豈不偉，遺烈光篇籍。當其未遇時，憂在填溝壑。英雄有
　　　迍邅，由來自古昔。何世無奇才，遺之在草澤。

而這種結合史事爲詠，以主題主導全詩的方式，在左思手裡也有不同的變化。〈詠史〉第三以段干木、魯仲連二人爲主角。其詩如下：

　　　吾希段干木，偃息藩魏君。吾慕魯仲連，談笑卻秦軍。當

世貴不羈，遭難能解紛。功成恥受賞，高節卓不羣。臨組
不肯緤，對珪寧肯分。連璽曜前庭，比之猶浮雲。

段干木是戰國時魏人，雖有賢能之才却隱居無意仕途，受魏文侯禮遇，
聞名天下，更因此而使秦君攻魏前心有顧忌，打消攻打之計〔註5〕，段
干木僅管未發一言卻退了秦兵，魯仲連以三寸之舌保趙退秦，後卻不
受趙之贈金而離去〔註6〕。左思共詠此二人，並不特別爲主題去擇其情
節，就以此二人留名於史的熟悉事件爲主角，在前六句完成事件的敍
述。此二人的結合雖基於退秦兵的共同性，卻有對比的性質，一爲靜
一爲動，一爲消極一爲積極，然無論如何他們都不是爲了邀功去行事，
左思眞正歌詠的不只是立功的行爲，而是他們立功之後的表現。敍述
的是他們退秦兵的功勞，詠嘆的則是他們無視功名、不屑爲官的精神。
後四句反覆言及不爲官的態度，更可見作者所「希」所「慕」二人所
在之處在哪裡，無非有著個人強烈的情緒，並提出詠嘆此二人時不同
於一般人的觀點。

　　由形式結構觀之，無論是班固詠史的模式，或是集多人多事爲
一主題下的詠嘆形式，在左思詠史詩中多少都能找到痕跡，但也都
有變化。左思之作在此透露了一個訊息，即以詠史爲題，和非以詠
史爲題之兩線詠史詩不再壁壘分明了。他沒有遵守「詠史」名下那
種以班固詠史爲典型的模式，而讓那些實際內容上較爲豐富，却始
終不在「詠史」名目下現身的詠史之作，正式的現身。甲線詠史形
式在左思手中較爲模糊，那種以敍事爲主、以詠爲末的平淡無味已
消失了；而乙線詠史之典型作品在左思〈詠史〉第七中仍有保存。
主要是乙線詠史的詠懷性格較強，在主題的訂定與史材的選用上，
作者的心志都佔有主導的地位，而運用範圍亦較廣，因此發展性較
大。左思詠史中強烈的詠懷性格可與此線發展脈絡相接，又有更淋
漓盡致的發揮，待後節續論。

〔註5〕其事見《呂氏春秋·期賢》
〔註6〕其事見《戰國策·趙策三》和《史記·魯仲連列傳》。

第二節　文辭技巧

在文學史上，通常位於同期的作家，即有著共同的特質，成為一期之特色。左思所處的環境，正是講求形式美，唯美之風盛行的太康詩壇。這樣的詩風，與在文學集團中的詩人們，所擁有的相同環境背景（士族之門、貴族生活），追求精緻生活的表現是一致的。而鍾嶸〈詩品序〉中所言太康詩人「三張、二陸、兩潘、一左」，雖肯定左思，在風格上卻顯得格格不入。觀其背景，及其作品，左思顯然非前七人之綺靡華采，合於太康詩壇主流。故鍾嶸雖列其詩為上品，仍不免要說他「野於陸機」，不滿意他不假辭采的表現；後亦有論者言：「太沖莽蒼，詠史招隱，綽有兼人之語，但太不雕琢。」（清《藝苑卮言》）但後來論者則多為左思辯護，肯定他在輕綺采縟之風瀰漫的太康時期，能不受動搖，重視作品內容情感的蘊涵，以作品精神打動人心，傳之後世，評價遠高於潘陸等人之上。

左思的評價待後章再論，在此討論的是，左思與一般太康詩人被分別看待，二者之間是不修辭采與精於文藻二者之對立關係；然而這樣的說法其實是二者比較之下的結論，在競逐文采的太康時期，左思正如一股清流，不同於主流文學。但是身處太康時期唯美風氣中的左思，真能毫不受影響，自立於文學潮流之外嗎？他的作品比之漢魏以來詩作真毫無雕琢之氣嗎？左思也許不主張雕琢侈麗〔註7〕，卻未必刻意的排斥。中國古典詩到六朝時期是形式美大躍進的時刻，以「文質」的觀念來看，「文」的部分在此期得到很大的進步。左思反對侈麗，但仍處於這個文學潮流裡，其詩有細心的經營與平實的修辭。當然，左思與潘陸等主流文學的作品本應分開討論，因其基本性質是不同的，難在同一基準點上相提並論。就詠史詩而言，它所要呈現的「質」是重於「文」的，華麗辭采眩人眼目反會遮掩原欲突顯的「質」，而且也不相配。因此，詠史詩的修辭要求自然與以競逐文采為要的太康

〔註7〕左思在〈三都賦〉中曾言：「玉卮無當，雖寶非用，侈言無驗，雖麗非經。」

詩歌大不相同，二者相提比論是不恰當的。不過，左思詠史在形式技巧上顯然是十分進步的，他卓越的表現，與整個太康詩壇講究形式美的風氣上是一致的。以對比手法的運用而言，如〈詠史〉第四：

> [A]濟濟京城內，赫赫王侯居。冠蓋陰四術，朱輪竟長衢。朝集金張館，暮宿許史廬。南鄰擊鐘磬，北里吹笙竽。[B]寂寂揚子宅，門無卿相輿。寥寥空宇中，所講在玄虛。言論準宣尼，辭賦擬相如。悠悠百世後，英名擅八區。

以「北里吹笙竽」一句爲界分成前後 A、B 段，可見不僅在兩段本身有對句的存在（黑線所指），而且整個 A、B 兩段就具對比的形式。前段是「濟濟京城」中豪門的熱鬧與排場，後段則是「寂寂揚子」孤涼與安貧的居所。以此更能襯托揚雄的出場，強化其精神風貌的傳遞。在第三章所論魏晉詠史詩甲、乙類的詠史形式，其實皆遵守著詠→嘆的次序將詩篇分成兩個段落；左思卻不再遵循著詠→嘆分立的呆板形式了，特別是在〈詠史〉第二裡，可見到他在運用對比時多變的手法，知其追求全詩穩定與平衡，在詠嘆之間對形式變化與技巧使用上所下的苦心。

〈詠史〉第二：

> （○鬱鬱澗底松，×離離山上苗）。（×以彼徑寸莖，○陰此百尺條）。（×世胄躡高位，○英俊沈下僚）。○×地勢使之然。○×由來非一朝。（×金張藉舊業，×七葉珥漢貂。○馮公豈不偉，○白首不見招）。

此詩之對偶形式巧具安排。以○代表寒士，以×代表門第，縱觀全詩，前六句正好是寒士——世家、世家——寒士、世家——寒士三組互相對比的對句；寒士與士族分說之後，「地勢使之然，由來非一朝」則共指寒士與士族，爲全詩之中間點；其後四句對仗形式又有轉變，以二句爲一聯，再成士族——寒士的對句。〔註8〕

　　雖然不見綺麗辭采，左思詠史仍有形式美的追求，他顯然不排斥

〔註8〕此段之分析依自林師文月課堂講授。

形式美的講究，只是不同意競逐文藻，失去「發言爲詩者，咏其所志」〔註9〕的本質。偶句的現象在其詠史詩中尚有多處可見，如「吾希段干木，偃息藩魏君。吾慕魯仲連，談笑卻秦軍。」是靜與動，消極與積極之對比，又如「皓天舒白日，靈景耀神州」、「振衣千仞岡，濯足萬里流」、「著論準過秦，作賦擬子虛」、「左眄澄江湘，右盼定羌胡」、「臨組不肯緤，對珪寧肯分」、「朝集金張館，暮宿許史廬。南鄰擊鐘磬，北里吹笙竽」、「貴者雖自貴，視之若埃塵。賤者雖自賤，棄之若千鈞」，以及〈詠史〉之七與之八幾乎通篇偶對；除此之外，左思並擅用疊字，如「鬱鬱澗底松」、「離離山上苗」、「峨峨高門內」、「藹藹皆王侯」、「習習籠中鳥」、「落落窮巷士」等，數量甚多。

這些文辭技巧的多次運用，顯示左思仍然具有太康時期在文學史上的重要特質。然而，偶對與疊字的使用僅是太康詩歌變化繁複的技巧之一隅，就僅以偶對與疊字的運用而言，比起一般太康詩人富麗與多變的技巧，左思只顯得單純而呆板。他使用的疊字平實古樸，多半來自於古詩，若對照古詩十九首，可知風格近似而無特異新穎的創新表現。比之「灼灼桃悅色，飛飛鸞弄聲」〔註10〕，或者「春草鬱青青，桑柘何奕奕」〔註11〕之形式與字句的務求新變，左思顯然不及。最明顯的是陸機擬古詩十九首中，出現如「昭昭」、「粲粲」、「靡靡」、「熠熠」、「翩翩」、「嘖嘖」等疊字，其風格充份顯示太康詩風務求形式美的努力，其有「聲」有「色」，使字新穎，是與古詩十九首大異其趣的。

左思在詩中對句上雖巧做安排，但觀其對句性質，變化實少，多是單純的對仗形式，約屬「雙比空辭」及「事異義同」之言對與正對等易而拙的類型〔註12〕。左思雖沒有完全自絕於文學風氣之外，不過

〔註 9〕見左思〈三都賦〉中言。
〔註10〕陸機〈壯哉行〉。
〔註11〕潘岳〈內顧詩〉二首之一。
〔註12〕劉勰《文心雕龍‧麗辭》：「麗辭之體，凡有四對。言對爲易，事對爲難，反對爲優，正對爲劣。言對者，雙比空辭者也。事對者，並舉人驗者也。反對者，理殊趣合者也。正對者，事異義同者也。」

他在字句刻畫上的追求是有限度的，他未必不能，卻沒有去做。這與同期的太康詩人有極大的差別，潘、陸等人的句法繁複靈活，在詞性的轉換，聲光的融入，文字的新創各方，左思都是相形見拙的，故有鍾嶸「野於陸機」之評。

當然就形式美來相較，左思不如當代詩人。但前文曾述及，左思作品基本性質與太康主流詩歌並不相同，而「文」「質」之相互配合才是詩歌所追求的；因此，左思詩中之「質」適不適合運用當代巧麗文辭才是應考慮的，僅以形式美評出優劣未能顯其意。左思使用了樸拙的文辭技巧，卻不令人難耐，鍾嶸雖不滿其表現，仍將之列於上品，而在六朝之後的評價甚至日益提昇，凌駕潘陸之上，完全是因其「文」「質」相稱的結果。另因太康唯美詩風發展至極，文人競逐文藻，僅管在形式字句上分析起來巧變多端，琳瑯滿目，內容卻貧乏空虛，缺少真正動人的力量；反觀左思詩句乍見之下雖無奇，卻能有著恒久的感動力，那是因為其字句皆出具自己心底真摯的慷慨之氣，而能突破「言對」之呆板與狹隘的侷限〔註13〕。於是在左思詠史詩裡所運用的意象，往往能樸素又深刻的打入人心，經久不衰。如以「鬱鬱澗底松。離離山上苗」來說「上品無寒門，下品無士族」的荒謬與悲哀，打動了不少後代文人；更用世冑「躡」高位，英雄「沈」下僚之語表達對在位者的嘲諷，與志士的悲憤。再如「振衣千仞岡，濯足萬里流」之氣格甚高，此精神風貌的塑造亦撼動了後人，歷代詩評中引論不絕，如：

　　△太沖以氣勝者也。「振衣千仞岡，濯足萬里流」至矣。(《詩

〔註13〕參日人興膳宏〈左思と詠史詩〉一文序說：「……その極、對句は往往にして內容の面では空虛な形骸だけの存在に墮しかねない。(中略)では上にあげた左思の對句が、一見したとろ平凡なただの『言對』であるかに見えなから、無量の感動を人の心に呼びおこすのはなぜだろうか。それは恐らく、借りものでない彼の心の真底からほとばしり出る慷慨が、『言對』という柔軟性に乏しい狹隘なわくを一舉に破壊して突き拔けてゆくときの強いエネルーによる。

藪》外編）

△左太沖詩：「振衣千仞岡，濯足萬里流。」使人飄飄有世
　表意，不減嵇康「目送飛鴻」語。（《苕溪漁隱叢話》卷二引
　宋子京《筆記》云）

△嘗想左太沖「振衣千仞岡，濯足萬里流」二語，欲作數
　語點綴實景不得。及讀坡老〈武昌西山〉詩云：「中原北
　望渺何許，但見落日低黃埃。歸來解劍亭前路，蒼崖半
　入雲濤堆。」想見左語在阿堵中之妙。（《龍性堂詩話》初集）

他的藝術成就是不同於太康詩人的。而這出自胸臆的文章，正是他
被後人認爲是在太康唯美詩風潮流下，唯一能繼承建安風骨的優良
傳統（所謂「左思風力」），亦獨能反駁「建安風骨，晉宋莫傳」之
語〔註14〕者。

　　左思詠史在形式技巧上的經營，「語言質樸但又造語奇偉」〔註15〕
的手法，使得漢魏以來形式呆板，文字平淡的詠史詩進入了新境。他
在詩中的慷慨陳詞，豪言壯語，被視爲與建安文學「慷慨任氣」、「磊
落使才」之精神相承之處〔註16〕。其詠史之內容義蘊便是下節所要論
述的，而因其運用詠史之內在精神與目的，所帶來敘述方式的改變，
亦一併論及。

第三節　精神義蘊

　　討論左思詠史詩中之內容義蘊，可取決於兩點，其一是左思個人
的心志性格，其二則來自社會上不公制度帶來的衝擊。從這兩點便可
掌握住左思詠史中強烈「自我」之所在，詠史的背後意義在於展現自
我的精神與心志的表白，而這濃烈情緒的渲洩，完全是來自當時士族
制度對寒士造成戕害所產生的控訴與反彈。表現心志，批評制度，成

〔註14〕見陳子昂〈與東方左史修竹篇序〉。
〔註15〕見《中國歷代著名文學家評傳・左思》劉文忠撰。
〔註16〕見《文心雕龍・明詩》：「……慷慨以任氣，磊落以使才；造懷指事，
　　　　不求纖密之巧；驅辭逐貌，唯取昭晰之能。」

為左思詠史之兩大主題。

　　左思曾言「發而為詩者，詠其所志」〔註17〕，他的「志」是什麼呢？左思雖以文才出名，却非出豪門之身。他的父親左熹只是個小官吏，做過殿中侍御史、大原相、弋陽大守等官；母親早逝，妹妹左芬亦以文才出名。他「貌寢、口訥，而辭藻壯麗，不好交遊，以閑居為事」。這樣的人，在門第勢力強大的魏晉時期，欲求功名，走入集團中心幾乎是微乎其微的。左思曾因妹左芬膺選入宮而來到洛陽，因〈三都賦〉使得洛陽紙貴，但是這並不能使他平步仕途。當時晉室尚未收據東吳，天下未定，北方則有羌胡的外患，左思於是有著統一與安邊的理想。在世族獨占上品的時代，左思因妹入宮得與宮室攀上關係，且富文才，所以能有理想付諸實現的熱望。但是這種青年的浪漫熱情，很快就被現實摧毀，出身寒門的他，僅管有妹入宮，却沒有什麼影響力，立刻受到士族專擅的制度下不盡的嘲弄。他依附過賈謐，是「二十四友」之一，後賈謐因參與謀廢以至謀害太子而被斬，左芬也在同年死去，這樣的事變必然對左思影響甚大。他開始退居宜春里，其後齊王冏想徵他做記室督，他以病請辭；兩年後河間王司馬顒之部將張方作亂京師，左思於是「舉家適冀州，數歲以疾終」。

　　左思一生可說是從積極入世到消極出世之過程，是自我理想之熱烈追尋到放棄的歷程，亦是與門閥制度抗爭、屈服至無奈的心靈表白。〈詠史〉八首便有著他這一生的熱情與嚮往、抗議與自慰之精神寄託。因為有著強烈的自我呈現，〈詠史〉之一就以自己為主語，直述己志，〈詠史〉之三亦直言「吾」希段干木，在在顯示〈詠史〉的每一首都是因自身心志而發。整組詩表達了三個主題，一是自我心志與追尋目標的表白，一是同情不遇之士，再就是痛陳門閥制度之不公，與貴族自成一氣之奢靡。

〔註17〕見註9。

在〈詠史〉之一裡，左思就明白指出自己是怎麼樣的人，或者希望自己成為什麼樣的人，反映了他政治與生活理想〔註18〕。他深深崇慕那種好好的做一番功業，却在萬眾矚目下瀟灑離去，回歸田園的典型。然後在其詠史篇章中，不斷將歷史人物放在「時間的座標上，讓他們直線的走向自己」〔註19〕，讓他們來詮釋自己的心志。而他的志是什麼呢？從第一首中可知他是志在功業而非志在富貴，他對立功業這事非常在意，他終其一生都在為自己的理想努力，因此當充滿熱情的他面臨門第制度這種不公且對文士戕害至深的遭遇時，反應就特別的激烈，故有「左思抗色厲聲，則令人畏」之說〔註20〕。

魯仲連「談笑却秦軍，當世貴不羈。遭難能解紛，功成恥受賞」的形象，顯然是左思最為傾心的，他欲立功業不慕名利的態度，充滿了理想主義的色彩。此詩後半的詠嘆給予段干木、魯仲連二人極高的評價，在那個鬥爭激烈的晉朝政權下，左思此番心志的表白，或有著以無權勢野心而得一展抱負之機會的天真想望。他有立功的熱情，却不願像荊軻一般身亡而功不成，有勇無謀，這不是他理想中的壯士。然而他仍然頌詠了荊軻，因為他有「貴者雖自貴，視之若埃塵。賤者雖自賤，重之若千鈞」之不同流俗的氣節。因此他稱之「雖無壯士節，與世亦殊倫」（〈詠史〉之六）。「貴者雖自貴」這段話，其實正是左思心中不吐不快的聲音；但他借由詠史，借由荊軻的口說出來，自己不說。這又使得歷史人物與自我合一，是詠史亦是詠己。

「為個人命運的憂憤情緒尋求一個客觀的歷史對象」之詠史性質

〔註18〕此詩時間依「志若無東吳」、「右盼定羌胡」二句觀之，應在平東吳之前，而且占據涼州的羌胡亦未定。平涼州在咸寧五年十二月（297），滅東吳則在太康元年（280）。左思大約二十多歲，屬少壯時期。此詩縱非成於當時，其內容所述亦當是早年心志。

〔註19〕參蕭馳〈中國古典詠史詩的美學結構〉一文，《學術月刊》1983年十二期。

〔註20〕見陸時雍《詩鏡總論》，引自《續歷代詩話》。

〔註21〕，亦為瞭解左思詠史詩時需要掌握的。左思願意和荊軻站在一起，是因其自身雖「賤」〔註22〕而有尊嚴，並對權勢有著昂然的態度，這在士族與寒士相對的時代裡，正是「寒士」左思對此制度表達的孤高態度。早年的抱負逐漸在這僵化的社會制度下遭受挫折，對歷史上不遇之士亦充滿了同情。〈詠史〉之二的馮唐，之四的揚雄，都是借古言今的實例。

　　漢代的「金張藉舊業，七葉珥漢貂」不是正如今世世家弟子獨占高位一樣嗎？同樣的背景，左思為馮唐打抱不平的情緒便份外的高亢，而「馮公豈不偉，白首不見招」的憤慨便可毫無阻礙的轉移到左思自己身上。寂寞著書的揚雄亦牽動著左思的心弦，自揚雄的遭遇看到了自己，他說揚雄「言論準宣尼，辭賦擬相如」（〈詠史〉之四）和「著論準過秦，作賦擬子虛」（〈詠史〉之一）的自己語氣是多麼相近，左思深知懷才不遇的悲痛，而揚雄終於是「悠悠百世後，英名擅八區」，左思詠揚雄，或亦以此來自慰吧。

　　主父偃、朱買臣、陳平與司馬相如不遇時的情境亦成為左思詠不遇之士的主角。歷史上的不遇之士讓他感同身受，透過詠嘆過程而感受自己並不孤單，在精神世界裡引以為伴。但是以上四人的境遇有特別值得注意處，他們在早年不遇之後，終有一展長才的機會，並不像揚雄寂寂著述。左思雖然稱詠揚雄，心中仍然希冀終有實現理想的機會，就像主父偃四人「當其未遇時，憂在填溝壑。英雄有迍邅，由來自古昔」（〈詠史〉之七），迍邅之後而成英雄，也是左思隱然的心願吧。

　　左思懷抱理想，冀立功業的心志在詠史詩中處處可見，但亦見他從躊躇滿志的少年壯志，走到屈於現實的悲痛。雖然企求展志的心未變，左思並未因此而不擇手段。不論希望或失望，左思詩中從不見低

〔註21〕同註 19。
〔註22〕荊軻在燕時，與狗屠戶高漸離是好朋友，兩個人常在市場上飲酒，是不受社會重視的貧賤之徒。

聲下氣的央求姿勢，始終貫徹一種氣格甚高的精神，有著中國傳統知識份子的尊嚴。所以在詠史八首中雖有悲有憤，却不氣弱，反而豪壯之氣充斥其間，其義正辭嚴的氣魄足以畏人，掩過了身為寒士的時代悲劇，故有其詩「壯而不悲」之論〔註23〕。

　　這「壯而不悲」的氣格亦表現在他抨擊門第制度之不合理時。他以「澗底松」、「山上苗」，「以彼徑寸莖，蔭此百尺條」的貼切比喻，分言士族與寒士不平等的處境，繼而抨擊「世冑躡高位，英俊沈下僚」是「地勢使之然」，顯然是意指這些在高位的士族沒什麼了不起，用躡字表示輕蔑，態度倨傲而不妥協。然後他又在詠揚雄一章裡，刻意用赫赫京城的富貴榮華來對照揚雄的「門無卿相輿」，但却詠讚了揚雄「悠悠百世後，英名擅八區」的形象，顯示那個冠蓋雲集世界的浮華不實。這樣的「貴者」自然是要「視之若埃塵」。而如揚雄、荊軻、主父偃、朱買臣、陳平、司馬相如這些身為（或曾經是）「賤」者，則正是「重之若千鈞」。他對士族是不假辭色的，雖然這些出自胸臆的心聲，都藏在詠史的表面之下。

　　有詠懷性質的詠史詩，「作者所描繪的歷史事件和歷史人物，實際上也就是詩人為自身情感的客觀化所著意創造的心理距離。詩人在現實中的痛切感受要通過一面歷史鏡子的返照出來」〔註24〕。這一方面是拓展了詠史詩的創作深度、運用範圍；另一方面作者將心志反映在詠史過程中，詠的對象將更具血肉，帶著濃厚的感情，詠史詩便走向「情感化、情緒化，而不是哲理化」〔註25〕。換言之，它將是以情動人，而非以理動人。左思詠史詩正是如此，在他筆下的歷史人物因而有著真切的精神風貌，是前人詠史詩無所及之處。（前述魏晉詠史乙線實是朝向此點逐漸邁進的，直至左思有淋漓表現；至於詠史甲線則否，既非以情動人，尚稱不上以理動人。）

〔註23〕見劉熙載《詩概》，引自《清詩話續編》。
〔註24〕同註19。
〔註25〕同註19。

　　左思從少壯的熱情，到受挫的激憤，但是仍可自字句間窺其冀求展才之心並未放棄，像這樣充滿熱情的人，應該不是歸隱山林之人，然現實社會一再令人失望，絕望之餘只有尋求隱世一途。隱居對左思而言並不是最初的選擇，在他終於決定必須選擇隱世時，內心的絕望心痛是可以想見的，因此興膳宏稱之為「幻滅」，他認為在左思的意識中是沒有階級差別存在的，然而他却不得不捲入這個殘酷的現實社會的齒輪下，被無情的磨蝕掉〔註26〕。

　　原來左思所嚮往的目標是「功成身退」，功未成而身退的隱居並非所求。然而在無法對抗階級制度之下，他寧可收起原有的理想。他詠許由，重其無視功名富貴的態度。前文曾述左思在詠史詩中顯示的高姿態，在此，他仍然用無視世族豪門的超然精神，間接表達了對士族們的輕蔑，透露「是我鄙棄你」的自負。在〈詠史〉之五裡，突顯許由清流般的高士風貌，顯得峨峨高門內的藹藹王侯們分為俗耐，所以要有「何為欸來游」之嘆，而有「被褐出閭闔，高步追許由」的念頭。這種因對現實社會失望，轉而尋求另一個世界的心理，在六朝時期是普遍的，因制度打擊文士，間接促成了遊仙、隱逸之風與詩歌的出現。基本說來是對現實的反彈，這在左思身上更為明顯，試看他的〈招隱詩〉二首，描述了隱居之自由美好，令人神往，這招隱其實就是招自己，說服自己去隱居；最末二句「躊躇足力煩，聊欲投吾簪」，正像在告訴自己從那個不平等的競爭仕場裡抽身出來。

　　詠史八首先推出了魯仲連的壯士典型，是意氣風發的的左思；後有許由的高士形象，是對現實的絕望；而這其間又有「達士」的過程。在〈詠史〉第八裡，顯示勘破功名的態度，這是八首中最長的一首，

〔註26〕參日人與膳宏〈左思と詠史詩〉一文第六節「幻滅」：「左思が詠史詩においてはもとより、ことあるごとに訴え續けた寒士の憤りと悲しみは、結局過酷な實社會の齒車の回轉に押しひしがれ、かき消されていつた。人間社會の不平等を苦い思いでかみしめるとき、左思の意識は人を誰彼の差別なく迎え入れてくれる無私な自然に向かって動いていた。」

試舉詩如下：

> 習習籠中鳥，舉翮觸四隅。落落窮巷士，抱影守空廬。出
> 門無通路，枳棘寒中塗。計策棄不收，塊若枯池魚。外望
> 無寸祿，內顧無斗儲。親戚還相蔑，朋友日夜疏。蘇秦北
> 游說，李斯西上書。俛仰生榮華，咄嗟復彫枯。飲河期滿
> 腹，貴足不願餘。巢林棲一枝，可爲達士模。

他用了極長的篇幅來描述寒士的窘困，以「籠中鳥」的意象指稱窮困
才士。蘇秦與李斯在不遇之前，都曾有這樣的消沈境地〔註27〕。但是
這種「籠中鳥」的意象並沒有在蘇秦李斯得勢後結束。他們雖然立志
脫離貧賤之階，後來一得以並相六國，一則得相秦皇，權重一時；然
而却是「俛仰生榮華」的，蘇秦死於刺客之手，李斯則被秦二世處死。
文士們眞正的牢籠是那個永無止境的政治鬥爭，只有脫身而出才能離
開悲劇。北遊說的蘇秦與西上書的李斯，解除了「計策棄不收，塊若
枯池魚」的鬱悶，但是又如何呢？左思以此來告訴讀者「巢林棲一技」
才是「達士」的風範。這種「仕途是空」的省悟，背後歷程是教人心
痛的，眞正不如要說是「幻滅」。

　　短短的八首詩中道盡了左思一生的心理變化，游國恩、王起等
編著的《中國文學史》中稱之爲詩人從積極到消極的過程，又有論
者認爲左思的立場並不一貫，「雖然不遺餘力的抨擊門閥制度，但有
時卻又認爲才智之士受壓抑是際遇問題，是時運使然」，又因「鑒于
某些歷史人物因不安貧賤而終遭禍患，企圖安貧樂賤，以求遠禍全

〔註27〕《史記‧蘇秦列傳》：「蘇秦者，東周雒陽人也。東事師於齊，而習
　　　　之於鬼谷先生。出游數歲，大困而歸。兄弟嫂妹妻妾，竊皆笑之曰：
　　　　『周人之俗，治產業，力工商，逐什二以爲務。今子釋本而事口舌，
　　　　困不亦宜乎。』蘇秦聞之而慚，自傷，乃閉室不出，出其書徧觀之。」
　　　　《史記‧李斯列傳》：「李斯者，楚上蔡人也。（中略）從荀卿學帝王
　　　　之術。學已成，度楚王不足事，而六國皆弱，無可爲建功者。欲西
　　　　入秦，辭於荀卿曰：『（中略）故詬莫大於卑賤，而悲莫甚於窮困。
　　　　久處卑賤之位，困苦之地，非世而惡利，自託於無爲，此非士之情
　　　　也。故斯將西說秦王矣。』」

身」〔註28〕。其實若認清這詠史詩八首是作者心志精神的真實表露，就能明白其詩忽而憤慨忽而認命的轉換，正是作者內心的調適；而詠史的本質雖未變，對象的選擇卻是作者經營安排的。換言之，他並不完全是「鑒于」歷史人物如何如何才產生意念，應是先有此念，再以歷史之人事印証、加強其意念。這從他詩中不斷讓「吾」字現身（〈詠史〉第三），或以自我爲主詞引導全詩（〈詠史〉第一、第五）可以窺知。

詠史八首包含了左思一生的心路歷程，但更重要的是傳遞了他永不低頭的氣格，這種知識份子的孤高與尊嚴，經過詠史的形式成功的保存下來。這正是左思〈詠史〉詩能在詠史詩中獨享盛名，成爲〈詠史〉之代表作的重要因素。

〔註28〕參《中國歷代文學家評傳・左思》劉文忠撰。

第六章　魏晉詠史詩的評價與影響

第一節　詠史詩與魏晉詠史詩之評價

　　雖然詠史一題由班固揭示而起，在先秦時期亦已有詠史作品的存在，但是魏晉時期卻是詠史詩體奠基之始，前人稱「詠史詩起於晉」〔註1〕即顯示其意。詠史詩成為一具獨特意義、內涵指稱的詩體是在魏晉時期完成的，在此之前縱有淵源可尋，卻只是零散的資料。而詠史詩在魏晉時確立而成一個可供發展的新興詩體，從述史──詠懷始，至諷諭、懷古等性質的開拓，以及傳體、議論、翻案等各種手法的變化運用，使得詠史一體在文學主流之外有著綿長的生命力。這綿長的生命力正與詠史一體本身的特性相關。雖然詠史詩在魏晉盛行有其特有的背景因素，而朝向詠史抒懷的方向進行，但是此一新興詩體並未因此侷限。因為詠史一體集合述史、抒情、議論為一體，這樣的特性，正可見詩人「史才、詩筆、議論」〔註2〕之發揮，於是自魏晉時期發端以來，在後代詩人手中便有不停的開創發掘。

―――――――――――――――

〔註1〕清陳僅《竹林答問》：「問：『詠物詩起於何代？』詠史詩起於晉，詠物詩起於梁。」

〔註2〕見宋趙彥衛《雲麓漫鈔》論溫卷之風言：「蓋此等（唐代傳奇）文備眾體，可以見史才、詩筆、議論。」

　　透過詩人文學心靈之下的創作過程，往往能提供人們對於歷史事件的另一個觀點。而同題共詠的情形，更因詩人個人注視觀點的不同，使同一歷史事件獲得多面呈現的機會；他們可以是感性的、理智的、情緒化的、或者議論的，在文學領域中更人性化的來詮釋這些已入史籍的歷史。正因爲如此，詠史詩的好壞，除了一般詩歌評論的標準之外，作者個人的史識亦具關鍵。歷代詩話中有不少關於詠史詩的議論，甚且引發爭論，這亦足證詠史詩確爲我國詩歌史上重要的旁支。

　　從魏晉以下，詠史融合了懷古，不論在詩境與內容上部迭有開展；而如前所述，詠史詩雖綿延不絕，但始終未成爲一朝之文學主流，因此其風格特色也無法自外於當朝的詩風。反映在詠史詩上，我們可以看到魏晉詠史以人物爲主的現象，和當時喜於品評人物之風氣相合；在詩歌發展至盛的唐代，詠史詩不再只以寄託自身抑鬱的小我境界爲主；宋人好發議論、說理的習性，也同樣出現在宋代詠史詩上。因此歷代對詠史詩篇的評論，除了針對詠史的特性之外，評論者個人對某朝詩歌的喜好也往往影響著評論的觀點。

　　詠史詩雖與歷史關係密切，但終是文學而非史學，因此應如何來看待詩中對歷史的議論，以及是否影響詠史詩的價值，便成爲後世爭論的焦點。爭論的立場可概分爲兩類，一者贊成於詩中引發史論，表現作者的史識，稱許詩人以翻案手法表現新意；一則痛斥詩人隨意議論歷史，主張不必於詩中故作史筆，堅決文學與史學二者的壁野。

　　前者如明謝榛《四溟詩話》云：「詠史宜明白斷案」，「史詩勿輕作，或己事相觸，或時事相關，或獨出斷案」，並且認爲詠史斷案不是宋人開先，在盛唐時期就有此風了〔註3〕。而詠史議論的佳作一

────────────────

〔註3〕明‧謝榛《四溟詩話》：「屈原曰：『眾人皆醉我獨醒。』王績曰：『眼看人盡醉，何忍獨爲醒。』左思曰：『功成不受爵，長揖歸田廬。』太白曰：『若待功拂衣去，武陵桃花笑殺人。』王李二公，善於翻案。（略）楊誠齋翻案法專指宋人，何也？」

般都推王安石，如宋曾季貍《挺齋詩話》：「荊公詠史詩，最於議論精深。如留侯詩，伊川謂說得留侯極是。予謂武侯詩，說得武侯亦出。……詠史詩有如此等議論，它人所不能及。」再如清顧嗣立《寒廳詩話》：「證山最喜王半山詠史絕句，以爲多用翻案法，深得玉溪生筆意。」由於詠史詩的內容多半是人們已知的事件與人物，如果能在「詠」的部份加入作者的創見，無疑便提昇了作品的可讀性，也提供人們看待史事時一種新的視野，這是肯定了文人論史的價值。但有論者甚至更進一步認爲詠史詩必須擔負史筆之責，如清王壽昌《小清華園詩談》：「弔古之詩，須褒貶森嚴，具有春秋之義，使善者足以動後人之景仰，惡者足以垂千秋之炯。」雖然弔古與詠史性質稍有差異，但無論如何，以史筆森嚴來要求詩歌內涵，實嫌太過，似乎完全混淆了詩歌本質與史書之間的分際。反對在詠史詩中議論史事者多半即基於這樣的觀點，認爲詩與史之間原本就互不相侔，詩歌應謹守詩旨，不應妄作史論。

　　清代學術以實學爲宗，具實事求是、無徵不信的科學精神，考證疑古之風大盛。在此背景之下，論者對於詠史詩的要求亦有所不同。前述對於詠史論史之風持反對立場者率皆清代詩話，其中抑宋揚唐的心態亦十分明顯。試舉數條如下：

　　　△詠史以不著議論爲工。（清·薛雪《一瓢詩話》）

　　　△古人詠史，但敘事而不出己意，則史也，非詩也；出己
　　　　意、發議論，而斧鑿錚錚，又落宋人之病。（清·吳喬《圍
　　　　爐詩話》）

　　　△近體詠史皆不能佳，（略）何邪？又云「詠史宜明白斷
　　　　案」，非徒不解近體法，是且未經見晉以前詠史者，阮元
　　　　瑜詠史二首，收法極有氣勢，蓋此體一下斷語，便啓惡
　　　　道矣。（清·毛先舒《詩辯坻》）

　　　△詠史詩，今人皆雜議論，前人多有案無斷之作，其諷刺
　　　　意在言外。（清·方薰《山靜居詩話》）

論者皆以爲詠史抒懷才是詠史詩的本質，反對詩中議論太過而成史

論；雖然立論大多以古人與今人相對稱，認爲今不如古，但所謂「今」，其實就是指宋人議論之風。前舉第二條清楚指出詠史議論是宋人之病，除此之外，明白批評宋人詠史之作者甚多，並且毫不留情。如：

> △子瞻作〈秦穆公墓〉詩（略），語意高妙，然細思之，終是文人翻案法。（清・賀裳《載酒園詩話》）

> △古來詠明妃者，石崇（略）語太村俗。惟唐人（略）不著議論，而意味無窮，最爲絕唱。其次則杜少陵（略）、又次則白香山。（略）其餘皆說和親之功，謂因此而息戎騎之窺伺。（略）皆好爲議論，其實求深反淺也。（清・趙翼《甌北詩話》）

與其說是反對詠史翻案，不如說是反對宋詩議論之風，清人對於史與詩的界限要求十分嚴格，甚至以宋人稱杜甫爲詩史之舉深深不以爲然，認爲是宋人之鄙見﹝註4﹞。因爲「六經各有體」，詩體詩旨「與易書春秋判然矣」，而「杜詩之含蓄蘊藉者，蓋亦多矣，宋人不能學之；至於直陳時事，類於訕訐，乃其下乘末腳，而宋人拾以爲己寶，又撰出詩史二字，以誤後人；如詩可兼史，則尚書春秋可以併省」﹝註5﹞。這種反宋詩的立場在論詠史詩是否可議論時，容易出現雙重標準；意即：只反宋人之論史，不反唐人論史。說是反議論，其實是反宋人議論的方式。譬如《載酒園詩話》中論「翻案」一則就十分明顯，先是認爲王安石〈明妃詩〉頗有可觀，可惜意在翻案；但後又引白居易之詩，卻道：「似此翻案卻佳」。揚唐抑宋的立場甚明。

清詩話中多論及詠史詩的議論性，概因詠史詩自魏晉抒情以下漸入說理之路，清人所論則針對議論之末流而發。其實抒情、諷諭、議論各法之妙所在不同，議論只要能知「詩貴入情，不須立異」，便不會墜入「欲求勝於古人，遂愈不如古」之境﹝註6﹞。

﹝註4﹞見明・楊慎《升菴詩話》：「宋人以杜子美能以韻語紀時事，謂之詩史，鄙哉宋人之見。」

﹝註5﹞同前見《升菴詩話》。

﹝註6﹞清・賀裳《載酒園詩話》〈翻案〉一條。

　　而性質不同的詠史詩應有不同的評論觀點，前述關於詠史之議論與否的問題爭論，在評估魏晉詠史詩時並不適用。在詠史詩的發展初期，仍停留在記事詠嘆的階段，即以「史傳型」〔註7〕詠史爲多，充份的表現出其脫胎於史傳的性質，前人所謂「詠史記實事者，即史中贊論體」（《眞一齋詩說》）應指此時。述史——詠懷的性質爲本期主要精神，其評價應在此基礎爲論。現分述史與詠懷二方面而論；由於此期詠史多以歷史人物爲對象，述史部分槪因人物傳記而起。詩人們在短短的詩句之中要將歷史人物介紹出來，在情節取捨間無形中提供了多重的觀察角度；詩人們在濃縮史事於詩句時，或取某一重點加以放大，或者不予容納，都使得同一人物因作者個人的差別而顯出不同的造型。雖然此期少有翻案意味的詩作，然詩人依史傳而重新詮釋歷史人物時，因文學筆法的強化，往往能使此人脫出史傳敘述泛出光采，如左思詠許由即是。當然，述史的過程若如班固詠史一般的起首至尾，簡括史傳以終，便顯得索然而寡味，故《眞一齋詩說》又言：「詠史詩不必鑿鑿指事實，看古人名作可見。」而《劍谿說詩》亦稱：「詠古人即採摭古人事蹟，定非高手。」因爲述史角度的不同雖可引出同一歷史人物不同的光采，但是述史並非詠史眞正精神顯現之所在；更重要的是，若述史對象已是史傳中極爲精彩的人物，由於詩歌的侷限，反而難有淋漓的發揮，這樣的述史則顯呆板而無力（如詠荊軻詩）。唯有掌握詩歌的長處，轉換述史的方式或轉移重心至詠嘆部分，從因讀史傳而生的詠史形式，脫離史傳性格而成爲詩歌本質，才能延續詠史詩的生命。魏晉詠史詩至左思詠史突破了原有的困境，其中價值正是「詠史詩起於晉」之說所在。

　　詠嘆部分自應是詠史詩之重點，因其包含了極大的空間可供作者發揮，是文學創作的精神內涵與動力。否則，「但敘事而不出己意，

─────────────

〔註7〕見齊師益壽〈談六朝詠史詩的類型〉一文所分。

則史也，非詩也」﹝註8﹞；再者，魏晉詠史是以個人情志寄託爲基礎，歷史作爲「以古喻己」之角色，當注意的是「詠史詩雖是意氣棲託之地，亦須比擬當于其倫」﹝註9﹞，因其詠嘆雖出自己之情志，但表面上仍是依史而發，需兼顧史實，不可全就己意爲詠。

　　至於述史詠懷的結合方式，以「諷喻己懷，不露聲色議論爲妙」﹝註10﹞更重要的是要將二者合而爲一。由秦漢至魏的詠史詩，始終延續著述史與詠嘆分立的形式，這使得詩歌的整體性受到影響，形式僵化；甚有前人評袁宏詠史詩時稱其「調平思鈍，率晉人常調耳」（《詩辯坻》），故打破這個呆板的形式是魏晉詠史詩重要的課題。否則將阻礙詠史詩日後的發展。而在魏晉期間，我們可以發現，述史與詠懷分明的作品已逐漸減少，而更多的作品中二者的界限不再明顯，終至左思詠史有了詠史──詠懷合成一體，句句詠史亦詠懷的作品產生。

　　此處則必須再提何焯的「正、變」之說；何焯以班固「隱括本傳，不加藻飾」的詠史類型爲「詠史詩」之正體，以「自攄胸臆」的左思爲變體（參考第三章第二節所論）。雖然正、變之指並無價值評斷之意，但所謂「正」卻無疑有著正統、正宗的意思。然依本論文第三章所論，雖然班固在揭示「詠史」一題上有著首創的地位，然而左思對「詠史」一體的開拓貢獻卻是承自先秦詠史篇章而來的，若就淵源而言，僅從一條脈絡上稱左思是班固的「變」，則未見周延；因爲不看詩題，就內容旨意論，孰爲「正統」尚有待商榷。再就貢獻而言，「唐代詩人的『詠史詩』如果從詠史與詠懷的結合看，大抵是取法左思的」，「那種班固式的『質木無文』的『詠史』，那種『概括本傳，不加藻飾』的『正體』詠史詩，已爲唐人所不取。左思的變體『詠史詩』，至唐代已爲『詠史詩』的正宗。」﹝註11﹞事實上已非「變」，而是「正」

﹝註 8﹞ 清・吳喬《圍爐詩話》。
﹝註 9﹞ 同註6一書〈詠史〉一條。
﹝註10﹞ 清・張謙宜《絸齋詩談》卷二。
﹝註11﹞ 劉文忠撰《中國歷代著名文學家評傳・左思》。

了。而班固詠史類型不過在魏晉詩壇盛行一時，產量抑不及同時存在的另一類詠史詩（即第三章第三節之乙線），影響力亦不如後者。不論就時代淵源，或貢獻力量而言，它因詩題而來的「正統」地位是需思量的。

　　而魏晉詠史詩的奠基之功則在於此期將原依史傳形式而生的詩體，與承前朝詠史片段而來的作品，融合爲一體，並成功的自述、贊分立的論贊體式轉成符合詩歌本質的詩歌語言，並在此期樹立了以詠史抒懷的性質，因而標示了詠史詩獨特的風格，完成詩體的確立。而除了奠基之功，魏晉詠史詩亦開啓了發展的線索。在詠史抒情的本質之下，亦出現了翻案〔註12〕、議論〔註13〕的意味；若與南朝詠史詩合觀，因臨故跡而引發的懷古性詠史業已出現〔註14〕。換言之，詠史詩日後的開拓，在魏晉乃至六朝多能尋其源頭。

　　魏晉詠史詩作爲一詩體之確立與源頭的意義，大於其作品本身的價值。從詩作本身而觀，它顯然不如唐代的開闊多樣，登峰造極；亦不如宋代以議論見長，義理精深。而以詠懷爲主、簡化述史過程的方式，往往使得不明史事原由的讀者不能掌握詠嘆之間的關連性，使得讀者群必須有某一層次的限制；這是詠史詩無法普及的共同侷限。然而此期樹立的詠史——詠懷風格，卻也是後代所不能取代的；左思詠史詩集合此期的精華，後代詩話裡雖少直論魏晉詠史詩的價值，然卻給予左思詠史詩極高的評價，除前已舉者，另略舉數條如下：

　　　△左太沖拔出於眾流之中，胸次高曠，而筆力足以達之，
　　　　自應盡掩諸家。鍾記室嶸季孟于潘陸間，謂野於士衡，
　　　　而深於安仁，太沖弗受也。（《說詩晬語》）

〔註12〕見第三章第三節所論張華〈遊俠篇〉一詩。
〔註13〕《詩概》：「左太沖詠史似論體。」
　　　　《抱真堂詩話》：「左思詠史云：『貴者雖自貴，視之若埃塵。賤者雖
　　　　自賤，重之若千鈞。』不涉議論乎？」
〔註14〕如謝朓〈和伏武昌登孫權故城〉、庾肩吾〈經陳思王墓〉等詩即是。

△左太沖詩，精采獨饒，後之人能擷其一二分，便大覺出
色。(《白華山人詩說》)

△左太沖自是晉代一傑，惜不多耳。(《小澥草堂雜論詩》)

△左太沖詩如天嶺氣交，幽人來憩。(同前)

△太沖祖述漢魏，而修詞造句全不沿襲一字，落落寫來，
自成大家。(《野鴻詩的》)

不論在詠史詩發展上的意義，或作品本身的價值，都足以讓左思詠史
代表著魏晉時期的詠史詩傳世而不朽。

第二節　左思的影響

左思的詠史結合了魏晉詠史詩兩線發展的情形後，其後的詠史詩
即產生明顯的變化。雖然以「詠史」為題，並以班固詠史為典型的詩
作仍然存在著，而那些「有實無名」詠史乙線的大量作品也持續著，
但是二者間的界限已不再分明了。即，那些因為某種因素使得「詠史
詩」有著既定模式的影響力減低了；「詠史詩」擁有著自由變化的空
間，它不再是固定形式的代號，那些原來「有實無名」的作品自然無
礙的納入了其名之下。

事實上，班固那種以述史為主的詠史詩，自魏晉以後已漸遭淘
汰，因為那除了在簡括史傳中展現詩才的意義之外，顯現不出作品真
正的靈魂；而嚴格說來，在簡括史傳又無法超越史傳之下，述史的價
值更顯低落。左思詠史出現後，使得魏晉詠史詩有了開展的契機。雖
然在同期的詩人中，他的影響力非直接可見〔註15〕，但在其後的袁
宏、陶淵明等詩中則可看到轉變。

史學家袁宏有〈詠史詩〉二首：

周昌梗鯁臣，辭達不為訥。汲黯社稷器，棟梁表天骨。陸
賈厭解紛，時與酒樽杌。婉轉將相門，一言和平勃。趨舍
各有之，俱令道不沒。

───────────────

〔註15〕如張協〈詠史詩〉一首仍遵守著班固以述史為主的原有形式。

無名困螻蟻，有名世所疑。中庸難爲體，狂狷不及時。楊
惲非忌貴，知及有餘辭。躬耕南山下，蕪穢不遑治。趙瑟
奏哀音，秦聲歌新詩。吐音非凡唱，負此欲何之。

此詩在左思之後，而表現顯然相距甚遠，前人評其劣，稱：「晉人能
文而不能詩者袁宏，名出一時，所存詠史二章，吃訥陳腐，可笑當時
亦以爲工。」（《詩藪》外編），又有言：「袁彥伯月下詠史，獲知鎮西，
牛渚風流，一時勝賞。今讀其作，調平思鈍，率晉人常調耳。」（《詩
辯坻》卷二）。然值得注意的是，此詩形式，前首集合數人數事爲一
主題下吟詠，是魏晉詠史乙線的典型手法，故爲「晉人常調」，而「當
時以爲工」；但是卻冠在另具獨特意義的〈詠史詩〉題下，這是自左
思之後明顯的轉變；「詠史詩」已成爲一個通名。而第二首雖詠一人
一事，顯然亦揚棄了以述史爲主的方式，這個魏晉詠史甲、乙二線不
拘的現象是有意義的。

　　左思開創了詠史詩組的形式，而陶淵明的〈詠貧士詩〉七首亦屬
此類，他的〈飲酒詩〉首、尾亦有著序、結的意味，雖非關詠史，但
其形式應與左思之開創相關。〈詠貧士詩〉首章述詠貧士之原由，與
左思〈詠史〉之一同；二章則言貧士之生活狀況，並以「何以慰吾懷，
賴古多此賢」引入詠嘆主題，此二章與左思〈詠史〉第八以不遇之士
境況作結相近，但其置於前，故此二章應皆居「序詩」地位。陶淵明
此詩雖同詠史詩組，但在形式結構上不如左思嚴密，表現技巧上亦無
超越，雖「以名臣之後，際易代之時，欲言難言，時時寄託」（《說詩
晬語》），然其詠史之精神力量仍遜左思。

　　在前二首之後的五首裡，陶淵明舉了不同的貧士典型。第三首
詠榮叟，是樂貧於山野之鄙夫；又詠原憲，其人貧困是因見仁義之
匿，故不忍爲車馬之飾〔註16〕，是「邦無道」而退的典型。此貧非

〔註16〕《韓詩外傳》：「原憲居魯，子貢往見之，原憲應門，振襟則肘見，
　　　　納履則踵決。子貢曰：『嘻，先生何病也。』憲曰：『憲貧也，非病
　　　　也。仁義之匿，車馬之飾，憲不忍爲也。』子貢慚，不辭而去。憲
　　　　乃徐步曳杖，歌商頌而返。聲淪于天池，如出金石。」

其不能富，而是不忍求取。然仁義者不求仕於無道之世，對於主動上門的富貴該如何處之呢？第四首詠黔婁中表現了態度。黔婁隱居不仕，魯恭公聞賢致禮，欲以爲相，齊王亦以黃金百斤爲聘，皆拒不受〔註17〕；陶淵明以詠黔婁來肯定「朝與仁義生，夕死復何求」的堅持；換言之，他所詠的貧士是「有所爲」的貧士，是貧而安、貧而樂，而非不能富；以前賢來支持他此時絕於仕途，面對貧賤，求得氣節而行的艱難抉擇。

前者是堅拒出仕者，至於已入仕者，不過是爲了求溫飽，若能得以生存，便不戀棧官位，而不要因官得來的財富，故第五首有「阮公見錢入，即日棄其官」之語。第六首詠張仲蔚表達「所樂非窮通」之意，因在此時窮、通並非樂與不樂的關鍵，唯因權力鬥爭，人事可畏，對於拙於人事之人，不如隨張仲蔚隱身養性，不求人知。第七首的黃子廉情況又不相同。他曾「彈冠佐名州」，卻又「一朝辭吏歸」，在出處之間，雖顯其志節，但對於非孑然一身，有妻有子之士實更爲艱困。一已的志節與對家人的責任孰輕孰重實難取捨，但陶淵明詠黃子廉，在妻子哭訴：「丈夫雖有志，固爲兒女憂」之下，仍堅持辭官，以示無道之世求全仁義的決心，亦以「惠孫一晤歎，腆贈竟莫酬」堅拒贈金的尊嚴，將貧士風範帶入高潮，後以「誰云固窮難，邈哉此前脩」做爲此詩，亦爲全組詩之總結。

其中貧士雖有不同典型，但基本主題是一致的，加上其所舉者皆非形象顯著，具獨特風格者，故無左思〈詠史〉顯現的氣勢與人物鮮明的造象。在創作手法上，左思〈詠史〉首讓「吾」在詩中現身，〈詠貧士詩〉亦是，而用法稍有不同。左思〈詠史〉之三「吾希段干木」、「吾慕魯仲連」中，「吾」是自己，段干木與魯仲連是對象、是客體，吾雖介入詩中，扮演的仍是單純的「吾」——作者自身。陶淵明則讓

〔註17〕《高士傳》：「黔婁先生者，齊人也。修身清節，不求進於諸侯。魯恭公聞其賢，遣使致禮，賜粟三千鍾，欲以爲相，辭不受。齊王又禮之，以黃金百斤聘爲卿。又不就。」

「吾」託於所詠對象，讓詩中人物轉客體為主體，「吾」是歷史人物第一人稱口吻的「吾」；同時也是作者之「吾」，具雙重之意象。如第四首詠黔婁：「安貧守賤者，自古有黔婁。好爵吾不縈，厚饋吾不酬。」此吾是延續黔婁而來；第七首則是：「昔在黃子廉，彈冠佐名州。一朝辭吏歸，清貧略難儔。年飢感仁妻，泣涕向我流。」此對話中的「我」是黃子廉；但何嘗不是陶淵明自己，哭訴的妻何嘗不是陶妻呢？雖左思詠其人即詠己，但未明白的由其人以「吾」為主體開口。

再者，詠貧士第三首，前人有評：「陶公詠貧士詩，引榮叟、原生起，『弊襟不掩肘』至末，俱單用原生，榮叟竟無著落，亦是疏略處，作者當知。」（《詩義固說》）現錄詩如下：

> 榮叟老帶索，欣然方彈琴。原生納決履，清歌暢商音。重華去我久，貧士世相尋。弊襟不掩肘，藜羹常乏斟。豈忘襲輕裘，苟得非所欽。賜也徒能辨，乃不見吾心。

從「弊襟不掩肘」到「賜也徒能辨」皆緊扣原憲而言〔註18〕，這種舉二詠一的情形其實在左思詠史中已見。〈詠史〉之三舉段干木、魯仲連二人，雖後文詠嘆中無明顯指稱誰，然卻可知偏重於魯仲連，遭難解紛，功成身退實依魯仲連所述；段干木因其高節退兵救國，形象不顯，在詩中是居陪襯地位的。同樣的，榮叟居山野，樂貧而歌〔註19〕，不過是陶淵明以引起後文之用，貧者甚多，但他所欲詠者是其中之一——不願富非不能富的知識份子，層次與境界皆和榮叟不同。此貧士之安貧與現實環境緊扣，榮叟於此居陪襯地位，應是陶淵明的安排而非無心疏略。

左思詠史不僅在詠史詩的發展上深具意義，其形式結構、表現技巧的開創，不僅影響了晉之詠史詩，亦影響了後世。如前舉「吾希段干木，偃息藩魏君。吾慕魯仲連，談笑卻秦軍。」之靜動相互排比的

〔註18〕見註 16 引原憲之事。

〔註19〕《列子‧天瑞篇》：「孔子遊於太山，見榮啟期行乎郕之野，鹿裘帶索，鼓琴而歌。孔子曰：先生所以樂，何也？對曰：吾樂甚多。（略）貧者士之常也，死者人之終也，處常得終，當何憂哉。」

手法，爲唐詩人皮日休所引，其〈七愛〉詩云：「吾愛房與杜，貧賤共聯步。」以及「吾愛李太尉，崛起定中原。」筆法顯倣左思〔註20〕。而鮑照〈詠史詩〉：

> 五都矜財雄，三川養聲利。百金不市死，明經有高位。京城十二衢，飛甍各鱗次。仕子彯華纓，游客竦輕轡。明星晨未稀，軒蓋已雲至。賓御紛颯沓，鞍馬光照地。寒暑在一時，繁華及春媚。君平獨寂寞，身世兩相棄。

以繁華京城的熱鬧來對比、襯托嚴君平的寂寞，與左思〈詠史〉第四詠揚雄手法十分近似。江淹擬古〈左記室詠史〉中：「金張服貂冕，許史乘華軒。王侯貴片議，公卿重一言。太平多歡娛，飛蓋東都門。顧念張仲蔚，蓬蒿滿中園。」亦擬自相同手法，故稱「三詩一軌」〔註21〕。由此可見太沖詠史之影響，甚有譽之：「左太沖詩，精采獨饒，後之人能擷其一二分。便大覺出色。」（《白華山人詩說》）；因此。左思的詠史詩，在文學史上實有巨大之影響，「猶如謝靈運之於『山水詩』，陶淵明之於『田園詩』，起了尋夫先路的作用」〔註22〕，後代詩人除前舉之外，如李白、杜甫亦深受影響〔註23〕。

　　魏晉詠史詩在左思〈詠史〉達到高潮，南朝的詠史詩接續著左思開創的天地，雖另有發展，仍屬一脈。而其轉變之處正是詠史詩自六朝進入唐代之前的階段。本章第三節即略論六朝詠史詩，以結束詠史詩初期的發展，便於轉入詠史詩的另一個階段——唐代詠史詩。

第三節　南朝詠史詩小論

　　南朝詠史詩承魏晉時期發展而來，此時詠史詩多已「正名」，意

〔註20〕宋・范晞文《對牀夜語》卷五。
〔註21〕參註20一書卷一。
〔註22〕劉文忠撰，《中國歷代著名文學家評傳・左思》。
〔註23〕杜甫〈詠懷古迹五首〉，楊倫《杜詩鏡銓》中言：「此五章乃借古跡以詠懷也。」又言：「五詩詠古即詠懷，一面當作兩面看，其源出太沖〈詠史〉。」

即，〈詠史〉不再僅爲一形式的代號，所有具詠史內涵的作品殆在題旨上皆明顯可辨。班固〈詠史〉詩述史的形式至此已不可見，而左思〈詠史〉則有直接的影響，除前節所舉鮑照〈詠史詩〉之外，宋孝武帝劉駿〈詠史詩〉一首，舉聶政、荊軻共詠，雖非舉一詠二，但形式上與左思詠段干木、魯仲連類似：

> 聶政憑驍氣，荊軻擅美風。孤刃駭韓庭，獨步震秦宮。懷音豈若始，捐軀在命終。雄姿列往志，流聲固無窮。

而鮑照〈蜀四賢詠〉、蕭璟的〈貧士詩〉等，則走魏晉詠史乙線的典型〔註24〕以班固詠史爲典範，互爲唱和競才的魏晉詠史甲線雖已消失，但詩人們以詠史互相詠作的活動並沒有停止，甚且更爲活躍。然而其詠作的方式與對象顯然有不同，現先錄李孝勝、談士雲二人〈詠安仁得果詩〉如下：

李孝勝〈詠安仁得果詩〉：

> 潘岳河邊返，情知擲果多。閉簾聽不見，無奈識車何。

談士雲〈詠安仁得果詩〉：

> 月上河陽縣，來看洛陽花。擲果人相閙，非是故停車。

詩人們顯然是以潘岳「美姿儀，少時嘗挾彈出洛陽道，婦人遇之者皆連手縈繞，投之以果，遂滿車而歸」〔註25〕之事爲詠。其中有數點值得注意。其一，此事見於晉書記載，然晉書成於唐時，詩人顯然不可能是由讀史而生的詠嘆，與依史傳而生的詠史形式、背景自不相同；而觀其題，指明是詠潘岳得果一事，與建安時期〈詠三良〉、〈詠二疏〉

〔註24〕鮑照〈蜀四賢詠〉：「渤渚水浴鳧，春山玉抵鵲。皇漢方盛明，群龍滿階閣。君平因世閒，得還守寂寞。閉簾注道德，開封述天爵。相如達生旨，能屯復能躍。陵令無人事，毫墨時瀟落。褒氣有逸倫，雅續信炳博。如令聖納賢，金璫易羈絡。良遽神明遊，豈伊覃思作。玄經不期賞，蟲篆散憂樂。首路或參差，投駕均遠託。身表既非我，生內任豐薄。」蕭璟〈貧士詩〉：「四時迭來往，苦辛隨事迫。三冬泣牛衣，五月披裘客。遲遲春日永，憂來安所適。季秋授衣節，荷裳竟不易。班超棄筆硯，婁敬脫挽軛。雖云丈夫志，終涉自媒跡。賢哉顏氏子，飲水常怡懌。」
〔註25〕《晉書·潘岳傳》卷五十五。

在內容限制上更為嚴格，僅限此事同詠，互較高下。詠嘆內容漸從人物整體轉至注視局部的情節、細膩的動作，事實上與梁時盛行的詠物詩風是一脈的。再觀前二詩，與魏晉詠史的第二點相異是在於，僅管在同題共詠的魏晉詠史甲線中，以述史為主，詠嘆為副，表面上難顯作者真正的情志，但若究其個人背景、遭遇加以觀察，亦難斷定在唱和之作中絕無寄託存在（參第三章第二節）；然此期的詠嘆對象卻非限於歷史人物之精神風貌，或歷史事件，亦可對前人某些可堪玩味的事蹟加以談論，魏晉時期那種強烈的、激憤的，以寄寓個人情志為精神力量的詠史風格，已被南朝溫和的、平靜的、議論的氣氛取代。

梁朝盛行的詠物詩，花鳥可以詠、器皿可以詠，山風水火、衣飾鞋履，甚至貧富智愚等抽象名詞皆可詠；文士集團在偏安的繁榮京城下，發展出此精緻絕美的詩體，卻也顯示其在狹隘的空間與眼光下詩歌題材之貧瘠。而詠史主題漸趨精細的現象，何嘗不是詠物之風下的影響？前舉二詩在末二句中尚有對此事表達意見的詠嘆味道，至如某些詩雖取歷史人物為對象，詠史意味卻極淡薄，如施榮泰〈王昭君〉一首：

> 垂羅下椒閣，舉袖拂胡塵。唧唧撫心歎，蛾眉誤殺人。

作者並不得見王昭君出塞實景，而卻以其出塞神態大加描摩，不過是以當時美人姿態託於古人，雖在末句有「誤殺人」之嘆，然卻重在加強美人之嬌弱，全詩實近當時與詠物詩性質近似的宮體詩。

詠物詩之「物」原是一個客觀的「對象」而已，本不負寄託情志的任務，不必與作者自身有直接關連（藉詠物來詠懷雖亦存在，但南朝詠物詩多為精緻生活之反映，意在形式美的追求）。這也是南朝詠史無法再創左思高峰之因。因此，互相唱和之作，雖已無〈詠三良〉〈詠荊軻〉等隱括史傳之長篇詩作，但仍存平舖直敍、精神氣度不彰之病。如周弘直〈賦得荊軻詩〉一首：

> 荊卿欲報燕，銜恩棄百年。市中傾別酒，水上擊離絃。匕首光凌日，長虹氣燭天。留言與宋意，悲歌非自憐。

全詩述荊軻事，文辭顯較前朝進步，不再呆衍史事，經過作者詩句之經營。但是仍不脫史事始末的介紹，更重要的是作者精神似乎不能融入荊軻內心，發出深切的詠嘆。事實上，周弘直出身世家，與其兄弘正、弘讓皆在朝爲官，身居高位，對於荊軻是不會有深刻的身世之感的。再如阮卓〈詠魯仲連詩〉：

> 魯連有高趣，意氣本相求。笑罷秦軍卻，書成燕將愁。聊棄南金賞，方從滄海遊。寄言人世客，非君能見留。

與左思詩比起來，阮卓像是個冷靜的旁觀者，扮演歷史敘述人的角色。

　　此期詠史詩值得注意的第三個現象，是詩體的變化。五言古詩逐漸蛻變成近體詩的過程中，散文化語法的長篇詩歌在南朝已成簡短的形式。這樣的詩體自然不再適合史傳般的敘述，必須使用精練的語句，走向與散文有別的詩歌語言。在此情形下，詠史詩於是捨述史而就議論發展；齊師益壽所稱「史論型」詠史的特色，是將「史傳型」「贊」的部分變成「論」；此處要補充者，是史傳型詠史詩事實上是述、贊二分的，若直言將「贊」換爲「論」，易誤成「述」、「論」二分之狀況，然史論型詠史卻是淡化述的主體，以論、述同行的方式出現的。這在唱和之外的詠史作品裏有較明顯的表現〔註26〕。

　　依齊師益壽之說，議論性之詠史詩，其論往往「別出心裁，獨具慧眼，見解銳敏深刻，不但超出一般人的共同感受，而且簡直是特意作翻案、唱反調的」，他並認爲「六朝史論型詠史詩數量少，僅顏延之〈五君詠〉五首可以歸入這一型」，繼以〈阮步兵〉一首爲例。

> 阮公雖淪跡，識密鑒亦洞。沈醉似埋照，寓辭類託諷。長嘯若懷人，越禮自驚眾。物故不可論，途窮能無慟？

析論如下：

> 這一首共八句。第一句是述，第二句是論。三、四、五、六四句則是亦述亦論，「沈醉」、「寓辭」、「長嘯」、「越禮」

〔註26〕同題賦詠的唱和之作，易有「爲詠而詠」的情形，未必是發自作者內心情志，而形式內容亦或因有指定而限制。唱和之外的作品應屬詩人內心自發性的創作，較無侷限。

－103－

> 皆是阮籍的行爲事實，所以是述；而「似埋照」、「類託諷」、
> 「若懷人」、「自驚眾」則是上述行爲事實的評論。七、八
> 兩句也是又述又論。由此可見這是以「論」爲主的歷史人
> 物評論，所以是史論型。〔註27〕

以詠嘆人物爲主的魏晉詠史詩至南朝有更明顯的發揮，其多以人物爲
題而詠，至於歷史事件殆已不見蹤影。使得魏晉時期以歷史事件（如
鴻門宴、完璧歸趙等事）爲主題的詠史作品，眞如曇花一現。議論性
的詠嘆有替代詠懷性質而起的趨勢，已有前舉顏延之〈五君詠〉之一
爲例；另如鮑幾的〈伍子胥〉實亦屬此類：

> 忠孝誠無報，感義本投身。日暮江波急，誰憐漁丈人。楚
> 墓悲猶在，吳門恨未申。

雖不如〈五君詠〉之典型論述，然其詩不言其人事蹟，直接以「忠孝
誠無報」發端，議論性頗強。

在文辭技巧方面，自魏晉以來日漸勃興的修辭技巧，至南北朝更
是「纖靡巧麗」、「聲色俱開」。如前文所述，詠史詩雖存於駢麗詩風
的主流下，卻仍維持其以「質」爲重的特質，即使在南朝，亦少見炫
目多彩的字眼出現。然一詩體自不能獨處於時代之外，南朝修辭技巧
亦進入了詠史詩中。六朝修辭擅用的疊字，在此時詠史詩中並不多
見，而詩句中提昇境界與意趣的關鍵字——句眼，則出現在詠史詩
裏，在晉時陶淵明的〈詠荊軻詩〉已有「雄髮指危冠，猛氣衝長纓」
之句，至南朝則有：

> 孤刃駭韓庭，獨步震秦宮。（宋孝武帝〈詠史詩〉）
> 形解驗默仙，吐論知凝神。（顏延之〈五君詠·嵇中散〉）
> 觀書鄙章句，交呂既鴻軒。（顏延之〈五君詠·向常侍〉）
> 五都矜財雄，三川養聲利。（鮑照〈詠史詩〉）。

其餘不盡舉，可見句眼的運用在詠史詩中是很普遍的。然而，它仍然
保持了平實的特質，與同期之「亂流灇大壑，長霧匝高林」（鮑照〈日

〔註27〕齊師益壽〈談六朝詠史詩的類型〉，《中華文化復興月刊》第十卷第
四期。

落望江贈荀丞〉），或「白雲抱幽石，綠篠媚清漣」（謝靈運〈過始寧墅〉），以及「獨枕凋雲鬢，孤燈損玉顏」（江淹〈征怨〉）等，不管在體物入神，擬人生趣，或誇張聳動各方面都是遜色的﹝註28﹞。至於對句，南朝詠史詩中經常出現，前舉〈伍子胥〉一詩，共六句。便有前二句與後二句是對偶，可見其修辭技巧甚為普及。而同樣的，一些繁複的「儷句逞巧」卻未被大量使用，即使是出自同一詩人的手筆，面對詠史詩時亦比平時收斂許多﹝註29﹞。至於詩人寫景常用的敷彩字句，在詠史詩中是不太需要的；這些現象無疑說明了詠史詩跟著文學發展脈動前進著，同時又保持獨特的詩風。

詠史詩的發展至南朝告一段落，結束其萌芽至成熟奠基的階段，樹立此期詠史抒懷的典型。而後進入唐代，開創詠史詩的另一番局面。

﹝註28﹞ 參王次澄〈南朝詩的修辭特色〉，收於《古典文學》第四集。
﹝註29﹞ 如鮑照有〈詠史詩〉、〈蜀四賢詠〉二詩，雖務力於修辭技巧，而與他其餘詩作丹采炫麗、變幻莫測的筆法相較，仍有相當的差距。

第七章　結　論

　　雖然〈詠史〉一題揭示於東漢的班固，然而詠史一體的醞釀與成熟卻是在魏晉時期完成的。

　　詠史二字看似易曉，然何者爲詠史詩則需細作思量。「史」即是歷史，而由於魏晉史學的變革，時人對「史」的認定，異於一般。他們將某些志異作品視爲眞實的存在進入史學的範圍，因此，「史」的範圍可擴大至爲人所熟知的歷史傳說，不必拘泥於正史所載。

　　「詠」的過程是詠史詩的重要部分，「詠」史的要件可簡述爲：直接歌詠歷史題材、寄寓情思、表達意見。至於「詠」的表現是極自由的，可被引申、詮釋、翻案，或藉古喻己諷今，抒情寫懷。這是詠史詩之精神意義所在。再者，詠史與用典是古詩類別和創作手法之間不同層次的問題；詠史是古詩體一種，與是否用典是性質互異之二事，而僅管有些詩作全篇用典，亦未必是詠史詩。另如懷古詩是因詠史詩開展而來的，懷古可以是廣義的詠史詩，但其必是「切時地」之作，與詠史詩又有不同。至於詠懷詩之詠懷其實是一種廣泛的說法，詠懷詩以詩抒情，並非是有一特殊形式意義的詩類指稱，而是寫詩的一種創作動力；詠史詩自可詠懷，並無害其詠史之本質，亦無礙其作爲一具有獨特形式意義和內涵的詩體。

　　詠史作品在魏晉時期大量產生，以至定型、成熟，有其特有的時

代因緣。一是政治、社會之劇變。變亂的時代使得傳統價值面臨動搖，其中影響學術文化最巨者是：儒家地位的崩弛以及門第勢力的壯大。前者使學術文化產生變革，其中以史學與文學最值得重視；後者造成階級制度，帶來了文士內心的苦悶。二是史學之發達。此時文人很少與史學無關，文史合流的現象極為明顯，魏晉文士多熟讀史書，熟知史事，亦為詠史詩盛行之重要背景。三是文士的苦痛與詠史之獨特形式。由於士族──寒門的階級區分，使一般文士求仕無門，使生活在此時代下的文士心靈極為苦悶，然在詭譎之政治情況下，卻無法直言無諱。他們對於國家前途的焦慮，與個人情志的抒發，正可透過詠史形式的掩護與運用，提出警告與表白。文士欲求傾言管道亦成詠史詩大量出現於此期的機緣之一。

究其詠史淵源，可溯至先秦詩歌。《詩經》與《楚辭》中存有詠史精神的濫觴，以及詠史的片段。《詩經》的某些篇章與段落中有關周代開國與帝王事蹟之系列作品，在敘事中透露著強烈的主觀成分，而這具有價值評斷的「詠」的精神，來自於共同特有的立場──由上而下的教化；雖不同於後代詠史詩之性質，卻開了歷史題材運用於詩歌之功能的先河。

《楚辭》作為後代詠史詩體的源頭，較《詩經》來得貼切，屈原運用歷史題材，其「以彼喻此」的目的，以及在形式上，有限度的擇取歷史人物中可資詠嘆的片段情境之手法，皆為魏晉詠史詩之所承。

兩漢時期是詠史詩正式開展之期。「詠史」之名得自班固，亦開創了其依史傳而來的基本形式──述、詠分立，並以述史為主。此詠史典型與先秦詠史性質之詩歌並無傳承的緊密性，然承先秦「以史抒情」精神而來的詠史詩亦見於此時，如東方朔〈嗟伯夷〉一詩，而酈炎有詩二首更顯示與前朝相承、不同於班固詠史的詠史脈絡。

因此，所謂詠史詩，魏晉以前已隱然有兩條發展線索，在進入魏晉時期之後，此二脈絡則更加明顯。一是以班固「詠史」為典型的魏晉詠史甲線，一是承「以史抒情」之文學傳統而來的魏晉詠史

乙線。前者是「詠史」題下的固定模式，或有同題共詠、文學集團
酬唱的背景；以展現詩才，隱括史傳爲詩之主體，多爲一人一事。
詠之內容居於陪襯，多襲自史傳定論，表面上難得知作者詠嘆之背
後精神。後者承先秦詠史精神與形式而來，不以「詠史」爲名，但
實爲詠史。合多人多事於一主題下爲詠，僅擇取適合主題之史事片
段，非首尾俱足的敘述。是先有詩人主觀意識之貫穿、擇取，再有
詠史之內容出現，可自詩中窺見詩人的情志與精神。以詩題來區分
詩的類型似不合理，然此二型態的詠史詩各具典型而不相混，甚至
出自同一詩人手中，以「詠史」爲題之詩必依循著一定的模式，故
在此期分別觀察討論是有意義的。

　　綜觀此期詠史詩的性質，絕大多數是以詠史來抒情詠懷的。其詠
嘆對象多取歷史人物，亦反映詩人關注於自我，易對前人典型發出共
鳴之現象。這些前人典型可概分三類：一是高士逸士；二是懷才不遇
者；三是壯士與俠士。在此寄託其理想目標、表白心志，並呈現其自
滿懷壯志的希望，至面對現實的失望，終於絕望的心路歷程。他們將
自我精神與詠嘆對象相互投射，因此，使詠史詩緊連作者隱藏於內的
心意，讓讀者能藉此掌握詩人的生命，具有「以情動人」的力量。

　　藉前人情境來反映自身遭遇，達成「以彼言己」之效果，使敘事
成爲必要，而散文語式的古體詩亦適合發展敘事的形式。另外，魏晉
詠史詩多半因詩人讀史而起，面對文字而來的思考是屬於平面的，構
成魏晉詠史單線思索的風格。再就其發展方向而言，是自述史逐漸走
向詠史──抒懷合一的階段，樹立魏晉詠史詩獨有的風格。抒一己之
懷的意涵似乎稍嫌小我，然當時背景下，詩人們實被困於無法施展自
我的首要障礙，「以古喻己」中往往有深沈的時代之痛，是後期詠史
詩中所無法取代的。

　　以「質」勝「文」是詠史詩的特色。詠史形式之價值重在其中呈
現的主題精神，而非辭藻；因此自魏至晉之間，詩壇雖唯美之風漸起，
詠史詩仍保持著質樸的語言性格。雖然不能置身於文學主流之外，然

而影響並不大。這是因爲詠史形式之性質不同，有自己的基本風格和要求，而能在詩歌主流之外走著獨立發展的路線。

魏晉詠史詩發展的兩條脈絡至左思〈詠史〉打破了界限。左思是魏晉詠史詩集大成者，他是第一位沒有在「詠史」的名目下完全遵守班固詠史典型的人；其詩精神與手法承襲詠史乙線而來，又有所開創。在形式結構上有多樣的變化，打破了述、詠二分的呆板區隔；表現手法活脫大膽，不再受限於史書，從史傳的散文化語言形式轉換成詩歌語言，並擅於塑造前人之風貌。至於文辭技巧，左思之「野」，是與一般太康詩人相提並論之下的結論。事實上，左思〈詠史詩〉中展現的藝術風格是詠史詩之一大進步，顯然沒有置身於當時文學風潮之外。疊字的運用，偶句形式的排比，顯示其用心經營之痕跡。語言質樸而又造語奇偉，將漢魏以來形式呆板，文字平淡之詠史詩帶入了新境。

魏晉詠史詩的價值在於詠史詩體奠基之功，此期將原先依史傳形式而生的詩體，與承前朝詠史片段而來的作品，融合爲一體，並成功的將傳、贊分立的史傳論贊體式轉成符合詩歌本質的詩體，並在此期樹立了以詠史詠懷的性質，因而標示了詠史詩獨特的風格，完成詩體的確立。除此之外，此期詠史詩亦開啓了日後翻案、議論，甚至懷古詩的線索。奠立與開創之意義似乎大於此期詠史詩作品本身，然而此期詠史——詠懷的風格，卻也是後代所不能替代的。特別是左思的詠史詩，歷代詩話中皆給予極高的評價。

左思〈詠史〉不僅作品本身具有極高的藝術價值，其開創的詠史手法亦直接影響了南朝詠史詩的轉變，甚且影響了唐代以後詩人的作品。

魏晉詠史詩代表著詠史詩發展的初期階段，此階段結束於六朝，至唐代隨即邁入詠史詩發展的另一個階段。而左思詠史則代表著魏晉詠史詩，無論是作品本身或發展的意義上，皆具傳世的價值。

參考書目

一、專　書

1. 《詩經評註讀本》，裴溥言，三民書局。
2. 《左傳會箋》，日・竹添光鴻，鳳凰出版社。
3. 《戰國策》，高誘注，文淵閣四庫全書。
4. 《史記會注考證》，日・瀧川龜太郎，漢京出版社。
5. 《漢書》，班固，藝文印書館。
6. 《後漢書》，范曄，藝文印書館。
7. 《三國志》，陳壽，藝文印書館。
8. 《晉書》，房玄齡等，藝文印書館。
9. 《新唐書》，歐陽修・宋祁，藝文印書館。
10. 《史通》，劉知幾，四部叢刊本。
11. 《西京雜記》，劉歆撰・葛洪輯，文淵閣四庫全書
12. 《高士傳》，皇甫謐，文淵閣四庫全書
13. 《楚辭補注》，洪興祖補注，漢京出版社
14. 《陶淵明詩箋注》，丁福保，藝文印書館
15. 《文選注》，蕭統編・李善注，藝文印書館。
16. 《古詩源》，沈德潛，台灣商務印書館。
17. 《方東樹評古詩選》，方東樹，聯經出版社。
18. 《文心雕龍注》，范文瀾，台灣開明書店。
19. 《詩品注》，陳延傑注，台灣開明書局。

20. 《本事詩》，孟棨，文淵閣四庫全書。

21. 《滄浪詩話校釋》，郭紹虞校釋，里仁出版社。

22. 《詩藪》，胡應麟，古今詩話續編第十八種。

23. 《漁洋詩話》，王士禎，文淵閣四庫全書。

24. 《說詩晬語詮評》，蘇文擢，文史哲出版社。

25. 《足本隨園詩話及補遺》，袁枚，長安出版社。

26. 《歷代詩話》，何文煥編，藝文印書館。

27. 《歷代詩話續編》，丁福保輯，木鐸出版社。

28. 《清詩話》，丁福保編，藝文印書館。

29. 《清詩話續編》，郭紹虞編，木鐸出版社。

30. 《百種詩話類編》，臺靜農編，藝文印書館。

31. 《義門讀書記》，何焯，清乾隆三十四年刊本。

32. 《陳伯玉文集》，陳子昂，四部叢刊正編。

33. 《國史大綱》，錢穆，台灣商務印書館。

34. 《中國史學史稿》，劉節，弘文館出版。

35. 《中古文學史》，劉師培，文海出版社影印本。

36. 《中國文學發展史》，劉大杰，台灣中華書局。

37. 《魏晉南北朝文學史》，胡國瑞，上海文叢出版社。

38. 《漢魏六朝文學論集》，逯欽立，木鐸出版社。

39. 《先秦漢魏南北朝詩》，逯欽立，木鐸出版社。

40. 《中古文學繫年》，陸侃如，人民文學出版社。

41. 《中古文學史論》，王瑤，長安出版社。

42. 《詠史詩注析》，降大任·張仁健，山西人民出版社。

43. 《中國文學史》，葉慶炳，學生書局。

二、單篇論文

1. 〈魏晉南北朝的貴族政治〉，薩孟武，《台灣大學法學院社會科學論叢》第一輯。

2. 〈略論魏晉南北朝學術文化與當時門弟之關係〉，錢穆，《新亞學報》五卷二期。

3. 〈魏晉思想之時代背景〉，陳森甫，《反攻》三四二卷。

4. 〈魏晉變局中的中原士風〉，何啓民，《中國歷史學會史學集刊》五

卷。

5. 〈漢與六朝樂府產生的社會型態〉，田倩君《大陸雜誌》十七卷九期。

6. 〈魏晉史學的時代背景〉，逯耀東《勒馬長城》時報版。

7. 〈兩晉六朝的史學〉，呂舉謙，《人生》二二卷十一期。

8. 〈從隋書經籍志史部的形成論魏晉史學轉變的歷程〉，逯耀東，《食貨月刊》十卷四期。

9. 〈魏晉史學的思想與社會基礎〉，逯耀東，《中華文化復興月刊》八卷六期。

10. 〈魏晉對歷史人物評論標準的轉變〉，逯耀東，《食貨月刊》一卷十期。

11. 〈談六朝詠史詩的類型〉，齊益壽，《中華文化復興月刊》十卷四期。

12. 〈講史與詠史詩〉，張政烺，《中央研究院史語所集刊》第十本。

13. 〈貴族文學與六朝文體的演變〉，王夢鷗，《中外文學》八卷一期。

14. 〈魏晉文學〉，錢穆講‧王兆麟記，《新亞書院中國文學系年刊》三期。

15. 〈魏晉時代詩人與詩歌〉，方祖燊，《師大學報》十八卷。

16. 〈史詩與詩史〉，龔鵬程，《中外文學》十二卷二期。

17. 〈詩史觀念的發展〉，龔鵬程，《古典文學》七（上）。

18. 〈中國文學中的歷史世界〉，張火慶，《中國文化新論‧文學篇》聯經版。

19. 〈興亡千古事〉，蔡英俊，《興亡千古事》導論，故鄉版。

20. 〈試述詠史詩的發展及其心理因素〉，蔡英俊，師大《文風》三六期。

21. 〈古代詠史詩初探〉，降大任，《晉陽學刊》五期。

22. 〈詠史詩與懷古詩有別〉，降大任，《社會科學戰線》四期。

23. 〈漫談中國的詠史詩〉，向以鮮，《人文雜誌》四期。

24. 〈西晉大詩人左思及其妹左芬〉，張長之，《國文月刊》十七期。

25. 〈左太沖詠史三論〉，程會昌，《國文月刊》十七期。

26. 〈左思生平及其作品年代之推測〉，葉日光，《明新學報》一卷。

27. 〈略論左思詩中之文辭〉，葉日光，《明新學報》二卷。

28. 〈志高才雄一胸懷曠邁——談左思的《詠史》詩〉，韋鳳娟，《文史知識》七期。

29. 〈論左太沖詠史詩及其人格〉，張嚴，《文學雜誌》五卷一期。

30. 〈陶淵明詩三首箋證〉，王叔岷，《中央研究院民族所集刊》二九期。

31. 〈詩言志辨〉，朱自清，《朱自清古典文學論文集》源流版。

32. 〈中國古典詩所表現的憂患意識〉，尤信雄，《鵝湖月刊》五卷四期。

33. 〈中國詩之分析與鑒賞示例〉，陳世驤，《幼獅文藝》三三卷六期。

34. 〈詩歌創作過程的兩種模式——「詩緣情」與「詩言志」〉，鄭毓瑜，《中外文學》十一卷一期。

35. 〈中國古典詠史詩的美學結構〉，肖馳，《學術月刊》十二期。

36. 〈論中國古典文學中的兩大主題——從登樓賦與蕪城賦探討「遠望當歸」與「登臨懷古」〉，廖蔚卿，《幼獅學誌》十七卷三期。

37. 〈中國歷代詩話總目彙編〉，宋隆發，《書目季刊》十六卷三期。

38. 〈左思と詠史詩〉，日‧興膳宏，《中國文學報》第二十一冊。

39. 〈論班固的「詠史詩」〉，日‧吉川幸次郎著、陳鴻森譯，《中外文學》十三卷六期。

三、學位論文

1. 《六朝詠懷詩組研究》，李正治，民國 69 年師大碩士論文。

2. 《左思生平及其詩析論》，葉日光，文史哲出版社。

3. 《吳梅村敘事詩研究》，黃錦珠，民國 75 年師大碩士論文。

4. 《論晉詩之個性與社會性》，錢佩文，民國 75 年師大碩士論文。

5. 《李商隱詠史詩探微》，韓惠京，民國 76 年文化碩士論文。

6. 《唐代詠史詩之發展與特質》，廖振富，民國 78 年師大碩士論文。

俊逸鮑參軍—南朝元嘉三大家之鮑照詩研究

陳敬介 著

作者簡介

學歷：

    東吳大學中國文學系學士

    東吳大學中國文學研究所碩士（碩士論文：鮑照詩研究）

    東吳大學中國文學研究所博士（博士論文：李白詩研究）

【經歷】

    ・黎明文化事業公司編輯助理、編輯、編審、文史哲類主編、讀冊文化
    公司總編輯。

    ・曾任中原大學通識中心兼任助理教授

【現任】

    ◎育達商業技術學院　應用中文系　專任助理教授

    ◎東吳大學　中國文學系　兼任助理教授

提　　要

    魏晉南北朝在中國文學史上，可說是一個文學的自覺時代，在這大約四百年的動盪歲月中，詩歌的發展，自「建安風骨」，歷經正始玄風、太康綺麗、元嘉山水，乃至永明聲律之建構，詠物詩、宮體詩在題材上的擴展與深化等，均給予詩歌的創作，提供了新的思考方向、新的形式規律及新的題材視野；而就鮑照現存詩歌研究考察，鮑照詩歌不但在形式上極具聲律之美，在內容題材上亦兼有謳歌生命、奮發向上的奔放熱情與反映民生、控訴不公的嚴肅態度。因之，從「真」、「善」、「美」三個角度綜合觀察，鮑照確是南朝詩壇上極具多元性、開創性與代表性的一位重要詩人。

    因之本文即透過文本，分從生平、題材、修辭、風格四個角度加以分析解讀、歸納整理，以期對鮑照詩歌有一全面了解。而最終以探討歷代對於鮑詩的評價及鮑詩對後代的影響作結。並穫致四點結論：一、題材內容的豐富性。二、修辭技巧的多樣性。三、風格神韻的獨特性。四、影響貢獻的長遠性。

目

次

緒　論

一、研究動機

　　魏晉南北朝在中國文學史上，可說是一個文學的自覺時代，舉凡文學理論的初步建立、文學形式的多元發展及文學內容的豐富多姿等，充分表現出這是一個在文學上充滿生命力、創造力的新時代。

　　在這大約四百年的動盪歲月中，詩歌的發展，自「建安風骨」，歷經正始玄風、太康綺麗、元嘉山水，乃至永明聲律之建構，詠物詩、宮體詩在題材上的擴展與深化等，均給予詩歌的創作，提供了新的思考方向、新的形式規律及新的題材視野；但整體而言，六朝詩對於中國詩歌的發展上，「美」的恩賜，遠多於「眞」、「善」方面的恩賜。「美」，在此指的是修辭手法的巧構形似之美與聲律刻鏤之美，然而在創作者所表達的內在情志之「善」及對社會生活反映之「眞」，一失於空虛靡弱，一失於逃避輕忽，歷代對於六朝詩的批評之聲不絕，主要也是針對這兩點而言。

　　但就鮑照現存詩歌研究考察，卻發現鮑照詩歌不但在形式上極具聲律之美，在內容題材上亦兼有謳歌生命、奮發向上的奔放熱情與反映民生、控訴不公的嚴肅態度。因之，從「眞」、「善」、「美」三個角度綜合觀察，鮑照確是南朝詩壇上極具多元性、開創性與代表性的一

位重要詩人。

然而在討論鮑照的相關論文中，卻對其生平、籍貫、家世背景等，存有許多不同的看法，實應綜合、分析各家意見，進一步詳論細察，方能對鮑照有更深入、更正確的了解。

其次，題材的選擇與運用，反映了作者的心靈視界；文字語言的操作與安排，彰顯了作者的藝術造詣；而獨特風格的呈現，則無疑是作品通向永恆領域的最佳指標。因之本文即透過文本，分從生平、題材、修辭、風格三個角度加以分析解讀、歸納整理，以期對鮑照詩歌有一全面了解。而最終以探討歷代對於鮑詩的評價及鮑詩對後代的影響作結。

總之，希望個人對於鮑照詩的研究，能在歸納整理、分析比較既有的研究成果之外，並援用合理有效的理論工具，深入探討，期能獲得更全面的研究成果，提供新的研究角度，使鮑照詩的地位與評價，獲得更多的重視與肯定。

二、研究方法與架構說明

（一）作者生平及版本：首先透過史傳、鮑照年譜的記載，及其他相關研究論文、資料的歸納分析，以明其生平梗概。其次，鮑照因歿於亂兵，復以「才秀人微，取湮當代」，其所作詩文大多失傳，故依現存重要版本刊行時間為序，分別介紹，並擇其最完善者，作為研究底本。

（二）題材探析：首先「題材」釋義，並說明題材分類的主要目的，在於透過對於詩歌題材類聚群分所建立的系統，進一步整體瞭解詩人獨特的世界觀、藝術旨趣與人格思想。其次則參酌各家題材詩義界，根據類聚群分的原則，將鮑詩分為「詠懷」、「抒情」、「山水」、「邊塞」、「詠物」、「詠史」、「游仙」、「遊俠」、「隱逸」九大類，以利全面而深入的論述。

（三）修辭析論：本章主要分從「修辭美」與「聲律美」兩端切入；前節又分從「譬喻」、「示現」、「象徵」等九種修辭格論述，後節則從「韻腳的音響」、「句型的長短變化」等角度分析其聲律之美。

（四）風格賞析：首先針對「風格」一詞說明義界，繼從創作主體及外在環境、作品本身三大因素綜合分析其「俊逸」、「奇麗」、「悲慨」、「委曲」四種風格的特色。

（五）評價與影響：「評價」一節以時代進程為主軸，自六朝、隋唐、兩宋、金元、以迄明、清、近代，分舉較為深入而具代表性的評論為例，以明其在歷代詩評家心中的地位。在「影響」方面，則分從「七言詩巨擘」、「邊塞詩前鋒」、「李杜詩先驅」三點論述，以表彰鮑照對於中國詩歌發展的重要貢獻。

（六）結論：綜合前五章所論，嘗試對鮑照詩之藝術成就及歷史地位作一總結。

第一章　生平及版本述略

第一節　家世生平

　　鮑照〔註1〕，字明遠，南朝劉宋時人，其籍貫、家世、服官狀況及生卒年壽，《宋書》〔註2〕、《南史》〔註3〕均未單獨立傳，僅附傳於〈臨川烈武王道規〉之後，茲分列於下：

> 鮑照字明遠，文辭贍逸，嘗爲古樂府，文甚遒麗。元嘉中，河、濟俱清，當時以爲美瑞，照爲河清頌，其序甚工。（下引〈河清頌〉，略）……。世祖以照爲中書舍人。上好爲文章，自謂物莫能及，照悟其旨，爲文多鄙言累句，當時咸謂照才盡，實不然也。臨海王子頊爲荊州，照爲前軍參軍，掌書記之任。子頊敗，爲亂兵所殺。（《宋書·宗室傳·臨川烈武王道規》）
>
> 鮑照字明遠，東海人，文辭贍逸。嘗爲古樂府，文甚遒麗。元嘉中，河濟俱清，當時以爲美瑞。照爲河清頌，其序甚

〔註1〕唐人避武后諱，改「照」作「昭」。見宋·陳振孫：《直齋書錄解題》（台北：廣文書局，1979）卷十六〈鮑參軍集〉十卷，頁960。

〔註2〕《宋書》（台北：鼎文書局，1979）卷五一〈宗室傳·臨川烈武王道規〉之後，頁1477～1480。

〔註3〕《南史》（台北：鼎文書局，1981）卷十三〈宋宗室及諸王上·臨川烈武王道規〉之後，頁360。

工。照始嘗謁義慶未見知，欲貢詩言志，人止之曰：「卿位
尚卑，不可輕忤大王。」照勃然曰：「千載上有英才異士沉
沒而不聞者，安可數哉？大丈夫豈可遂蘊智能，使蘭艾不
辨，終日碌碌，與燕雀相隨乎？」於是奏詩，義慶奇之。
賜帛二十匹，尋擢爲國侍郎，甚見知賞。遷秣陵令。文帝
以爲中書舍人。上好爲文章，自謂人莫能及，照悟其旨，
爲文章多鄙言累句。咸謂照才盡，實不然也。臨海王子頊
爲荊州，照爲前軍參軍，掌書記之任。子頊敗，爲亂兵所
殺。(《南史・宋宗室及諸王上・臨川烈武王道規》)

因此，明・張溥〈鮑參軍集題辭〉云〔註4〕：
鮑明遠才秀人微，史不立傳，服官年月，考論鮮據，差可
憑者，虞散騎奉敕一序耳。

虞散騎，南齊人，其時距鮑照年代未遠，序云〔註5〕：
鮑照字明遠，本上黨人，家世貧賤。少有文思，宋臨川王
愛其才，以爲國侍郎。王薨，始興王濬又引爲侍郎。孝武
初，除海虞令，遷太學博士，兼中書舍人，出爲秣陵令，
又轉永嘉令。大明五年，除前軍行參軍，侍臨海王鎮荊州，
掌知內命，尋遷前軍刑獄參軍。宋明帝初，江外拒命。及
義嘉敗，荊土震擾，江陵人宋景因亂掠城，爲景所殺，時
年五十餘。身既遇難，篇章無遺。流遷人間者，往往見在。
儲皇博採群言，遊好文藝，片辭隻韻，固不收集。照所賦
述，雖乏精典，而有超麗，爰命陪趨，備加研訪。年代稍
遠，零落者多，今所存者，儳能半焉。

這篇序文，是目前僅存關於鮑照生平較爲概括性的古文獻資料，然而
序文所言之「家世貧賤」，究竟到何種程度？「本上黨人」，上黨究指
何處？與《南史》附傳所云之「東海人」，是否有矛盾衝突？而其服官

〔註4〕見明・張溥《漢魏六朝百三家集題辭》（台北：木鐸出版社，1982），
　　　頁176。錢大昕《廿二史考異》：「按鮑照爲中書舍人在孝武時，此云
　　　文帝者誤也。」
〔註5〕原載宋本《鮑照集》，此轉引自錢仲聯《鮑參軍集注》（台北：木鐸
　　　出版社，1982），頁5。

情形能否進一步探討？至於生年和壽數，亦多爭論，是否有較準確的
說法？凡此種種，均與鮑照詩歌的思想內涵、藝術風格有著頗爲密切
的內在聯繫，以下即就家世籍貫、仕宦經歷、生卒年壽三點分別論述。

一、家世籍貫

　　虞序謂鮑照「本上黨人」，不云東海。其「本」字，正表示上黨
非其成長、活動之地，可解爲「祖籍」。《南史》附傳直言「東海人」，
不言「上黨」，《南齊書‧幸臣傳序》亦云「東海鮑照」。〔註6〕趙宋‧
晁公武《郡齋讀書志》作上黨人，〔註7〕《四庫全書總目》認爲晁公
武「誤讀虞炎序中本上黨人之語。」〔註8〕陳振孫《直齋書錄解題》
亦認爲「本上黨人」非是；〔註9〕吳丕績、錢仲聯均認爲「本上黨人，
遷東海，因爲東海人。」〔註10〕吳德風則指出「上黨屬淮陽郡，則在
東海之北。」〔註11〕眞可謂眾說紛紜，莫衷一是。

　　而張志岳先生於〈鮑照及其詩新探〉〔註12〕一文中表示，有人
以爲鮑照是劉宋建置的東海（今江蘇漣水）人，「這顯然和鮑照自稱
『臣北州衰淪』的說法不合。我以爲東海係指『北州』的原籍貫，也

〔註6〕 《南齊書》（台北：鼎文書局，1978）卷五十六〈倖臣傳序〉，頁972。
〔註7〕 見晁公武撰，孫猛校證《郡齋讀書志校證》（上海：上海古籍出版社，
1990）卷十七，頁819。
〔註8〕 見《四庫全書總目》，卷148，集部別集類一，（台北：藝文印書館，
1989），頁2939。
〔註9〕 見宋‧陳振孫《直齋書錄解題》（台北：商務印書館）。
〔註10〕 錢仲聯舉《宋書‧州郡志》：「徐州淮陽郡上黨令，本流寓郡，併省
來配」爲證，而謂「此上黨乃指南朝僑置者」，並以其地均今江蘇宿
遷縣地。見錢仲聯《鮑參軍集注》，附錄〈鮑照年表〉注二，頁438。
吳丕績之說近之，見其所著《鮑照年譜》（台北：台灣商務印書館，
1982），頁3。
〔註11〕 吳德風亦據《宋書‧州郡志》所載，而謂：「上黨乃過江僑立縣名，
今江蘇宿遷縣地，與秦置上黨郡不同」，又謂：「上黨屬淮陽郡，則
在東海之北。」見其所著〈鮑照年譜補證〉，刊於《幼獅學誌》五卷
一期，1966：8，頁2。
〔註12〕 見《文學評論》1979：1，頁61。按，《宋書》鮑照附傳並未言籍貫。

就是指漢、晉時期治山東郯縣的東海郡說的。」並於該文注三云：「虞炎序文中說鮑照『本上黨人』，和《宋書》、《南齊書》均不合，陳振孫的《直齋書錄解題》曾以為『非是』。」認為虞炎之說不確。然虞序去照年代不遠，其所知見應較沈約為可信，因此段熙仲先生於〈鮑照五題〉〔註13〕中，便認為「祖籍上黨，南渡而僑東海，本可兩存，北州當指鮑氏郡望之上黨。」則上黨、東海的矛盾，似乎有調和並存的可能，這個問題，在朱思信〈關於鮑照身世的幾個問題〉一文的考證下，有了更進一步的釐清與確定〔註14〕：

> 「本上黨人」應是今山西之上黨了？按上黨鮑氏，古已有之，漢鮑宣、晉鮑玄均為上黨人。所以能否認為：鮑照祖籍在山西之上黨郡，在西晉末年或東晉初年，其先輩與大批北方漢族人氏一起遷于東海郡（治所在郯縣，劉宋時移為襄賁，隸僑青州）？亦即上黨郡、東海郡都不是晉室南遷後屢次遷移的僑郡上黨郡、僑郡東海郡？
>
> 據《宋書·州郡志》：「晉永嘉大亂，幽、冀、青、并、兗州及徐州之淮北流民，相率過淮，亦有過江在晉陵郡界者。晉成帝咸和四年（三二九年），司空郗鑒又徙流民之在淮南者于晉陵諸縣，其徙過江南及流在江北者，并立僑郡縣以司牧之。徐、兗二州或治江北。江北又僑立幽、冀、青、并四州。」僑今江蘇宿遷之上黨郡當為此時立。又據《晉書·地理志》：「及胡寇南侵，淮南百姓皆渡江……孝武寧康二年（三七四年）……是時（僑）上黨百姓南渡，僑立上黨郡為四縣，寄居蕪湖（今安徽蕪湖）。尋又省上黨郡為縣。」
>
> 東海，除上述治郯、襄賁之東海郡外，又據《地名辭典》"東海郡"條：「晉元帝初割吳郡海虞縣之北境置。永和中移出京口，其地在今江蘇常熟縣北。」同條又說：「南朝宋置，東魏改曰海西，隋廢，故城在今江蘇漣水縣北。」綜合上述，是百年之間，上黨、東海至少都是三遷其地，特

〔註13〕其說見《文學遺產》1981：4，頁107。
〔註14〕其說詳見《新疆大學學報》1983：4，頁100～105。

別重視地望鄉里的南朝人，是很難把這些臨時僑居之地當作故鄉的，後人作史立傳，也只能據其祖籍而言之。尤其值得注意的是，鮑照自稱「北州衰淪」，又有「勉哉河濟客」的詩句，這就明確告訴我們，他不是指地處蘇中淮河北岸的漣水，更不是指江南的常熟、吳縣，指的就是黃河、濟水流經的山西上黨。本文寫成後，見曹道衡先生在《中國古典文學名著題解》中，稱鮑照是「東海（今山東南部和江蘇北部一帶）人，原籍應是上黨（今山西上黨縣）。」與筆者的看法恰好一致。

朱思信之說甚為詳盡，除釐清虞序與《宋書》、《南史》之說，亦能兼顧史家記傳常例，詳盡說明地理遷徙沿革，並證之於鮑照自述詩文，頗為精審，今從其說。

至於鮑照「家世貧賤」的普遍看法，除虞序說鮑照「家世貧賤」外，鍾嶸《詩品》亦有「才秀人微，故取湮當代」[註15]之語，鮑照本人在其詩文中也多次提及，如：

> 臣孤門賤生，操無炯跡。（〈解褐謝侍郎表〉，一／55）[註16]
> 臣負鍤下農，執羈末皂。（〈謝秣陵令表〉，一／53）
> 臣田茅下第，質非謝品。志終四民，希絕三仕。（〈謝永安令解禁止啟〉，二／75）
> 臣自惟孤賤。（〈謝解禁止表〉，一／56）
> 臣北州衰淪，身地孤賤。（〈拜侍郎上疏〉，一／60）
> 臣罵杌窮賤，情嗜踏昧，身弱涓弊，地幽井谷。本應守業，墾畛剷荷，牧雞圈豕，以給征賦。而幼性猖狂，因頑慕勇；釋擔受書，廢耕學文。（〈侍郎報滿辭閣疏〉，一／62）
> 我以筆門士，負學謝前基。（〈答客〉，五／284）

看來似乎已是"證據確鑿"，再無爭論的必要了，但這樣的自述

是否全然可信呢？我們從家世顯赫的謝靈運、顏竣、謝瞻也在章奏中自稱「臣卑賤側陋，竄景岩穴」〔註17〕、「臣東州凡鄙，生予微族」〔註18〕，「臣本素士，……以保衰門。」〔註19〕等等，可見這樣的文字，實出自於封建專制社會君尊臣卑的“禮”的要求，若把它當成生活情形的實錄，想必是不很眞確的；至於張志岳先生認爲「鮑照在『余今二十弱冠辰』，就已經能寫出〈行路難〉那樣的傑作，而他的妹妹鮑令暉也是一位有名的女詩人，這似乎不是後世一般貧賤之家所能夠培養出來的；同時，鮑照在二十餘歲時出仕，即爲王國侍郎，相當於郡守的僚佐，這在九品官人制度已經固定的時代，如果沒有家世的憑藉，似乎也難以索解。」〔註20〕事實上，張氏之言亦有可加商搉之處：

一、〈擬行路難〉非一時之作，亦未必寫於二十之齡，這從該組詩主題之多元、感慨之沉痛可推論而知。

二、是否「家世貧賤」之人，即難以成就才學？世家大族是否即保證必然才學兼備？

事實上是不盡然的，在南北朝時代，文化教育雖然基本上爲世家大族所把持，但一般中小地主等士大夫圈子以外的人，也絕非不可能有較高的文化教養。《宋書・恩幸・戴法興傳》：「戴法興，會稽山陰人也，家貧，父碩子，販紵爲業。法興二兄延壽、延興并修立，延壽善書，法興好學。」又說：「法興能爲文章，頗行于世。」〔註21〕《宋書・曆志下》還載有他一篇論曆法的表疏，說明他對曆法也頗有研究。戴法興不是世族出身，這是可以肯定的；然而，他卻頗具文化教養。又《南史・后妃傳下》載，陳武帝的皇后章氏，本姓鈕，「父景明爲章氏所養，因改姓焉。」這樣的家庭，一般比較貧寒。但這位皇后卻又「善書計，能

〔註17〕《宋書》，頁1774。
〔註18〕《宋書》，頁1964。
〔註19〕《南史》，頁526。
〔註20〕《文學評論》1979：1，頁61。
〔註21〕《宋書》，頁2303～2304。

誦《詩》及《楚辭》。」〔註22〕可見文化教養高的人，並不一定都出身世族；反之，出身豪門的人，也不乏文化教養極低的，如出身於南方大族吳興沈氏的沈慶之，據《宋書·沈慶之傳》說他「手不知書，眼不識字。」〔註23〕而《世說新語》作者劉義慶的弟弟劉義慕，作爲皇室的近親和著名編者的弟弟，文化教養卻低得可憐，別人用陸機的詩戲弄他，他卻信以爲陸機是自己同時代的人呢！像沈慶之、劉義慕這些人當然也不能因爲文化教養低，就說他們不是出身豪門。〔註24〕

　　此外，歷來論定鮑照家世十分貧賤的又一重要根據是《南史·恩倖傳序》中的一段記載〔註25〕（《南齊書·倖臣傳序》同）：

> 宋文世，秋當、周糾并出寒門。孝武以來，士庶雜選，如東海鮑照以才學知名，又用魯郡巢尚之，江夏王義恭以爲非選。帝遣尚之送尚書四十餘牒（《南齊書》作"二十餘牒"），宣敕論辯，義恭乃嘆曰：「人主誠知人。」及明帝世，胡毋顯、阮佃夫之徒，專爲佞倖矣。

論者往往截取「孝武以來，士庶雜選，如東海鮑照，以才學知名」一句，斷定鮑照在《南史》、《南齊書》中名列恩倖傳，而將之與其他恩倖相提並論，並從而推論出鮑照身世低微與備受高門世族打擊的結論。但如果聯繫上下文來看，這一段文字所以提到鮑照，正是作爲「士庶雜選」的例子。它強調了鮑照「以才學知名」，既不同于宋文世的秋當、周糾，也迥異于明帝時的胡毋顯、阮佃夫之流。同時，《宋書·恩倖傳》并未提及鮑照；《南史·恩倖傳》與《南齊書·倖臣傳》的傳文也無一字涉及鮑照。可見史籍並未把鮑照與這班佞倖們相提並論，正表明了鮑照的門第與他們是有區別的。

　　三、從鮑照交游的角度來分析其家世與社會地位。《鮑參軍集》中有〈送別王宣城〉、〈和王義興七夕〉、〈學陶彭澤體〉、〈和王護軍秋

〔註22〕《南史》，頁343。
〔註23〕《宋書》，頁2003。
〔註24〕《宋書》，頁1470。
〔註25〕《南史》，頁1914。

夕〉等幾首詩，都是鮑照和王僧達之間的唱和、贈答之作。王僧達，琅邪臨沂人，《宋書‧王僧達傳》載他「自負才地，謂當時莫及。上（世祖）初踐阼，即居端右，一二年間，便望宰相。」〔註26〕可見他不但門第觀念強，而且才、學、地位均高。當時有個路瓊之，是孝武帝之母路太后的侄子。「太后頗豫政事，賜與瓊之等財物，家累千金，居處服器，與帝子相侔。」〔註27〕路雖貴爲外戚，卻曾因門第低賤而受到王僧達的侮辱。《宋書‧后妃‧路淑媛傳》載：「瓊之宅與太常王僧達並門。嘗盛車服衛從造僧達，僧達不爲之禮。瓊之以訴太后，太后大怒，告上曰：『我尙在，而人皆陵我家，死後乞食矣。』欲罪僧達。上曰：『瓊之年少，自不宜輕造詣。王僧達貴公子，豈可以此事加罪。』」〔註28〕這個敢於侮辱貴戚，連皇帝也拿他無可奈何的「貴公子」王僧達，卻與鮑照頗有交誼。且由這些贈答唱和之作的某些詩句，如「舉爵自惆悵，歌管爲誰清」（五／294）、「長憂非生意，短願不須多。但使樽酒滿，朋舊數相過。」（六／362）、「生事各多少，誰共知易難。投章心蘊結，千里途輕紈，願託孤老暇，觴思暫開餐。」（六／405），以及「暫交金石心，須臾雲雨隔」（六／405）等句看來，兩人的交情非淺。而且由這幾首詩的寫作時間看，他們的交往不是一時的，至少包括王僧達任職護軍將軍及宣城太守這段時間。

此外，除了王僧達之外，鮑照與世族中人的交游相當廣泛，他的集子中還有〈和王丞〉一首，據前人考訂，王丞即王僧綽。《宋書‧王僧綽傳》載他也是琅邪臨沂人，左光祿大夫王曇首之子。宋文帝殺權臣徐羨之、謝晦，曇首之功甚大，於「晦平復，上欲封曇首等，會讌集，舉酒勸之，因拊御床曰：『此坐非卿兄弟，無復今日。』」〔註29〕可見他甚受宋文帝倚重。王僧綽本人「幼有大成之度，弱年眾以國器

〔註26〕《宋書》，頁 1952。
〔註27〕《宋書》，頁 1278。
〔註28〕同前註。
〔註29〕《宋書》，頁 1679。

許之」,「年十三,太祖(即宋文帝)引見,下拜便流涕哽咽,上亦悲不自勝。襲封豫寧縣侯,尚太祖長女東陽獻公主。」〔註30〕而由〈和王丞〉詩中「遯跡俱浮海,采藥共還山。夜聽黃石波,朝望宿巖煙。明澗子沿越,飛蘿予縈牽。」(五/285)諸句看,鮑照和王僧綽之間的感情亦頗融洽。鮑照還有〈與謝尚書莊三連句〉之作,謝莊在當時也是個不尋常的人物。《宋書‧謝莊傳》載他是陳郡陽夏人,太常謝弘微之子,「年七歲,能屬文,通《論語》。及長,韶令美容儀,太祖見而異之,謂尚書僕射殷景仁、領軍將軍劉湛曰:『藍田出玉,豈虛也哉!』」〔註31〕名聲遠達北魏,當時已經位至吏部尚書。琅邪臨沂王氏和陳郡陽夏謝氏都是南朝世家大族,鮑照和他們唱和連句,並受禮遇,與那些屢受王、謝族人侮辱,但求共坐而不可得的寒門新貴相比,不啻天壤之別。鮑照詩中也多有他躋身士流,結友高門的實際寫照。可見鮑照的家世以及他當時的社會地位不會是十分卑賤的。

四、此外,亦可從當時的政治制度來推論;魏晉南北朝時期實行的九品官人制度規定,「各州郡中正品第人物照例三年調整一次,以備政府用人的根據。中正提供的資料有三項:家世、行狀、品第。一、二品為上品,三品以下為卑品。官位必須和品第相等。縣令以三四品人充當為常……凡入品者皆有入仕資格。」〔註32〕因此朱思信先生即據之推斷〔註33〕:

> 按之鮑照,他當然屬於寒門,但他入仕不久即任國侍郎,(相當於縣令一級)可見他不僅入品,而且品位不算太低。然而他家在當時又是那樣的『貧賤』,用他自己的話說,是『孤門賤生』,『情不及官』的(〈解褐謝侍郎表〉),他所賴以入品的,就只能是他的先世曾為士族,或者他本人才學出眾了。

〔註30〕《宋書》,頁1850。
〔註31〕《宋書》,頁2167。
〔註32〕《新疆大學學報》1983:4,頁106。
〔註33〕《新疆大學學報》1983:4,頁103。

由此可知，所謂的家世貧賤，應是相對於當時的高門士族而言，而且必須從特定的時空背景去考察，而不宜以後世一般貧賤的標準去衡量；事實上，鮑照是「北州衰淪」的士族出身，在戰亂逼迫之下，輾轉遷徙，至其定居京口，已十分貧苦孤立，然他畢竟能秉持士族出身的文化使命，「釋擔受書，廢耕學文」，欲振衰淪的家門，欲匡傾危的國勢；如此的雄心壯志，與一般用心於爭權奪利的庶族新貴，眞有天淵之別。

二、仕宦經歷

　　魏晉南北朝時代，特重門閥觀念。清‧趙翼《二十二史箚記》卷十二云：「以士庶之別爲貴賤之分，積習相沿，遂成定制。」〔註34〕鮑照先世雖曾爲士族，但在輾轉遷徙之後，幾無門第可憑，更無爵位可襲，鮑照深知欲求聞達於世，只有依仗自己的才學；因此他在少年時代便「釋擔受書，廢耕學文」。其〈擬古〉八首之二云：「十五諷詩書，篇翰靡不通。弱冠參多士，飛步遊秦宮。側覩君子論，預見古人風。」（六／335）可見鮑照在少年時代即頗具才學，甫及弱冠便與當時的名士交往，積極的干謁貴族王侯，以求用世之機。

　　《南史》附鮑照傳云：「元嘉中，……照始嘗謁義慶，未見知。」臨川王義慶愛好文學，鮑照爲求用世，便前往謁見，冀獲賞識，豈料未能見知，失望之餘，遂有「既成雲雨人，悲緒終不一」〔註35〕的感慨。元嘉十六年（439）四月，劉義慶爲衛將軍、江州刺史，在江州招聚文學之士，鮑照再度貢詩言志，人止之曰：「卿位尚卑，不可輕忤大王。」鮑照勃然曰：「千載上有英才異士沈沒而不聞者，安可數哉？大丈夫豈可遂蘊智能，使蘭艾不辨，終日碌碌，與燕雀相隨乎？」乃毅然奏詩，義慶奇其才，賜帛二十匹，隨即擢爲國侍郎。鮑照始仕

〔註34〕趙翼《二十二史箚記》（台北：世界書局，1988）卷十二，頁157。
〔註35〕語見鮑照〈登雲陽九里埭〉詩。錢仲聯注曰：「本傳言『照始嘗謁義慶，未見知』。此篇或當時作也。」見錢仲聯《鮑參軍集注》，卷五，頁277～8。

之日，上〈解褐謝侍郎表〉曰：「臣孤門賤生，操無炯跡。鶉棲草澤，情不及官。不悟天明廣矚，騰滯援沈。」（一／55）

　　元嘉十七年（440）十月，劉義慶爲南兗州刺史，〔註36〕鮑照從之東還京都，歸里省親，道出京口，〔註37〕赴南兗州治廣陵。

　　元嘉二十一年（444）正月，劉義慶薨，鮑照依制服三月之喪，服竟上書世子景舒，〔註38〕自解侍郎還鄉。〔註39〕

　　元嘉二十二年（445），衡陽王義季督豫州之梁郡，遷徐州刺史，〔註40〕鮑照從衡陽王辟，至梁郡，旋又從往徐州。〔註41〕

　　元嘉二十四年（447）二月，河、濟俱清，當時以爲美瑞，鮑照賦〈河清頌〉，詞意並美，名冠當時。〔註42〕八月，衡陽王義季薨，〔註43〕當時始興王濬爲揚州刺史，引鮑照爲國侍郎。〔註44〕

　　元嘉二十六年（449），始興王濬爲南徐、兗二州刺史，出鎮京口，〔註45〕鮑照隨往。〔註46〕

〔註36〕見《宋書》，卷五一，頁 1477。

〔註37〕鮑照於此時作有〈還都道中〉三首、〈還都口號〉、〈行京口至竹里〉及〈發後渚〉等詩，見注④，卷五，〈還都道中〉三首錢仲聯題注，頁 307～8。

〔註38〕見錢仲聯《鮑參軍集注》，卷二〈通世子自解啟〉，頁 78。

〔註39〕鮑照有〈臨川王服竟還田里〉詩可證，見注⑤，卷六，頁 370。

〔註40〕據《宋書・文帝紀》及《宋書・武三王傳・衡陽文王義季》，卷五，頁 93，及卷六一，頁 1655。

〔註41〕據錢振倫判斷，義慶既薨，鮑照即依義季，故前有〈征北世子誕育上表〉（一／58），「既從之梁，旋從之徐」，因此又有〈從過舊宮詩〉（五／302）。

〔註42〕事見《宋書・符瑞志下》及《宋書・宗室傳・臨川烈武王道規》附鮑照傳，見卷二九，頁 872，及卷五一，頁 1477～8。

〔註43〕同注 40。

〔註44〕虞炎〈鮑照集序〉云：「臨川王薨，始興王濬又引爲侍郎」，實則臨川王薨後，鮑照先從衡陽王，俟衡陽王薨後，始出爲始興王國侍郎。

〔註45〕事見《宋書・文帝紀》及《宋書・二凶傳・始興王濬》，卷五，頁 98，及卷九九，頁 2436。

〔註46〕鮑照有〈代白紵舞歌辭〉四首（四／216～9）、〈代白紵曲〉二首（四／221～2），係奉始興王之命而作，其前有〈奉始興王白紵舞曲啟〉（二／82）。

元嘉二十七年（450）冬十二月，北魏太武帝南侵，兵至瓜步。二十八年（451）正月，魏兵退走，始興王率眾城瓜步，三月，解南兗州任，鮑照隨往江北，時為侍郎已三年餘，呈〈侍郎報滿辭閣疏〉（一／62）自求解職。

元嘉三十年（453）正月，始興王濬為荊州刺史，二月，文帝崩，始興王濬從太子劉劭叛變，四月，孝武帝即位，五月，太子劭與始興王伏誅。〔註47〕鮑照為海虞縣令〔註48〕。

孝武帝即位以後，政治氣氛更加詭譎恐怖，史稱孝武帝「虐侮群臣」，「嚴暴異常」，諸大臣「恆慮禍及」，所以「莫不重足屏氣，未嘗敢私往來。」〔註49〕再加上孝武帝「不欲威權在下」、「常慮權移臣下」，〔註50〕便拉攏不會影響皇帝個人獨裁的寒門近臣典掌機要，而寒門近臣的勢力也從此迅速膨脹。《宋書·恩倖傳》載〔註51〕：

> 孝建、泰始，主威獨運，官置百司，權不外假，而刑政糾雜，理難遍通，耳目所寄，事歸近習。賞罰之要，是謂國權，出內王命，由其掌握，……人主謂其身卑位薄，以為權不得重。曾不知鼠憑社貴，狐藉虎威，外無逼主之嫌，內有專用之功，勢傾天下，未之或悟。

「身卑位薄」的寒門近臣，既成為與其他政治力量相抗衡的工具，那麼皇帝賦予寒門近臣極大的權力也就勢所必然，這也是孝武帝以後寒

〔註47〕事見《宋書·文帝紀》及《宋書·孝武帝紀》，卷五，頁 102，及卷六，頁 110～112。錢仲聯以為，始興王伏誅，鮑照未坐及，可見鮑照當時不在始興幕下，即元嘉二十八年始興王解南兗州任時，鮑照已去職。見錢仲聯《鮑參軍集注》，卷一〈侍郎報滿辭閣疏〉題注，頁 63。

〔註48〕據虞炎集序：「孝武初，除海虞令。」見錢仲聯《鮑參軍集注》，頁 5。

〔註49〕《宋書·柳元景傳》，卷七七，頁 1990。

〔註50〕據《宋書·孝武帝紀》、《宋書·孔覬傳》、《宋書·謝莊傳》等記載，孝武即位之初，「不欲威權在下」，「常慮權移臣下」，所以督責各司，使庶政不得盡決於尚書，欲輕其勢力，其後又「省錄尚書事」；卷六，頁 114，卷八四，頁 2154，及卷八五，頁 2173。

〔註51〕見《宋書·恩倖傳》卷九四，頁 2307。

門近臣「出內王命，由其掌握」的主要原因。而鮑照剛好也在這個時候入侍孝武帝，任中書舍人之職。〔註52〕

中書舍人雖僅九品，卻是皇帝的心腹，所以權力極大，當時的寒門權臣戴法興、巢尚之等人均曾居此職。《宋書·恩倖傳》說戴、巢「執權日久，威行內外，義恭積相畏服」，而從史籍零星記載看來，鮑照應也有機會和戴、巢等人一樣去攫獲大權，然而「直如朱絲繩，清如玉壺冰」的鮑照，怎麼可能與之同流合污呢？

另一方面，鮑照也深知，雖然此時寒門近臣的地位迅速抬高，但這是皇帝為了「權不外假」，欲消除世族大姓舊有勢力的結果，因此在皇權侵陵與世族壓抑中掙扎的寒門近臣，其立場與待遇，可說是充滿了危機與不定，忽而躋身雲霄，忽而被棄若塵泥，隨時都有被犧牲的可能；戴法興、蘇寶生等人在激烈的政治傾軋中被誅殺就是典型的例子。而被王通稱為「古之狷者」〔註53〕的鮑照，性格耿介，一心匡國立業，既受門閥世族壓抑，復為寒門新貴排擠，處在這種險惡溷濁的環境之中，他的屢見疏貶及遭受一連串打擊是可以想見的，因之鮑照在〈代白頭吟〉即慨然嘆道：

> 直如朱絲繩，清如玉壺冰。何慚宿昔意？猜恨坐相仍。人情賤恩舊，世議逐衰興。毫髮一為瑕，邱山不可勝。食苗實碩鼠，玷白信蒼蠅。（三／156）

便是對自己遭讒被譴的境遇而發的感喟，而這樣的感喟在鮑照的作品中所在多有，如〈代放歌行〉中有「小人自齷齪，安知曠士懷」（三／146）的感嘆，〈代昇天行〉中更有「何當與汝曹，啄腐共吞腥」（三／174-175）的諷刺，這些都極可能是針對排擠他的世家大族與寒門新貴而發的。

〔註52〕錢仲聯先生將鮑照遷太學博士，兼中書舍人繫於孝武帝孝建三年（456）。見錢仲聯《鮑參軍集注》，頁435。

〔註53〕見《百子全書》2，（浙江人民出版社，1984），王通〈文中子中說〉，頁5。

　　而以才學見知的鮑照，在「性嚴暴，睚眥之間，動至罪戮」〔註54〕
的孝武帝之前，自也無法施展抱負，史載：「上（孝武）好爲文章，自
謂物莫能及，照悟其旨，爲文多鄙言累句，當時咸謂照才盡」，〔註55〕
鮑照在文學表現上無奈遷就，在政治環境中也常被讒遭譴，擔任中書
舍人不到兩年，即在孝建三年（456）出爲秣陵令，大明二年（458），
又轉爲永嘉令。〔註56〕

　　孝武帝大明六年（462）秋七月，臨海王子頊爲荊州刺史，〔註57〕
鮑照爲臨海王前軍參軍，掌書記之任。尋遷前軍刑獄參軍事。〔註58〕
實則，至荊州本非鮑照之願，這從其當時所寫〈從臨海王上荊初發新
渚〉一詩可見：

> 客行有苦樂，但問客何行，扳龍不待翼，附驥絕塵冥。梁
> 珪分楚牧，羽鴟指全荊。……狐兔懷窟志，犬馬戀主情。
> 撫襟同太息，相顧俱涕零。奉役塗未啓，思歸思已盈。（五
> ／305-6）

全詩充滿悲鬱之氣，實因書記之任，與其思有所爲的素志相去太遠。

　　明帝泰始二年（466）正月，江州刺史晉安王子勛稱帝，臨海王
尙留荊州刺史本任，舉兵應之。八月，子勛敗，臨海王賜死。〔註59〕

〔註54〕見《宋書‧恩倖傳》，卷九四，頁2303。

〔註55〕朱思信先生認爲「因爲鮑照曾在始興王劉濬手下長期任職，他雖在
　　　　始興王叛亂前自請解職，得以免禍，但是他畢竟曾事叛王，是避免
　　　　不了嫌疑的，因此他政治上的處境要比以前險惡的多，他就更加懼
　　　　怕孝武帝加害于己。另外，在主觀意識上，鮑照也是學會了這種韜
　　　　晦策略的。」見《新疆大學學報》1983：4，頁105。

〔註56〕虞炎集序謂鮑照於孝武帝時轉爲永嘉令，而鮑照作有〈謝永安令解
　　　　禁止啓〉，錢仲聯因謂：「不知虞序所云永嘉者，是永安之誤否，抑
　　　　照又嘗爲永安令耶？」見錢仲聯《鮑參軍集注》，卷二〈謝永安令解
　　　　禁止啓〉題注，頁76。另朱思信認爲「永嘉令應爲永寧令之誤」，其
　　　　說詳見《新疆大學學報》1983：4，頁104。

〔註57〕見《宋書》，卷六，頁129。虞炎集序作「大明五年」，今據《宋書》
　　　　本紀。

〔註58〕見《宋書》，卷五一，頁1480，及虞炎集序。

〔註59〕見《宋書》，卷八，頁158，及卷八○，頁2059～60。

同月，荊州治中宋景、土人姚儉等勒兵入城，鮑照與典籤阮道豫、劉
道憲同遇害。〔註60〕仕終臨海王記室參軍，後世遂以「鮑參軍」稱之。

三、生卒年壽

鮑照的生卒年壽，目前主要有四種說法：

1. 生於晉安帝義熙七年（411 年），享年五十五歲，爲繆鉞說。
   〔註61〕

2. 生於晉安帝義熙元年（405 年），享年六十二歲，爲吳丕績說。
   〔註62〕

3. 生於晉安帝義熙十年（414 年），享年五十三歲，爲錢仲聯說。
   〔註63〕

4. 生於晉安帝義熙六年（410 年），享年五十六歲左右，爲朱思
   信說。〔註64〕

繆鉞說法的依據是「虞炎〈鮑照集序〉謂臨海王敗時，明遠爲亂
兵所殺，年五十餘。」臨海王之敗在明帝泰始二年，上距義熙七年凡
五十五年，因之乃據虞序而在五十至六十之間取其中數，而定爲五十
五歲。

吳丕績說法是依據清代陳沆《詩比興箋》對鮑照〈擬行路難〉第
八首的看法，即該詩是傷廬陵王劉義眞之死，而義眞卒于元嘉元年
（424 年），因而定〈擬行路難〉作于是年。又據〈擬行路難〉第十
八首「余當二十弱冠辰」之句，斷定「則其時先生年纔二十。今以元

〔註60〕事見虞炎集序及《宋書・鄧琬傳》，見《宋書》，卷八四，頁 2144。
吳丕績引繆越〈鮑明遠年譜〉云：「《硯北雜誌》：鮑明遠墓在靳州黃
梅縣南里許。」見吳丕績《鮑照年譜》（台北：商務印書館，1982），
頁 2。

〔註61〕轉引自朱思信〈關於鮑照身世的幾個問題〉（《新疆大學學報》1983：
4），頁 104。

〔註62〕吳丕績《鮑照年譜》，頁 2。

〔註63〕見錢仲聯《鮑參軍集注》，頁 437。

〔註64〕見《新疆大學學報》1983：4，頁 104。

嘉元年年二十計，先生當生于義熙元年，下推至泰始二年臨海王敗，先生爲亂兵所殺止，先生享年六十二歲。虞炎序云，年五十餘，五字殆爲六字之誤與。」〔註65〕據錢仲聯的分析，〈擬行路難〉第八首不是傷悼劉義眞之作，且〈擬行路難〉組詩也不是作于一時，因此判定鮑照生于義熙元年就失去了根據。

錢先生的說法則以〈在江陵歎年傷老〉詩爲據，認爲「明遠生年無考。臨海王子頊係大明五年出鎮荊州。此詩以歎年傷老爲題，約以五十稱老計之，似當生于晉末宋初。」（按：此爲錢振倫原注）「據《宋書·孝武本紀》，臨海王子頊爲荊州刺史是大明六年七月，非五年。詩中所寫者乃春景，其寫作時間不能早於大明七年春。子頊事敗，照死于亂兵，乃泰始二年，非四年。以大明七年照年五十推算，死年才五十三耳。」〔註66〕按錢氏說法，則鮑照是在文帝元嘉十六年（439年）被劉義慶擢爲國侍郎，時年才二十六歲。

然而「以五十稱老」，畢竟是推測之詞，而非確論。另據《南史·謝莊傳》載，劉宋入仕的年限，「文帝世，限年三十而仕郡縣，六周乃選代，刺史或十餘年。至是（孝武帝時）皆易之，仕者不拘長少，莅人以三周爲滿。」〔註67〕又據《梁書·武帝紀》，宋齊政府在法令上曾有「甲族以二十登仕，後門（寒門）以過立（三十歲以上）試吏」〔註68〕的規定。因而推論在文帝時解褐的鮑照，一般而言是不可能在二十六歲時入仕的，因此認爲鮑照在元嘉十六年，解褐爲臨川王侍郎時的年齡，當在三十歲以上。如此，他的生年就在義熙六年（410年）左右，卒於宋明帝泰始二年（466年）享年約五十六歲左右。

以朱思信說法衡之〈在江陵歎年傷老〉詩，既合傷老之旨及虞序說法；且符合劉宋過立試吏的規定，今從此說，則鮑照約生於晉安帝

〔註65〕吳丕績《鮑照年譜》，頁57。
〔註66〕錢仲聯《鮑參軍集注》，頁389。
〔註67〕見《南史》，卷二十，頁555～556。
〔註68〕《梁書》（台北：鼎文書局，1996）卷一〈本紀第一·武帝上〉，頁23。

義熙六年（410年），享年五十六歲左右。

第二節　版本述要

　　鮑照「才秀人微，取湮當代」，生時雖以才學知名，不論詩文賦頌，在當時皆有一定影響，但畢竟職卑位低，刊述之事，究難成願，其〈松柏篇〉并序即云：「安寢委沈寞，戀戀念平生，事業有餘結，刊述未及成。」（三／179）鮑照在「彌時不差，呼吸乏喘」（三／178）的危急之際，他所憂慮的竟是一生的心血創作，也將隨著生命的長寐，而流失在歷史的洪流中。誰知造化弄人，耿介孤直，一心匡國立業的鮑照，居然在兵馬倉慌之際歿於亂兵，真所謂「天道如何？吞恨者多！」（一／13）

　　明遠「身既遇難，篇章無遺，流遷人間者往往見在。」幸而虞炎奉齊文惠太子之命，「備加研訪」，時當齊永明（483～493）年間，距明遠卒年（466年）不過二十餘年，卻已令虞炎有「年代稍遠，零落者多，今所存者，儻能半焉」的慨嘆！而此編或正是《隋書‧經籍志》四著錄：「宋征虜記室參軍《鮑照集》十卷，梁六卷。」所說的「梁六卷」本吧！而《舊唐書‧經籍志》、《新唐書‧藝文志》著錄皆為十卷，《宋史‧藝文志》著錄亦為十卷。唐代的十卷本，可能是收錄散佚的詩文而成的。又《宋書‧藝文志》作《鮑照集》六卷。《崇文總目》及《郡齋讀書志》皆作《鮑照集》一卷。

　　至於鮑照現存重要版本，依圖書刊行時間先後為序，略述如下：

1.　《鮑明遠集》十卷

　　明汪士賢編，明正德庚午朱應登刊本。台灣大學圖書館館藏。據《四庫全書總目》所云：「此本為明正德庚午朱應登刊本，云得自都穆家。卷數與《隋志》合，而冠以〔炎序〕。」進而斷定非梁時本。曰〔註69〕：

〔註69〕見《四庫全書總目》，頁2939。

考其編次，既以樂府別為一卷，而〈採桑〉、〈梅花落〉、〈行路難〉亦皆樂府，乃列入詩中。唐以前人皆解聲律，不應舛互若此。又〈行路難〉第七首「蹲蹲」字下註曰：「集作樽樽」，「啄」字下註曰：「集作逐」，使果原集，何得又稱「集作」？此為後人重輯之明驗矣。然文章皆有首尾，詩賦亦往往有自序自註，與六朝他集從類書採出者不同。殆因相傳舊本，而稍為竄亂歟？鍾嶸《詩品》云：「學鮑照縴能『日中市朝滿』，學謝朓劣得『黃鳥度青枝』。」今集中無此一句，蓋知非梁時本也。

然曹道衡先生卻認為［註70］：一、「日中」兩句，顯係朱應登本誤脫，因為現在所見的明本至少有兩種版本未曾脫此二句。如《四部叢刊》影印明毛展，據宋本手校的《鮑氏集》、張溥的《漢魏六朝百三名家集》本《鮑參軍集》皆是。二、「蹲蹲」和「啄」字下注有「集作」云云，其實只是朱刊本根據《樂府詩集》改動三個字。三、南北朝人也不全皆解音律，因為遇到解聲律的人，史書還要專門提一句；而且南北朝人作詩，已不被管弦，因之紀昀據以立論的前提，就不合事實。

2. 《鮑氏集》八卷

明嘉靖間刊本，收於薛應旂編《六朝詩集》所收者八卷，殘缺第九、十兩卷。國家圖書館館藏。

3. 《鮑明遠集》十卷

明萬曆間新安汪士賢刊《漢魏六朝二十名家集》本。又有清莫友芝手校，近人鄧邦述手書題記本及清嘉慶十七年周錫瓚手校本。莫氏本，則據周錫瓚影宋本校之，尤為可貴。國家圖書館館藏。

4. 《鮑參軍集》六卷附錄一卷

明張燮輯《七十二家集》本。

5. 《鮑參軍集》二卷

［註70］其說詳見曹道衡《中古文學史論文集》（北京：中華書局，1986〈樂府和古詩—從鮑參軍集的版本說起〉，頁435～440。

明崇禎間太倉張氏原刊本，收於張溥編《漢魏六朝百三名家集》。篇數只有二卷。第一卷收錄賦、表疏、啓、書、頌、銘文等；第二卷收錄樂府、詩、聯句等。張溥已知有〈虞炎序〉而不採，其〈鮑參軍集題辭〉載於前，後有附錄本傳。國家圖書館館藏。

6.　《鮑參軍集》

明葉紹泰輯《增定漢魏六朝別解》本。

7.　《鮑參軍集》十卷

清乾隆間文淵閣《四庫全書》本，取明正德朱應登刊本。

8.　《鮑氏集》十卷

民國間上海涵芬樓及商務印書館《四部叢刊》與《國學基本叢書》據毛斧季校宋本影印。今考宋本，每幅十八行，小字不等，影宋本亦同。按宋本分卷及篇第，俱與張溥本不同。張本〈扶風歌〉、〈吳歌〉其一、〈蕭史曲〉、〈詠老〉、〈贈顧墨曹〉共有五首，宋刻本所無。且其文字多為訛異，雖宋本亦所難免。

9.　《鮑明遠集》三卷

丁福保輯《漢魏六朝名家集初刻》本。

10.　《鮑參軍集選》一卷

清吳汝綸評選《漢魏六朝三家集選》本。

11.　《鮑照集校補》一卷

清盧文弨《抱經堂叢書》本。

至於注本，目前最詳盡者為《鮑參軍集注》六卷，錢振倫注、黃節補注集說，錢仲聯增補注補集說。本書由清末吳興錢振倫始為之注，藏於家，未刊行。且錢振倫未見宋本，而取《四庫全書》通行本十卷，另參張溥本。其注內容取於《文選》李善注、《玉臺新詠》吳兆宜注、《漁洋古詩選》聞人倓注，另有未注著，由錢氏補之。黃節極推重錢注本，曾補注詩與樂府四卷，而益以各家評說。黃節所注者，另鈔錄全編錢注，復因黃節說詩於大學，講習間時有增注，又采前人

說鮑詩附焉，並據昔日鈔存王伊所校宋本及涵芬樓景印毛斧季所校宋本，使鮑詩注本有了進一步的發展。錢仲聯係原注者錢振倫之孫，將黃節未注之文集二卷作增補集說。前兩注者有疏漏之處，再加增補，從此全集之注釋更形完整，奧義奇辭，大部抉發。錢仲聯除兼取錢、黃兩本外，再參《文選》注影宋本、《樂府詩集》影宋本、嚴可均《全宋文》及《藝文類聚》、《初學記》、《太平御覽》等所引，校勘全集一過，增加校語於注文之後。另外考訂鮑照生平，撰爲年表，列於卷末附錄。古今人所評論，自鍾嶸、皎然、嚴羽、沈德潛，到近代王闓運、夏敬觀等三十餘家之言，分別輯錄卷末，有助於讀者知人論世之功。所載之詩文，共有六卷。卷一收賦十篇，表疏十篇，共二十篇。卷二收啓九通，書一封，頌二篇，銘四篇，文一篇，共十七篇。卷三收樂府二十一首。卷四收樂府六十五首。卷五收五古四十六首。卷六收詩、字謎、聯句等七十四首。後附鮑令暉詩五古七首。古典文學出版社、上海古籍出版社、台北木鐸出版社均有出版。

此外，另有藝文印書館印行之《鮑參軍詩註》四卷附〈鮑令暉詩註〉一卷，世界書局所出版之葉菊生校訂《鮑參軍詩註》、中華書局所出版之四部備要本《鮑參軍集》等。

又有鮑照詩散見於詩文選集總集者，略舉如下：梁·蕭統《文選》卷二十八〈樂府下〉收錄樂府八首，陳·徐陵《玉臺新詠》收錄樂府十一首，宋·郭茂倩《樂府詩集》收錄樂府八十一首，明·馮惟訥《詩紀·宋》卷六～八，收錄樂府一卷與詩二卷二百零四首。清曾國藩《十八家詩鈔》卷三收錄五古一三一首，民國丁福保《全漢三國晉南北朝詩·全宋詩》卷四收錄樂府與詩二百零四首。

第二章　籠天地於形內，挫萬物於筆端
──鮑照詩題材探究

　　《文心雕龍・明詩篇》云：「人稟七情，應物斯感，感物吟志，莫非自然。」〔註1〕說明了人稟受喜、怒、哀、懼、愛、惡、欲自然的七種情感，因應外界事物的變化，自然會有所感觸；這種感物吟志的文學創作，便是一種內外相符的表現。蘊於內者為情感的心志，抒於外者，則包括了天地自然及人事萬象。詩人游心於天地，寄情於萬物，「寂然凝慮，思接千載，悄然動容，視通萬里；吟詠之間，吐納珠玉之聲；眉睫之前，卷舒風雲之色。」〔註2〕上下古今，神遊八荒，在如此龐大繁複、紛然多元的生命舞台上，詩人也往往因其秉性、思想、生活經歷等不同因素的影響，而選擇各式各樣的題材來抒發情感、寄托心志，如謝靈運鍾情山水、陶淵明隱逸田園、梁簡文獨專宮體等；因之，題材雖是客觀存在的天地萬物，然而經詩人主觀的選取與錘煉之後，卻煥發出詩人審美想像與藝術風格的獨特光采。由此可見，在「個人文學研究」的範疇內，「題材研究」便自然成為不可輕忽的重要環節。

〔註 1〕劉勰著，王師更生注《文心雕龍讀本》（上）（台北：文史哲出版社，1991），頁83。
〔註 2〕劉勰著，王師更生注《文心雕龍讀本》（下），頁3。

第一節 「題材」釋義

「題材」一語，並非我國傳統文化所固有，而是經由外語翻譯而來；孫俍工編《文藝辭典》〔註3〕云：

> 題材，Meterial，即藝術家用來作為藝術作品內容的東西。其種類有自然、人生和其他。按藝術家底記憶、想像、空想、理想、信仰等成為作品而表現出來的。

近年出版的《漢語大詞典》〔註4〕對其解釋便較為詳審：

> 題材是文學、藝術創作用語。指作為寫作材料的社會生活的某些方面。亦特指作家用以表現作品主題思想的素材，通常是指那些經過集中、取捨、提煉而進入作品的生活事件或生活現象。

而北京師範大學中文系文藝理論教研室主編的《文學概論》〔註5〕則更詳備的將「題材」的涵義深入分析：

> 文學作品的題材，是文學作品內容的一個重要因素。關於題材的涵義，通常有廣義與狹義的兩種理解。廣義的題材是指可以作為寫作材料的社會生活的某些方面，即作品取材的範圍。通常所說的工業題材、農業題材、軍事題材、歷史題材、現代題材，或者政治題材、教育題材、日常生活題材等等，就是指的廣義題材。狹義的題材是指某一作品所具體描繪的生活現象，即經過作者選擇、提煉、加工的，用以表現作品的思想和主題的一組完整的生活材料。
>
> 狹義的題材總是具體的，每部作品都有自己特定的題材。

總之，題材是經過作者集中、提煉、加工後，具體描繪出的生活現象；並透過內在理路的貫串、組合，用以表現作品的思想和主題。

由此可知，題材和主題實有著密切不可分割的聯繫。「這種聯繫

〔註3〕孫俍工編《文藝辭典》（台北：河洛圖書出版社，1978）。

〔註4〕漢語大詞典編輯委員會，漢語大詞典編輯處編纂、羅竹風主編，（漢語大詞典出版社，1993）。

〔註5〕《文學概論》上冊，北京師範大學中文系文藝理論教研室編、鐘子翱、梁仲華、童慶炳執筆（北京：北京師範大學出版社，1984），頁70。

的表現之一，就是題材是提煉作品主題的基礎，題材所包含的生活內容對作品所要表現的思想感情有著一定的制約作用，是主題賴以表現和存在的基礎。」〔註6〕因之，題材之於文學作品，雖是具體而可以科學方法做詳細分析的基素，但當涉及到主觀詮釋與欣賞的層面時，對於作品題材的認識與了解，應僅是「途徑」，而非「目的」；其目的在於――透過對於詩歌題材類聚群分所建立的系統，進一步整體瞭解詩人獨特的世界觀、藝術旨趣與人格思想。

第二節　鮑照詩題材探究

　　我國詩歌分類學自古有之，如《詩經》六義中「風」、「雅」、「頌」即是最早的詩歌分類。其後，詩歌分類學至《昭明文選》，已十分細密，該書自卷一至卷十九主要收錄漢魏以下的賦體作品，而由卷十九後半至卷三十一，即收錄詩歌類作品，其中依次分立為〈補亡〉、〈述德〉、〈勸勵〉、〈獻詩〉、〈公讌〉、〈祖餞〉、〈詠史〉、〈百一〉、〈遊仙〉、〈招隱〉、〈反招隱〉、〈遊覽〉、〈詠懷〉、〈哀傷〉、〈贈答〉、〈行旅〉、〈軍戎〉、〈郊廟〉、〈樂府〉、〈挽歌〉、〈雜歌〉、〈雜詩〉、〈雜擬〉，計二十三類。〔註7〕不過分類的依據，或依體裁，或依內容，標準不一。洪順隆先生即認為，「這樣的分類，分析觀點繁雜，分類標準不統一，以致類型的總數目不足為憑，類型的內容混淆，類型的系統紛亂，不足以構造整體類型結構，不能呈現詩歌的有序狀態。」〔註8〕然而儘管《昭明文選》在分類上瑕疵頗多，但仍提供了後代在詩歌分類上的雛形，而其分類觀點的雜蕪不一，系統的紛然瑣碎，也成了反面教材，可作為修正的重要參考依據，洪順隆先生即自述〔註9〕：

〔註6〕同前註，頁78。
〔註7〕梁・蕭統編，張葆全審訂《昭明文選》（一）（台北：黎明文化公司，1995）。
〔註8〕洪順隆《抒情與敘事》（台北：黎明文化公司，1998），頁373。
〔註9〕同前註，頁382。

自從開始研究六朝詩以來，我就循著古人累積的經驗，由已知的題材類型，山水詩、詠物詩、遊仙詩、田園詩、宮體詩等入手⋯⋯由已知走向未知，在古人的基礎上，尋找玄言詩和隱逸詩的族群；而且，進一步地運用文學類型學的原理原則，去分析歸納，增加了建國史詩、家族史詩、詠史詩、遊獵詩、遊俠詩、邊塞詩、征戍詩、狹義抒情詩、狹義詠懷詩等九個題材類型。合古人已提出的七個題材類型，共十六個題材單元。每個題材單元占據了六朝詩的一部份領域，合十六種題材詩就呈現出整個六朝詩的題材面貌。

洪先生從實證與詮釋的角度出發，準確的掌握題材的特性，經其邏輯性的類聚群分，計在抒情與敘事兩大系統下，分為抒情系統：「隱逸」、「田園」、「游仙」、「玄言」、「山水」、「詠物」、「抒情」、「詠懷」、「宮體」九大類；敘事系統：「建國史詩」、「家族史詩」、「詠史」、「游獵」、「游俠」、「征戍」、「邊塞」七大類。

本文對於鮑照詩歌題材系統的分類與架構，主要即根據洪先生的理論系統；然而，相同的，基於實證與詮釋的需要，及鮑照個人生命歷程與文學內涵的獨特性推敲融裁，茲將其詩歌題材區分為九類：

（一）抒情系統：「詠懷」、「抒情」、「山水」、「詠物」、「隱逸」、「游仙」，計六類。

（二）敘事系統：「邊塞」、「詠史」、「游俠」，計三類。

以下即按鮑詩題材內容，逐類分析探討。

一、詠懷詩

詠懷詩，是作者抒發懷抱、吟詠心志之詩。詩人以第一人稱，主觀地傾訴個人的理想、悲嘆、焦慮與憤慨。透過詠懷詩，可以較全面而深入了解詩人的內在世界。

鮑照現存約二百首詩中，詠懷詩計有 97 首，約佔一半比例，且詠懷主題多元，各具殊異之姿，能夠撼動人心，激起共鳴，是一篇篇至真至美的心靈華唱。

1. 懷才不遇　抗音吐懷

鮑照一生仕途坎坷，有志難伸，滿腹悲憤往往藉詩文抒發，其中最具代表性的莫過於〈擬行路難〉組詩。〈行路難〉屬於樂府雜曲歌辭類。郭茂倩引《樂府解題》曰：「〈行路難〉，備言世路艱難及離別悲傷之意，多以君不見爲首。」又云：「按《陳武別傳》曰：『武常牧羊，諸家牧豎有知歌謠者，武遂學〈行路難〉。』則所起亦遠矣。」〔註10〕又《晉書‧袁山松傳》云：「山松少有才名，博學有文章，著後漢書百篇。衿情秀遠，善音樂。舊歌有行路難曲，辭頗疏質。山松好之，乃文其辭句，婉其節制，每因酣醉縱歌之，聽者莫不流涕。初羊曇善唱樂，桓伊能挽歌，及山松行路難繼之，時人謂之『三絕』。」〔註11〕可見此曲感染力之深。今山松〈行路難〉已失傳，《樂府詩集》中此題以鮑照詩爲首〔註12〕，收十八首，〔註13〕非但爲劉宋前同題

〔註10〕宋‧郭茂倩《樂府詩集》（台北：里仁書局，1981），頁 997。

〔註11〕《晉書‧袁山松傳》（台北：鼎文書局，1976），頁 2169。

〔註12〕宋‧郭茂倩《樂府詩集》（台北：里仁書局，1981），頁 997。

〔註13〕〈擬行路難〉組詩十八首或十九首，爭論頗多。宋本《鮑氏集》題作十九首，宋本《樂府詩集》卷七十亦作「行路難十九首」，而以「春禽喈喈旦暮鳴」至「閨中獨宿有貞名」爲一首，「亦云朝悲泣開房」以下至「當願君懷不暫忘」六句爲一首。《玉臺新詠》選錄其一、其三、其八、其九，吳兆宜注曰：「雜曲歌辭鮑照有十九首。」然《詩紀》作「擬行路難」十八首；之後如胡適、蕭滌非、曹道衡、鍾優民、龔鵬程、余學芳、陳慶和等主張十八首，（或言已佚一首）而余冠英、錢仲聯更併「春禽」至「暫忘」爲第十三首，主張原詩即爲十八首。唐海濤先生則於〈鮑照的「擬行路難」上〉（國立中央圖書館刊，新20 卷，第一期）一文中認爲「亦云」以下六句，文意不足，不能獨立成一首詩。但主張應作十九首，以「春禽」至「客思寄滅生空精」爲第十三首，而「每懷舊鄉野」至「當願君懷不暫忘」爲第十四首。其理由有四點：

一、舊本原作十九首，不作十八首。

二、如作十八首，則「春禽」至「暫忘」一首過長，長達一百七十字，而其餘各詩之長度自四十三字至一百字不等，但與一百七十字則相去懸殊。

三、第十三首寫役夫之苦，第十四首寫思婦之悲，內容不同；前者用直述口氣，後者則由側面曲曲寫來，一悲慨，一悽惋，格調

樂府詩之翹楚，在鮑照八十六首樂府詩作中，更屬長篇鉅構，足以代表鮑照樂府詩的最高成就；而就思想內涵層面，覽此長篇，亦可一窺鮑照內心世界的憂患意識與人生悲慨。如〈擬行路難〉十八首之四：

> 瀉水置平地，各自東西南北流。人生亦有命，安能行歎復坐愁，酌酒以自寬，舉杯斷絕歌路難。心非木石豈無感？吞聲躑躅不敢言。（四／229）

詩人以水瀉平地、流向不一為起興，比喻家族門第差異及個人命運不同的普遍現象。此喻又見於《世說新語・文學》：「殷中軍問：『自然無心於稟受，何以正善人少，惡人多？』諸人莫有言者。劉尹答：『譬如瀉水著地，正是縱橫流漫，略無正方圓者。』」〔註14〕用此時論，正說明「自然無心」而「人事有命」的矛盾衝突，及其對於人性所造成的壓抑與扭曲；詩人在不公的門閥制度下，振起無由，欲酌酒自寬，但唱出的卻是備言世路艱難，離別悲傷的〈行路難〉，「富貴有命」，難以寬解，縱酒高歌，卻愁上加愁，不禁憤慨言道「心非木石豈無感」，但話到嘴邊，心中所嘆所愁者，忽如被一道厚重的閘門急速封閉，所有奔騰的怒吼戛然而止，而其悲憤、沉痛，卻早已在讀者胸中激起萬丈波濤，久久不能平息。

　　全詩構思新穎，首尾俱奇，「起手無端而下，如黃河落天走東海也，若移在中閒，猶是恆調」，結尾「妙在不曾說破，讀之自然生愁。」〔註15〕透過高妙的藝術技巧，流露出作者對腐敗門閥制度無可奈何的悲觀情緒。然而鮑照內心的反抗激憤，有時也如雷鳴閃電，噴薄而出，氣勢凌厲遒勁，如〈擬行路難〉十八首之六：

　　不同。

四、第十三首云：『我初辭家從軍僑』顯然與「宦遊」有別，不應混而為一。唐先生根據舊本、字數、內容、風格等方面提出新見，認為〈擬行路難〉組詩所以造成異論，肇因於分篇不當之故，頗值得參考。

〔註14〕徐震堮著《世說新語校箋》（台北：文史哲出版社，1989），162。

〔註15〕沈德潛《古詩源》（台北：廣文書局，1982）卷十一，頁6。

> 對案不能食，拔劍擊柱長嘆息。丈夫生世會幾時，安能蹀
> 躞垂羽翼？棄置罷官去，還家自休息。朝出與親辭，暮還
> 在親側。弄兒床前戲，看婦機中織。自古聖賢盡貧賤，何
> 況我輩孤且直。（四／231）

這首詩同樣起勢非凡，首先以靜態的「對案不能食」為起，營造出一
種鬱悶凝重、深沉壓抑的氛圍，籠罩在讀者的閱讀心靈上；接著筆勢
迴換，連著「拔劍」、「擊柱」二個極具動態感的句子，將詩人滿懷的
悲鬱憤怒渲洩而出，然而幾乎就在那劍擊冷柱，石光迸射的同時，激
情的詩人頹然長嘆，悠悠道出其莫可奈何的慨嘆！詩人再也不能蹀躞
垂羽，俯仰由人，低首事主，隱約中表現出剛正不阿、傲然不羈的心
志，幾乎是鮑照慷慨任氣、磊落使才的代表作。

2. 天道如何　吞恨者多

　　鮑照一生與窮困相始終，飽受世情冷淡、貧病催迫的煎熬，其精
神的苦悶，處境的困頓，常於詩文中流露渲洩，〈代貧賤苦愁行〉正
是他的自畫像：

> 湮沒雖死悲，貧苦即生劇，長嘆至天曉，愁苦窮日夕。盛
> 顏當少歇，鬢髮先老白，親友四面絕，朋知斷三益。空庭
> 慚樹萱，藥餌愧過客。貧年忘日時，黯顏就人惜，俄頃不
> 相酬，恧怩面已赤。或以一金恨，便成百年隙。心為千條
> 計，事未見一獲。運圮津塗塞，遂轉死溝洫，以此窮百年，
> 不如還窀穸。（四／200）

篇首二句，即呼告生時的窮苦遠比死後的湮沒更令人難堪，長吁短
嘆，由日至夕，而未老先衰更是長期窮愁折磨的結果。親絕朋斷二句，
則道盡了社會的現實冷酷，把貧士窮途無路、屈辱沉痛的心情刻劃得
入木三分，這是鮑照境遇的自況，亦是當時大批寒士的共同命運；擴
大來理解，更可超越時空的範限，準確地概括了人世間無數貧困者的
共同感受。「俄頃」四句，描寫借貸的情形，友人稍一猶豫，詩人便
面紅耳赤，羞愧地無以自處；陶淵明〈乞食〉詩亦云：「飢來驅我去，

不知竟何之；行行至斯里，叩門拙言辭。」〔註16〕相同地將一個骨力堅卓的知識分子，在貧窮催迫下淪落至向人借貸、乞食的窘狀，描寫的歷歷在目，令人讀之不禁同聲一嘆；而詩人至此再也承受不了人格受損的羞辱，憤慨的發出「以此窮百年，不如還窀穸」的怒吼。既然「人生苦多歡樂少」（四／230），則鮑照如何看待死亡呢？他所假想的死後世界又是如何呢？〈擬行路難〉十八首之十：

> 君不見蕣華不終朝，須臾奄冉零落銷，盛年妖艷浮華輩，
> 不久亦當詣塚頭。一去無還期，千秋萬歲無音詞，孤魂煢
> 煢空隴間，獨魄徘徊遶墳基。但聞風聲野鳥吟，豈憶平生
> 盛年時。為此令人多悲悒，君當縱意自熙怡。（四／235）

及〈擬行路難〉十八首之十一：

> 君不見枯籜走階庭，何時復青著故莖？君不見亡靈蒙享
> 祀，何時傾杯竭壺罌？君當見此起憂思，寧及得與時人爭。
> 人生倏忽如絕電，華年盛德幾時見？（四／238）

在詩人的思想中，他認為人的生命就如同不終朝的蕣華，走階庭的枯籜，轉眼之間便零落凋盡，再也無法重回莖幹；而孤魂獨魄徘徊在墳墓荒草中，如煙似霧，即使親友們準備了豐盛的祭品，卻也無法享用；他並且語帶譏諷的說，這些妖艷浮華之徒，在這倏忽如同絕電一般的人生旅途中，轉眼間，終將走向生命共同的歸宿——死亡。

　　或許在鮑照充滿憤激的心中，人世間的一切，只有死亡是公正無私的；如〈擬行路難〉十八首之七所云的：「中有一鳥名杜鵑，言是古時蜀帝魂。聲音哀苦鳴不息，羽毛憔悴似人。飛走樹間啄蟲蟻，豈憶往日天子尊？」（四／228）即使曾經貴為帝王，一樣也難逃死神的召喚，而死後的世界，一切化為虛無，孤魂、獨魄，或是飛走樹間捕蟲啄蟻的杜鵑，都與往日的尊榮卑賤無涉，由此觀之，則人生在世所做的一切努力與執著，不也同樣的虛幻荒謬嗎？

〔註16〕陶淵明著，楊家駱主編《陶淵明詩文彙評》（台北：世界書局，1998），
　　　　頁66。

鮑照在長期貧窮困頓，懷才不遇的處境下，很自然的，他必須在生命中尋找一條放曠不羈、縱意熙怡的道路以求解脫，這一類思想，是否便代表著消極頹廢呢？以下從另一個角度來探討。

3. 長圖大念　隱心者久

鮑照一生熱心仕進，欲求聞達於當時，效力於朝廷，其〈擬古〉八首之二云：

> 十五諷詩書，篇翰靡不通。弱冠參多士，飛步遊秦宮。側睹君子論，預見古人風。兩說窮舌端，五車摧筆鋒。羞當白璧眤，恥受聊城功。晚節從世務，乘障遠和戎，解佩襲犀渠，卷袠奉盧弓。始願力不及，安知今所終。（六／335）

本首可視爲鮑照一生才學涵養、仕途轉折的概括性自述，脈絡清晰，言簡意賅；吳伯其即評析曰〔註17〕：

> 「十五」二句，言其學，「恥受」（當是「弱冠」之誤）二句，言其問。「古人風」是三代之英，不是相如、仲連一流，觀下文「羞」、「恥」二學可見。「兩說」二句，言我舌端筆力都來得，縱橫之事，我非不能爲，只是恥而不爲耳。「聊城」句，是應「筆鋒」，指射書事。「白璧」，乃相如事，應「舌端」。舊注引《莊子》，誤矣。「晚節」云云，是學問不見於世，寧從世務，棄文就武。即子行三軍之意，決不爲縱橫之事也，然棄文就武，出於時勢之不獲已，非其始願；「始願」乃「古人之風」云云是也。「今」指現前，「力不及」，阻於時勢也。在於我者，文重而武輕；在於時者，重武而輕文。輕文者，輕道也，所謂君子道消也。消之又消，伊於何底？故曰：「安知今所終。」

吳氏對於本詩的分析可謂詳實；然就鮑照詩文中頗多對於邊塞征戰的詠讚觀之，鮑照似非輕武之輩，而就當時的政治情況言，自宋文帝元嘉七年春，揮師北上伐魏，短暫的收復河南之後，至元嘉末年，宋、魏間近三十年爭戰，宋多敗北，且宋文帝死後，劉宋政局更顯混亂，

〔註17〕錢仲聯集注《鮑參軍集注》（台北：木鐸出版社，1983），頁337。

宗室間互相殘殺，此時所用之武，非關國家大義，而只是皇親貴族間血淋淋的政治鬥爭！鮑照之所以發出「始願力不及，安知今所終」的慨嘆，應從這個角度去思考才是。然不論如何，本詩的主題已充分說明了，鮑照絕非僅一個消極頹廢、牢騷滿腹的文弱書生，而是一個自少年時代即奮發問學，甫弱冠即參訪各方名士君子，文武兼備的才學之士；而其積極用世之心，於其他詩文中亦時有所見，如〈行京至竹里〉：「君子樹令名，細人效命力，不見長河水，清濁俱不息。」（五／319）便以滔滔不息的長河水自況；又如〈梅花落〉一詩：「中庭雜樹多，偏爲梅咨嗟。問君何獨然？念其霜中能作花，露中能作實。」（四／245）藉詠梅以彰心志，這些才是支持鮑照一生在困頓、窮愁中奮鬥不懈的眞正動力。

二、抒情詩

抒情詩是以詩人自己的感情爲主題，藉由詩中描繪的景物、論述的事理爲題材，作爲抒情的工具。人世間的情感問題雖複雜多端，但大約不出親情、愛情、友情三大範圍，因此對於鮑照抒情詩系統的討論，也以此三大主題分別論述之。

1. 離鄉去親　江潭為客

杜甫〈春日憶李白〉詩云：「清新庾開府，俊逸鮑參軍。」〔註18〕自此後人對於鮑照詩歌的評述即多襲用「俊逸」兩字。就鮑照的雜言樂府歌行而言，「俊逸」的確爲其主要的風格神貌；但就其他五言古詩而言，卻有不少以「鄉土家人之戀」〔註19〕爲主題的詩篇，表現出另一種情深意厚、悱惻纏綿的風貌，能將鮑照性格中，除了剛強堅毅、放逸不羈之外，溫柔多感的一面呈現出來。其最能表現「鄉土家人之戀」的作品，莫過於〈夢還鄉〉：

〔註18〕《杜甫全集》（廣東：珠海出版社，1996），卷一，頁45。
〔註19〕唐海濤〈鮑照詩文中所表現的鄉土家人之戀〉（《中華文化復興月刊》，21卷4期），頁46～49。

銜淚出郭門，撫劍無人逢，沙風暗空起，離心眷鄉畿。夜分就孤枕，夢想暫言歸。孀婦當戶嘆，繰絲復鳴機，慊款論久別，相將還綺闈。歷歷簷下涼，朧朧帳裏暉，刈蘭爭芬芳，採菊競葳蕤，開奩奪香蘇，探袖解纓徽。夢中長路近，覺後大江違。驚起空嘆息，恍惚神魂飛。白水漫浩浩，高山壯巍巍，波瀾異往復，風霜改榮衰。此土非吾土，慷慨當告誰。（六／384）

本詩約可分三層理解，「銜淚出郭門」至「夢想暫言歸」六句，寫詩人本身的活動情形，並以「銜淚」、「撫劍」、「暗空起」、「眷鄉畿」、「孤枕」、「夢想」等句暗示詩人悲傷、鬱悶、無奈、思念的情懷。「孀婦當戶嘆」至「探袖解纓徽」十句描寫夢境，將夢中所見孀婦之悲，及久別團圓後的喜悅、親密情意，透過「慊款」、「綺闈」、「帳裏輝」、「解纓徽」等句，表現得情思纏綿、細緻感人。結尾從「夢中長路近」至「慷慨當告誰」，則寫夢醒之後，重回現實，不禁吐露出遠在異鄉為異客的悲慨；「覺後大江違」一句，讀之令人感慨，「驚起空嘆息，恍惚神魂飛」，更將詩人驚夢魂飛之際的抽象情緒，描寫的淋漓盡致，歷歷在目，將詩人強烈的鄉土家人之戀深刻動人的表現出來。

又如〈登大雷岸與妹書〉所言「去親為客，如何如何？」（二／83）〈請假啓〉：「天倫同氣，實惟一妹」（二／80）〈遊思賦〉：「捨堂宇之密親，坐江潭而為客。」（一／1）及小詩〈夜聽聲〉：「辭鄉不覺遠，歡寡愁自繁。何用慰秋望，清燭視夜翻。」（六／414）等，經由詩文互證，更可見鮑照深情多感的一面，正如唐海濤先生所言：「正因為他一面有用世之志，一面又深懷家園之戀；於是在體驗到世路轗軻之後，更覺得親情之可眷。」〔註20〕析理精當。

2. 觀見流水 識是儂淚

鮑照創作的愛情詩，大多以女性的角度抒發情感，寫來益發婉曲

〔註20〕唐海濤〈鮑照詩文中所表現的鄉土家人之戀〉（《中華文化復興月刊》，21 卷 4 期），頁 46。

動人，細膩深刻；而且這些情詩或因體裁、或因主題的不同，展現出各種曼妙之姿，使詩中的主角形象或熱情、或堅貞、或哀怨、或純真，皆因此顯得更加鮮明可親；如〈吳歌〉三首：

> 夏口樊城岸，曹公卻月戍。但觀流水還，識是儂流下。（之一）
>
> 夏口樊城岸，曹公卻月樓。觀見流水還，識是儂淚流。（之二）
>
> 人言荊江狹，荊江定自闊。五兩了無聞，風聲那得達。（之三）（四／206）

本詩屬樂府「清商曲辭」。卻月，指卻月城；樓，指戍樓；五兩，是以雞羽製成並置於船尾觀風向的標的物，一般重五兩，故名之。

全詩採用民歌複沓的形式，充滿節奏旋律的音樂性，將「誤幾回天際識歸舟」的怨婦情懷，婉曲道出，所謂「觀見流水還，識是儂淚流。」其怨情如江水滾滾，淚眼望江，滿江是淚，心上人行商或行戍異鄉，音信全無，就如同五兩風標；而怨婦對江傾訴滿懷衷曲，風兒寂靜，也無法傳達款款思念啊！譬喻體貼神妙。這一類南朝流行的「吳歌」、「西曲」，文人普遍創作模仿約是梁代間事，較鮑照晚六、七十年，鍾優民先生於《社會詩人鮑照》一書中云：「在這一點上鮑照實為開風氣之先驅，這種詩體的出現對唐代五言四句『絕句』體的成立，尤其有不可估量的影響。」〔註21〕

而〈代雉朝飛〉則表現出另一種愛情詩的類型：

> 朝雉飛，振羽翼，專場挾雌恃彊力。媒已驚，翳又逼，蒿間潛彀盧矢直。刎繡頸，碎錦臆，絕命君前無怨色。握君手，執杯酒，意氣相傾死何有？（四／249）

《樂府詩集·琴曲歌辭》：「〈雉朝飛操〉，一曰〈雉朝雊操〉。揚雄《琴清英》曰：『〈雉朝飛操〉，衛女傅母之所作也。衛侯女嫁於齊太子，中道聞太子死，問傅母曰：「何如？」傅母曰：「且往當喪。」喪畢不

〔註21〕鍾優民《社會詩人鮑照》（台北：文津出版社，1984），頁133。

肯歸，終之以死。傅母悔之，取女所自操琴，於冢上鼓之。忽二雉俱
出墓中，傅母撫雉曰：「女果爲雉耶？」言未畢，俱飛而起，忽然不
見。傅母悲痛，援琴作操，故曰〈雉朝飛〉。』」〔註22〕本詩即取〈琴
清英〉所云本事引申創作，將女子對愛情忠貞不二的情懷，表現的震
撼人心，令人動容。而〈代春日行〉則是一幅仕女春遊的浪漫圖畫，
一曲歡頌春天與情愛的贊歌：

> 獻歲發，吾將行。春山茂，春日明。園中鳥，多嘉聲。梅
> 始發，柳始青。汎舟艫，齊櫂驚。奏採菱，歌鹿鳴。風微
> 起，波微生。絃亦發，酒亦傾。入蓮池，折桂枝。芳袖動，
> 芬葉披。兩相思，兩不知。（四／253）

詩中將春遊的歡樂情景，藉由三言句型表現，更顯得靈動輕快、生氣
蓬勃，讀來令人神往，如入其境。沈德潛評此詩曰：「聲情駘宕。末
六字比『心悅君兮君不知』更深。」「聲情駘宕」四字，頗能掌握三
言句形式的特殊音韻美感。

其他如〈擬行路難〉十八首之二，「如今君心一朝異，對此長歎
終百年」（四／227），之九「今日見我顏色衰，意中索寞與先異，還
君金釵珥瑇簪，不忍見之益愁思。」（四／235）或爲描寫被高官顯宦
家族遺棄的婦女的悲苦淒涼，或爲反映女子因老色衰而被忘恩負義的
夫君拋棄的悲慘遭遇；均屬愛情詩的另一類型——「閨怨」主題的創
作；這正是鮑照爲這些不幸女子所發的不平之鳴吧！

3. 風振山籟　朋鳥驚離

從鮑照現存詩歌中探索其友朋交往的情形，對於鮑照生平研究及
詩歌內涵分析上，均有重大的參考意義；從詩題上約略統計出與鮑照
交往的人士計有：王僧綽（〈和王丞〉）、荀萬秋（〈日落望江贈荀丞〉、
〈與荀中書別〉）、惠休（〈秋日示休上人〉、〈答休上人〉）、庾中郎（〈從
庾中郎游園山石室〉）、〈吳興黃浦亭庾中郎別〉）、王僧達（〈送別王宣
城〉、〈和王護軍秋夕〉、〈和王義興七夕〉）、傅都曹（〈贈傅都曹別〉）、

〔註22〕宋・郭茂倩《樂府詩集》（台北：里仁書局，1981），頁835。

盛侍郎（〈送盛侍郎別〉）、顧墨曹（〈贈顧墨曹〉）、伍侍郎（〈與伍侍郎別〉）等人；其中有屬於世家大族的王僧綽、王僧達，有曾為沙門的休上人，有同屬佐國僚屬的盛侍郎、伍侍郎等，大多為史不傳名的中下級中央或地方佐吏；而這些贈別、唱和之作，常以職銜相稱，且為數不多，惟獨贈馬子喬詩多至六首，並以「故人」稱之，可見二人關係非比尋常，最能看出鮑照對於友情的真摯與重視；唐海濤先生於〈鮑照的「贈故人馬子喬六首」〉一文中論曰：「這六首詩寫出兩位羽翼初成即將奮發的少年在離別前的依依之情，也表現出個人的抱負及彼此的期許，而全用比喻象徵的手法寫成，不落任何窠臼。」〔註23〕如第二首：

> 寒灰滅更然，夕華晨更鮮。春冰雖暫解，冬冰復還堅。佳
> 人捨我去，賞愛長絕緣。歡至不留日，感物輒傷年。（五／
> 280）

前四句云寒灰熄滅，猶可重燃，夕華委謝，翌晨再開；而春冰雖暫消溶，冬至必然「還堅」。用以象徵兩人堅定不渝的友情，設喻甚奇；但後四句卻筆鋒一轉，「佳人捨我去，賞愛長絕緣。歡至不留日，感物輒傷年。」悲慨這能誠心知賞、忘機相親的友人即將遠離，所有歡聚談心的時光，至此萬難延留，瞻望將來，對於這段友情，也只能以感念故物、傷懷永年來面對了。又如第六首云：

> 雙劍將離別，先在匣中鳴，煙雨交將夕，從此遂分形。雌
> 沈吳江裏，雄飛入楚城，吳江深無底，楚關有崇扃。一為
> 天地別，豈直限幽明。神物終不隔，千祀儻還并。（五／282）

唐海濤先生認為「此詩以雙劍的離合來喻良朋的聚散。寫雙劍將離時的騷動，分離後的隔絕，以及天生神物終必復合的遠景，明面說劍，暗中喻人，而以神物自居，足見其氣勢之豪。」〔註24〕評議精當。

　　由鮑照抒情詩觀之，可知鮑照實為至情至性之人，不論對於家

〔註23〕唐海濤〈鮑照的「贈故人馬子喬六首」〉（《中華文化復興月刊》第21卷第2期），頁67。

〔註24〕同前註，頁69。

人、友人，均能由衷的付出眞情，不虛僞、不矯情，而鮑照之所以能在渾濁惡世中，秉持一個知識分子的氣節，奮發向上，雖因門閥制度的不公、仕途命運的坎坷而偶生憤怨，但其耿介的個性仍不爲扭曲，豪邁的壯志仍不爲摧折，或許，這些誠摯篤厚的親情與友情，正是支持他堅毅執著的最大支柱。

三、山水詩

　　《文心雕龍・明詩》云：「宋初文詠，體有因革，莊老告退，而山水方滋，儷采百字之偶，爭價一句之奇，情必極貌以寫物，辭必窮力而追新，此近世之所競也。」〔註25〕正指出中國山水詩確立、興盛於南朝劉宋時代的文學風潮背景。而所謂「山水」，狹義言之，專指自然界之群山眾水，廣義釋之，則可包括全部自然景象；歐陽修《六一詩話》〔註26〕有一則記載頗爲有趣，茲節錄如下：

　　　國朝浮圖，以詩名於世者九人，故時有集號《九僧詩》，今不復傳矣。余少時，聞人多稱之。其一曰惠崇，餘八人者，忘其名字也。余亦略記其詩，有云：「馬放降來地，鵰盤戰後雲。」又云：「春生桂嶺外，人在海門西。」其佳句多類此。其集已亡，今人多不知有所謂九僧者矣，是可歎也！當時有進士許洞者，善爲辭章，俊逸之士也。因會諸詩僧分題，出一紙，約曰：「不得犯此一字。」其字乃山、水、風、雲、竹、石、花、草、雪、霜、星、月、禽、鳥之類，於是諸僧皆擱筆。

這位許洞先生，必然深知詩僧所創作的詩歌題材，有異於一般世俗詩人所採用者，故意列山、水、風、雲諸字，爲不可犯之字，眾僧果然擱筆；而此不可犯之字，即可視爲廣義山水詩之題材。

　　談到山水詩，莫不直接聯想到山水詩人謝靈運及謝朓兩人，而後一般詩歌研究者也視謝朓山水詩爲謝靈運山水詩之延長或繼承。但事

〔註25〕劉勰著，王師更生注《文心雕龍讀本》（上），頁85。
〔註26〕見何文煥編《歷代詩話》（上）（台北：木鐸出版社，1982），頁25。

實上，在大謝、小謝之間的詩人中，鮑照所創作的山水詩數量亦多，而廬山四詩尤爲著名，林文月先生即將之視爲大、小謝間山水詩的過渡詩人，〔註27〕故鮑照之山水詩亦必有可觀之處，如〈登廬山〉：

懸裝亂水區，薄旅次山楹。千巖盛阻積，萬壑勢迴縈。巃嵸高昔貌，紛亂襲前名。洞澗窺地脈，聳樹隱天經。松磴上迷密，雲竇下縱橫。陰冰實夏結，炎樹信冬榮。嘈嘈晨鵾思，叫嘯夜猿清。深崖伏化跡，穹岫閟長靈。乘此樂山性，重以遠遊情。方躋羽人途，永與煙霧并。（五／262）

首二句，交待行旅過程。懸裝猶言攜帶行李，亂水區，是說乘船渡過大江，亂者，渡也。《尚書・禹貢》：「亂于河。」孔穎達疏：「亂者。釋水云：正絕流也。」〔註28〕下句寫捨舟登岸之後，投宿於山房；接著便以「阻積」、「迴縈」、「巃嵸」、「紛亂」、「窺地脈」、「隱天經」、「迷密」、「縱橫」、「陰冰夏結」、「炎樹冬榮」、「嘈嘈」、「叫嘯」等句，或描寫廬山山勢的雄奇多變、山中鳥獸的鳴音清遠、或刻鏤流泉深邃入地、巨樹高聳蔽天等景象，其中又兼及雲霧幻象、石階迷密，將廬山包蘊之奇，表現得氣象萬千，奇詭多變。最後結筆，仍不脫當時山水詩卒章談玄通例，表達自己欲求長生，羽化成仙的願望。然通篇主題仍在於表現廬山的自然美，誠爲山水詩的佳構。

陳祚明《采菽堂古詩選》評此詩曰：「堅蒼。其源亦出於康樂，幽儁不逮，而矯健過之。」〔註29〕準確的指出堅蒼、矯健的風格特色；並指出鮑照山水詩乃源諸謝康樂，然而鮑照山水詩在量的方面雖不及謝靈運，但是其表現仍深具個人特色，黃子雲《野鴻詩的》云：「明遠沈雄篤舉，節亮句遒，又善能寫難寫之景，較之康樂，互有專長。」〔註30〕

本篇在六朝諸多山水詩篇中，深具鮑照個人擅於窮形寫物、雕

〔註27〕見林文月《山水與古典》（台北：三民書局，1996），頁99～100。
〔註28〕孫星衍注《尚書・禹貢》（台北：商務印書館，1967），頁27。
〔註29〕陳祚明《采菽堂古詩選》。
〔註30〕《清詩話》（台北：西南書局，1979），頁7960。

鏤精工的特色，鍾嶸《詩品》評其詩風：「貴尚巧似，不避危仄。」
〔註31〕或可從此詩見其所據。

四、詠物詩

「詠物」一詞，依現存文獻，始見於梁·鍾嶸《詩品》，下品「齊
朝請許瑤之」：「許長於短句詠物。」〔註32〕許詩今存三首，《玉臺新
詠》有其〈詠栴榴枕詩〉：「端木生河側，因病遂成妍。朝將雲髻別，
夜與蛾眉連。」〔註33〕吟詠以栴榴製成的枕具；這首小詩便是鍾記室
所謂：「短句詠物」，至於詠物詩的定義，洪順隆先生界定頗詳〔註34〕：

> 我們以為一篇之中，主旨在吟詠物的個體（包括自然界和
> 人工的），詩人感於物而力求工切地體物、狀物，以窮物之
> 情，盡物之態，又出之以詩體的作品。

鮑照現存詩篇中，亦不乏能「窮物之情，盡物之態」的佳作；如〈白
雲〉：

> 探靈喜解骨，測化善騰天，情高不戀俗，厭世樂尋仙。鍊
> 金宿明館，屑玉止瑤淵。鳳歌出林闕，龍駕戾蓬山，凌崖
> 采三露，攀鴻戲五煙。昭昭景臨霞，湯湯風媚泉，命娥雙
> 月際，要嬡兩星間。飛虹眺卷河，汎霧弄輕弦。笛聲謝廣
> 賓，神道不復傳，一逐白雲去，千齡猶未旋。（六／368）

全詩以「解骨」、「騰天」、「凌崖」、「攀鴻」、「飛虹」、「汎霧」等句，
曲盡白雲萬變之態；又以「不戀俗」、「樂尋仙」，窮物之情；而「宿
明館」、「止瑤淵」、「鳳歌」、「龍駕」、「雙月際」、「兩星間」等句點提
其棲止之所，更增添許多神話奇幻的色彩；且全詩對仗工穩，用典妥
貼，句中所用的動詞更見修辭錘鍊之工，如「出」、「戾」、「采」、「戲」、
「眺」、「弄」使詩情於穩工妥貼中逸出，而更形流轉生動，實能達到

〔註31〕鍾嶸著，曹旭集注《詩品集注》，頁290。
〔註32〕《清詩話》，頁440。
〔註33〕徐陵編，吳兆宜注《玉臺新詠箋注》（台北：明文書局，1988），頁
　　　　475。
〔註34〕洪順隆《六朝詩論》（台北：文津出版社，1985），頁7。

《文心雕龍‧物色》所云:「體物為妙,功在密附。故巧言切狀,如印之印泥,不加雕刻,而曲寫毫芥。」〔註35〕的效果。

其他詠物詩如〈望孤石〉、〈詠雙燕〉二首、〈山行見孤桐〉等詩,除均能窮物之狀外,在盡物之情的主觀描寫中,亦往往融入作者自身的情感因素,達到意象緊密之趣,如〈詠雙燕〉二首之一:「沈吟芳歲晚,徘徊韶景移,悲歌辭舊愛,銜淚覓新知。」(六/411)二首之二:「陰山饒苦霧,危節多勁威。豈但避霜雪,當儆野人機。」(六/411)以上「銜淚覓新知」、「當儆野人機」兩句均有擬人的心理投射現象,表面詠物,實有詠懷之旨。又如〈山行見孤桐〉:「未霜葉已肅,不風條自吟。昏明積苦思,晝夜叫哀禽。棄妾望掩淚,逐臣對撫心。雖以慰單危,悲涼不可任。幸願見雕斲,為君堂上琴。」(六/410)陳胤倩評此詩曰:「憭慄多悲。『不風』句尤奇。鮑詩殆句句苦吟而成。思偶邃旨,輒臻奇致。古少是家。」〔註36〕由此可見鮑照詠物詩文情並茂,體物懷深的藝術成就了。

五、隱逸詩

一談到隱逸詩,首先使人聯想到的便是晉宋之際的詩人陶潛,鍾嶸《詩品‧中‧宋徵士陶潛》即云:「其源出於應璩,又協左思風力。文體省淨,殆無長語。篤意真古,辭興婉愜。每觀其文,想其人德。世嘆其質直。至如『歡言酌春酒』,『日暮天無雲』,風華清靡,豈直為田家語耶?古今隱逸詩人之宗也。」〔註37〕鮑照生年略晚於陶潛,但在其詩作中,卻已留存了一首〈學陶彭澤體〉的詩,而且這是文學史上第一首以陶潛為學習對象的五言古詩,深具特殊意義與價值。引詩如下:

> 長憂非生意,短願不須多。但使尊酒滿,朋舊數相過。秋

〔註35〕劉勰著,王師更生注《文心雕龍讀本》(下),頁302。
〔註36〕錢仲聯注《鮑參軍集注》,頁411。
〔註37〕鍾嶸著,趙仲邑譯注《鍾嶸詩品譯注》(台北:貫雅文化事業公司,1991),頁60。

> 風七八日，清露潤綺羅，提琴當戶坐，歎息望天河。保此
> 無傾動，寧復滯風波。（六／362）

錢仲聯先生於《集注》中即補注「長憂非生意，短願不須多」出自陶
淵明〈九日閒居詩〉：「世短意長多，斯人樂久生。」七、八句「提琴
當戶坐，歎息望天河。」出自陶潛〈擬古〉，認為此篇為雜擬而成。

　　此外，鮑照一生雖熱衷仕進，但因門閥制度的不公及寒人新貴的
傾軋，再加上朝綱不振，戰亂頻仍，仕途坎壈，因之在某些特定的時
空背景下，鮑照也會偶生退隱之念，如〈臨川王服竟還田里〉：

> 送舊禮有終，事君慚懦薄，稅駕罷朝衣，歸志願巢壑。尋
> 思邈無報，退命愧天爵，捨耜將十齡，還得守場藿。道經
> 盈竹笥，農書滿塵閣。愴愴秋風生，戚戚寒緯作，豐霧粲
> 草華，高月麗雲崿。屏跡勤躬稼，衰疾倚芝藥。顧此謝人
> 群，豈直止商洛。（六／370）

此詩作於元嘉二十一年，是年臨川王薨於京邑，鮑照依古禮行三月
喪，故云「送舊禮有終」；而「尋思邈無報，退命愧天爵；捨耜將十
齡，還得守場藿」四句，卻隱約透露了對自己仕途不順，明主早逝、
無以為報的感嘆；故而將心志轉向隱逸，從此過著「屏跡勤躬稼」、「顧
此謝人群」的田園隱逸生活。

　　這樣的隱逸思想與游仙思想，在鮑照的精神世界中，所佔位置雖
不明顯，但卻可看出潛伏在鮑照積極用世作為下，隱逸、避世等較為
消極、無為的另一面。

六、游仙詩

　　《昭明文選》卷二十一詩乙，輯「游仙」一類詩篇，計有何敬祖
游仙詩一首，郭景純游仙詩七首，李善於郭景純條下注云：「凡遊仙之
篇，皆所以滓穢塵網，錙銖纓紱，餐霞倒景，餌玉玄都。而璞之制，
文多自敘，雖志狹中區，而辭無俗累，見非前識，良有以哉。」〔註38〕

〔註38〕《李善注昭明文選》（台北：河洛圖書出版社，1975），卷二十一，
　　　　頁461。

《文心雕龍‧明詩篇》則云:「景純仙篇,挺拔而爲雋矣。」〔註39〕另《詩品‧中》「晉弘農太守郭璞」條下則評曰:「但游仙之作,詞多慷慨,乖遠玄宗。其云『奈何虎豹姿』,又云『戢翼棲榛梗』,乃是坎壈詠懷,非列仙之趣也。」〔註40〕由此可知游仙之篇,實是出自於詩人對現實亂世的厭惡與逃避,且爲玄言文學、神仙思想及服食風氣互相激化、融合影響下的產物;而其題材內容雖多如洪順隆先生於〈六朝題材詩系統論〉中所云:「所謂遊仙詩,以詩歌的體裁表現詩人與仙人交往,嚮往神仙,幻遊仙界,描寫鍊丹服食等精神風貌,故凡是詩歌內容敘述詩人感情所繫的仙人生活,對仙人傾慕、與仙人交往,幻遊仙界,採藥鍊丹的,都在其領域內。」〔註41〕然而在確立游仙詩名稱,並使詩體典型完備的郭璞〈游仙〉之作中,卻蘊藏著「詞多慷慨,乖遠玄宗,……,乃是坎壈詠懷,非列仙之趣」的情感成分在,這在游仙詩的界定與欣賞上是頗值得關注的。

　　鮑照現存詩篇中,關於游仙題材之作不多,但其〈代昇天行〉卻似乎是承襲著郭璞游仙詩風的作品:

> 家世宅關輔,勝帶宦王城,備聞十帝事,委曲兩都情。倦見物興衰,驟睹俗屯平,翩翻若迴掌,恍惚似朝榮。窮途悔短計,晚志重長生。從師入遠嶽,結友事仙靈。五圖發金記,九籥隱丹經。風餐委松宿,雲臥恣天行,冠霞登綵閣,解玉飲椒庭。蹔遊越萬里,少別數千齡。鳳臺無還駕,簫管有遺聲。何當與汝曹,啄腐共吞腥。(三/175)

《樂府詩集》中此屬雜曲歌辭。《樂府古題》:「〈升天行〉,曹植『日月何肯留』,鮑照『家世宅關輔』。……如陸士衡〈緩聲歌〉,皆傷人世不永,俗情險巇,當求神仙翱翔六合之外,其詞蓋出楚歌〈遠遊篇〉也。」〔註42〕全篇可分三層理解:一、前八句盡言身世顯達,

---

〔註39〕劉勰著,王師更生注《文心雕龍讀本》(上),頁85。
〔註40〕鍾嶸著,曹旭集注《詩品集注》,頁247。
〔註41〕洪順隆《抒情與敘事》,頁389。
〔註42〕丁福保輯《歷代詩話續編》(上)(台北:木鐸出版社,1988),頁49。

世宅關輔，宦仕王城，對於兩漢史事均能深悉其情，也因之對於王
事興衰與世情難平者，有十分深切的體會。或爲王霸、或成賊寇，
不過就在那翻翻迴掌須臾間即成定局；而所謂長治久安、太平盛世，
在永恆的時光或悠長的歷史中，其繁華安定更瞬如朝菌般「朝榮夕
斃」〔註43〕。至此乃生「窮途悔短計，晚志重長生」之念，此兩句
可視爲過渡；二、自「從師入遠嶽」至「少別數千齡」十句則備言
求道訪仙、煉丹採藥、及雲臥天行、超越時空的神仙妙境；三、末
四句則再以《列仙傳》所記蕭史、弄玉之神仙故事〔註44〕，轉回「倦
見物興衰」、「窮途悔短計」的主題，而發出「何當與汝曹，啄腐共
吞腥？」的慨嘆。此中深意，正是「詞多慷慨，乖遠玄宗」，而充滿
「坎壈詠懷」的味道。方虛谷評此詩曰：「厭世故而求神仙。從末句
之意，則寓言借喻君子，有高世遠意，拔出塵埃之表。視世間卑污
苟賤之人，直如禽畜之吞啄腐腥耳！」〔註45〕此正所謂「挺拔」，所
謂「慷慨」者也。

其他游仙詩篇，如〈蕭史曲〉（四／205）即敘述《列仙傳》所
記蕭史、弄玉隨鳳凰飛昇成仙的神仙傳說；〈過銅山掘黃精〉（六／
379），則敘述詩人本身於銅山掘黃精之事，《博物志》卷五：「太陽
之草名黃精，食之可以長生。」〔註46〕可見鮑照在當時服食風氣影
響下，亦有採藥服食的行爲，又如〈行藥至城東橋〉（六／372）即
記載其服食、行散時的見聞；總之，鮑照雖是現實派社會詩人，但
在當時的社會風氣、文化背景影響下，其思想、行爲亦染有神仙、
採藥、服食等習性，然正如〈代昇天行〉的主題思想所表現的，這
一切似乎正反映出鮑照對當時混亂人世的一種逃避，一種莫可奈何
的諷刺與抗議。

〔註43〕錢仲聯注《鮑參軍集注》〈代升天行〉注五引，頁175。
〔註44〕同前註。
〔註45〕同前註，頁178。
〔註46〕見《百子全書》7（浙江：浙江人民出版社，1984）《博物志》卷五，
頁一。

七、邊塞詩

　　鮑照一生的五十餘年間，正是國家處於危機重重的艱難時期，南北分裂，戰亂頻仍，西元 430 年，宋師北伐，收復河南，沿河往西，直至潼關；西元 450 年春，北魏發兵六十餘萬犯宋，一路燒殺搶掠，村井空蕪，不復雞鳴犬吠，次年正月，「魏太武帝自瓜步退歸，俘廣陵居人萬餘家以北。徐、豫、青、冀、二兗六州殺掠不可勝算，所遇州郡，赤地無餘」，〔註 47〕而鮑照因職務之故，時隨始興王往江北，雖侍郎報滿辭任，然未即南返，至次年始自南兗州返建業，並作〈瓜步山楬文〉；鮑照目睹國勢阽危的嚴酷現實，心中必然充滿了焦灼之情，因之對於立威邊塞，建功沙場的英雄事業也時生嚮往與歌頌之情，如〈建除詩〉之「執戟無暫傾，彎弧不解張。……開壤襲朱紱，左右佩金章。」（六／366）即是對執干戈以衛社稷，功成名就者的頌贊；又如〈代出自薊北門行〉：

> 羽檄起邊亭，烽火入咸陽。徵騎屯廣武，分兵救朔方。嚴秋筋竿勁，虜陣精且彊。天子按劍怒，使者遙相望。雁行緣石徑，魚貫度飛梁。簫鼓流漢思，旌甲被胡霜。疾風衝塞起，沙礫自飄揚。馬毛縮如蝟，角弓不可張。時危見臣節，世亂識忠良。投軀報明主，身死為國殤。（三／165）

全詩準確地將邊塞山雨欲來的緊張氣氛，及軍民面對強虜同仇敵愾的精神，表現的淋漓盡致。前八句主要寫邊境傳警，朝廷調兵，「羽檄起邊亭，烽火入咸陽」，發唱驚挺，撼人魂魄，「徵騎」、「分兵」句，正顯示出軍事狀況的急迫及朝廷應變的倉促；中間八句，則將軍士團結鎮定，軍紀嚴明及征途的艱險辛勞，表現的歷歷在目，沈德潛即評曰：「明遠能為抗壯之音，頗似孟德。」〔註 48〕可謂知音。後四句則反映出前方戰士的共同心聲，而同時也可視為詩人自己心志的表白，「時危見臣節，世亂識忠良」句，實又蘊含了多少諷喻與沉痛！

〔註 47〕《南史》（台北：鼎文書局，1976），頁 52。
〔註 48〕沈德潛《古詩源》（台北：廣文書局，1982）卷十一，頁 5。

〈代出自薊北門行〉屬「雜曲歌辭」，它的題材，本是一首歌詠燕、趙佳人的艷歌。正如朱乾《樂府正義》所云：「自鮑照借言燕薊風物及征戰辛苦，竟不知此題爲艷歌矣！」〔註49〕可見鮑照在樂府詩領域的開創之功；鍾嶸認爲：「鮑照戍邊」爲「五言之警策者」〔註50〕，方伯海更評此詩曰：「寫出一時聲息之緊，應敵之猝，師行之速，短篇中氣勢奕奕生動，眞神工也。」〔註51〕實非溢美。其他如〈擬古〉八首之三、〈代苦熱行〉等，均爲同類題材作品，可視爲唐朝邊塞詩的濫觴，影響至爲深遠。

八、詠史詩

所謂詠史詩，即針對以往歷史中某一事件或人物，加以追述或評論。中國詩歌史上，目前所知以「詠史」爲題者，始於東漢班固，其內容詠西漢緹縈救父的故事。鍾嶸《詩品·序》云：「東京二百載中，惟有班固詠史，質木無文。」〔註52〕胡應麟《詩藪·外編》卷二云：「太沖詠史，景純遊仙，皆晉人傑作。詠史之名，起自孟堅，但指一事。魏·杜摯贈毋丘儉，疊用入古人名，堆垛寡變。太沖題實因班，體亦本杜，而造語奇偉，創格新特，錯綜震蕩，逸氣干雲，遂爲古今絕唱。」〔註53〕可見「詠史詩」自班固「質木無文」，「但指一事」，至魏·杜摯之「疊用入古人名，堆垛寡變。」在內容上雖已略增，但藝術手法上仍不脫「質木」、「寡變」之病，至太沖的承繼與開新之後，詠史詩的發展遂產生了達到「造語奇偉」、「錯綜震蕩」、「逸氣干雲」的藝術妙境；降至六朝，詠史風氣漸盛，創作者多，《昭明文選》即列有「詠史」一目，選錄九家二十一首作品，〔註54〕鮑照〈詠史〉即

〔註49〕錢仲聯集注《鮑參軍集注》（台北：木鐸出版社，1983），頁337。
〔註50〕鍾優民《社會詩人鮑照》，頁347。
〔註51〕錢仲聯集注《鮑參軍集注》（台北：木鐸出版社，1983），頁337。
〔註52〕鍾嶸著，曹旭集注《詩品集注》，頁12。
〔註53〕明·胡應麟《詩藪》二（台北：廣文書局），頁436。
〔註54〕梁·蕭統編，張葆全審訂《昭明文選》（一）（台北：黎明文化公司，1995）。

入其選。其詩云：

> 五都矜財雄，三川養聲利，百金不市死，明經有高位。京
> 城十二衢，飛甍各鱗次。仕子影華纓，遊客竦輕轡。明星
> 辰未稀，軒蓋已雲至。賓御紛颯沓，鞍馬光照地。寒暑在
> 一時，繁華及春媚。君平獨寂寞，身世兩相棄。（五／326）

劉坦之曰：「此篇本指時事，而託以詠史。」方虛谷亦評此詩云：「明
遠多爲不得志之辭，憫夫寒士下僚之不達，而惡夫逐物奔利者之苟賤
無恥。每篇必致意於斯。」〔註55〕本詩即詠嘆漢代嚴君平的窮居寂寞，
以寒士之「身世兩相棄」與豪門的顯赫奢華比對，諷刺「仕子」、「政
客」的蠅營苟且，而贊美寒士安貧樂道的高風亮節。

王瑤《中古文人生活》〔註56〕中云：

> 當時流行之詠史詩，其基本性質和另外一種遊仙詩，實在
> 沒有什麼區別，作者所要說的是自己的感懷，並不是史實
> 的考證，則他對於歷史上某些事件的看法，也只是那些事
> 件中底人的活動；就是說他常常會情不自己來設身處地在
> 古人的地位裏，主觀的成份特別重。而史實中所最使他們
> 感動不已的，一種是那些事實本身即富有可歌可泣或傳奇
> 的性質，也就是富有戲劇性或小說性的故事。一種即是和
> 他的現實生活有關的，足以引起他們對當前各種現象的感
> 懷的材料。

由此可知，在情不自己的設身處地於古人的時空，繼而激發出主觀情
感的創作特色，正是詠史詩篇可以產生人事萬端而能以古今互證，世
情多變而可越時空交感的閱讀旨趣的本因；鮑照詠史詩作雖不多，除
〈詠史〉之外，另有〈蜀四賢詠〉亦屬詠史詩類：

> 渤渚水浴鳧，春山玉抵鵲，皇漢方盛明，群龍滿階閣。君
> 平因世閒，得還守寂寞，閉簾注道德，開卦述天爵。相如
> 達生旨，能屯復能躍，陵令無人事，毫墨時灑落。褒氣有
> 逸倫，雅續信炳博，如令聖納賢，金璫易羈絡。良遞神明

〔註55〕錢仲聯注《鮑參軍集注》，頁328。
〔註56〕王瑤《中古文人生活》（台北：長安出版社，1988），頁127。

遊，豈伊罩思作，玄經不期賞，蟲篆散憂樂。首路或參差，
投駕均遠託。身表既非我，生内任豐薄。（五／329）

將古人古事評論及個人生命情感融合爲一，堪稱除左思〈詠史〉之外
的另一佳作；而沈德潛於《古詩源》分析左思詠史詩的特色時，亦盛
稱鮑照的詠史詩：「太沖詠史，不必專詠一人，專詠一事，詠古人而
己之性情俱見，此千秋絕唱也。後惟明遠、李白能之。」〔註57〕

九、游俠詩

　　洪順隆先生於〈六朝題材詩系統論〉一文中說道：「所謂游俠詩，
詩人以遊俠這類人物爲題材中心，去敘述描繪他們勇敢赴邊，思爲國
用；仗義行俠，爲人伸冤，爲友報仇；遊戲狹邪，驅馬都邑；悲歡不
遇，哀傷久羈等事跡。」〔註58〕並以鮑照〈代結客少年場行〉爲六朝
游俠詩之例，其詩如下：

> 驄馬金絡頭，錦帶佩吳鈎。失意杯酒間，白刃起相讎。追
> 兵一旦至，負劍遠行遊。去鄉三十載，復得還舊邱。升高
> 臨四關，表裏望皇州。九衢平若水，雙闕似雲浮。扶宮羅
> 將相，夾道列王侯。日中市朝滿，車馬若川流。擊鐘陳鼎
> 食，方駕自相求。今我獨何爲？埳壈懷百憂。（三／193）

〈結客少年場行〉是寫游俠題材的樂府舊題，本自曹植〈結客篇〉：「結
客少年場，報怨洛北芒。」《樂府詩集》卷六十六曰：「《結客少年場》
言少年時結任俠之客，爲游樂之場，終而無成，故作此曲也。」〔註59〕
鮑照這首擬作，同樣是以任俠行爲和心態的表現爲主題，且寄寓了強
烈的身世之感和不滿現實的憤慨之情。方植之評本詩曰：「詞氣壯麗。
『升高』以下，爲盰豫之悔，亦所以爲諷也。」王船山亦評曰：「滿篇
譏訶，一痕不露。」〔註60〕此詩寫少年游俠因仇殺而逃避他鄉，「去鄉

〔註57〕沈德潛《古詩源》卷七，頁11。
〔註58〕洪順隆《抒情與敘事》，頁405～409。
〔註59〕宋・郭茂倩《樂府詩集》，頁948頁。
〔註60〕錢仲聯集注《鮑參軍集注》，頁195。

三十載，復得還舊丘」，回鄉後目睹京城的繁華與奢麗，反觀自身的坎坷不遇，窮愁懷憂，不禁充滿了壯而無為，老大徒悲之感。本詩的起勢依舊奇矯多姿，與「瀉水置平地，任爾東西南北流。」及「對案不能食，拔劍擊柱長嘆息」等，均可視為鮑詩「發唱驚挺」的佳例；「驄馬金絡頭，錦帶配吳鉤」二句，藝術形象生動突出，「金」、「錦」兩字點出華麗，「驄馬」、「吳鉤」顯彰俠氣，雖只是形象的描摹，卻充滿張力；而以下四句「杯酒間」、「起相仇」、「追兵」、「負劍」等，繼形象（主角）出現後，立即異峰突起，進入俠義行為的敘述，銜接勁健「失意」四句，一句一意，互為因果，環環相扣，一氣呵成，義極顯豁，又跳躍生姿，與情節內容的緊張互為表裏；而「去鄉三十載，復得還舊邱」，將三十年流亡生涯的心酸痛苦，高度概括濃縮於此十字中，感情沈鬱凝重；「升高臨四關」到「方駕自相求」，極寫「皇州」（京城）的寬闊、壯麗及熱鬧熙攘；篇首形象生動，呼之欲出的任俠少年已消失了，消失在九衢的廣闊、雙闕的高聳，消失在熱鬧朝市，熙攘車流，任俠少年消失在「望」的過程中，是眼中所望見的一切淹沒了他？還是「今我獨何為？埳壈懷百憂」這「望」後的悲嘆銷溶了他？都是吧！這「驄馬金絡頭，錦帶配吳鉤」的少年俠客！

結　語

　　鮑詩創作題材涵蓋多元而廣泛，就外在客觀的審美對象而言，鮑照筆涉自然山水、人工庭園，思寄怨婦征夫、俠客遊宦；偶然假鳥獸以抒懷，時而詠古事而諷今；隱士田農，市賈歌妓，莫不入詩；孤桐白雲，秋月早霜，均能寄情。

　　就其內在主觀情思而言，雖偶有憤激縱樂之言，實長存積極用世之志；而其因去鄉為客，親友長離，故而情思鄉愁更時見篇幅；且其仕途蹭蹬，不免長懷憂患，每及衡評時勢，只見政治頹亂而門閥不平，帝王荒暴而新貴弄權，故而急詞呼告，微言譏諷，其耿介狂狷之性，雖異於溫柔敦厚之旨，然就其情志而言，誠不失忠憫正直。

　　此外，在詩歌題材的承繼與開創上均有貢獻；觀其隱逸詩，學自陶潛，眼光獨到，超邁時人；詠史之作，亦能追效左思，允為後勁。而邊塞、游俠諸詩，更驚挺於綺靡詩壇，開疆拓土，使後代詩人追步於後。總此客觀物象與主觀情志，雖萬端紛呈，然鮑照卻以其高妙的藝術手法，巧運神思，使意象應合而不乖，充分達到「籠天地於形內，挫萬物於筆端」的審美理想。

第三章　寫氣圖貌，屬采附聲
——鮑照詩修辭技巧析論

　　沈德潛《古詩源・例言》云：「詩至於宋，體製漸變，聲色大開，康樂神工默運，明遠廉雋無前，允稱二妙。延年聲價雖高，雕鏤太甚，未宜鼎足矣。」〔註1〕而鍾嶸《詩品・序》亦將劉宋的「元嘉」與「建安」、「太康」並舉，推爲五言詩發展的三個重要時期。〔註2〕可見劉宋元嘉時期的詩歌創作成就，的確值得我們加以重視與探討。

　　而對於元嘉詩風的深入分析與評論，應以蕭子顯《南齊書・文學傳論》〔註3〕的一段話，值得深加探究：

　　　　今之文章，略有三體：一則啓心閑繹，託辭華曠。雖存巧

〔註1〕沈德潛《古詩源》（台北：廣文書局，1982）〈例言〉，頁2。
〔註2〕見鍾嶸著，曹旭集注《詩品集注》（上海：上海古籍出版社，1994）頁17～28。其序或云建安「彬彬之盛，大備於時」，或云「太康中，三張、二陸、兩潘、一左，……亦文章之中興也。」又云「元嘉中，有謝靈運，才高詞盛，富艷難蹤，固已含跨劉（劉琨）、郭（郭璞），凌轢潘（潘岳）、左（左思）。」因之總結云「故知陳思爲建安之傑，公幹、仲宣爲輔；陸機爲太康之英，安仁、景陽爲輔；謝客爲元嘉之雄，顏延年爲輔。斯皆五言之冠冕，文詞之命世也。」
〔註3〕見郁沅、張明高編選《魏晉南北朝文論選》（北京：人民文學出版社，1996），頁341。

綺，終致迂迴。宜登公宴，本非准的；而疏慢闡緩，膏肓
之病。典正可採，酷不入情。此體之源，出謝靈運而成也。
次則緝事比類，非對不發，博物可嘉，職成拘制。或全借
古語，用申今情，崎嶇牽引，直爲偶說；唯睹事例，頓失
精采。此則傅咸五經，應璩指事，雖不全似，可以類從。
次則發唱驚挺，操調險急，雕藻淫艷，傾炫心魂。亦猶五
色之有紅紫，八音之有鄭衛。斯鮑照之遺烈也。

蕭氏將梁代文學的三大主流－謝靈運、顏延之、鮑照的詩歌成就與弊
病，作一頗爲全面的介紹與評論，其中某些論點確能切中肯棨。關於
鮑照一體，王夢鷗先生於〈魏晉南北朝文學之發展〉〔註4〕中有更細
膩的論述：

稱爲「鮑照遺烈」的，這在修辭技巧的發展上，確又邁進
一步。這遺烈不僅籠罩齊梁作家的筆端；亦且遠及後代詩
人的心靈營構。鍾嶸對此有較詳的評騭，他說鮑照「源出
於二張，善製形狀寫物之詞，得景陽之諔詭，含茂先之靡
嫚。骨節強於謝混，驅邁疾於顏延。總四家而擅美，跨兩
代而孤出。然尚巧似，不避危仄，頗傷清雅之調。故言險
俗者，多以附照。」蕭子顯與鍾嶸同時，距鮑照生存年代
（西元405～466）僅數十年，所見眞切。倘以今存鮑照遺
文加以複按，除其模仿樂府歌詩者外，多用壓縮而成的語
彙與實字交替活用，如「淚竹感湘別，弄珠懷漢遊。」「棧
石星飯，結荷水宿。」的造句方法，使字面濃艷而語調緊
促。這樣一來，無異於把前人慣用的典語再加濃縮，作爲
新詞。如「慮涕擁心用，夜默發思機。」「華志分馳年，
韶顏慘驚節。」「馳霜急歸節，幽雲慘天容。」「旅雁方南
過，浮客未西歸。」「限生歸有窮，長意無已年。」「漲島
遠不測，岡澗近難分。」「適郢無東轅，還夏有西浮。」
等等，許多造語學著謝靈運，而大膽則又過之。揆其用心

────────────

〔註4〕文見王夢鷗《傳統文學論衡》（台北：時報出版公司，1994）頁156
～157。

固在避免使用古語爛詞，然此風增長之後，作家們既感前
世的作品太多，再三沿用便成熟爛，於是穿鑿取新，將古
語舊事改頭換面而出之，甚至更改其文法，如劉勰所已揭
穿的。不過這些創新性的畸辭新語，既出名家手筆，輾轉
摹習，久而成例。齊梁變體，強半是循這作風形成的。倘
就修辭方法而言，卻發見了「習玩爲理，事久則瀆。在乎
文章，彌患凡舊，若無新變，不能代雄。」的定律，作爲
文學發展之一動力，則這作風亦是出於踵事增華之必然的
結果。

王氏透過蕭子顯的評述並參酌鍾嶸說法，考證鮑照詩文，將其「修辭
新變」的詩歌特色提點出來，並以文學創作技巧演變發展的角度，肯
定鮑照詩的貢獻與影響，可謂精闢獨到。

　　然而鮑照詩歌的修辭技巧是否僅如王氏所述？答案當然是否定
的，畢竟該文乃在統論魏晉南北朝文學之發展，而非專論鮑照；本章
援引該文，旨在顯發鮑照詩歌在魏晉南北朝文學史上的地位及其修辭
特色；如欲深入探討鮑照個人的修辭技巧，則需透過現代修辭學理論
及詩歌聲調韻律方面的分析，如此才能獲得圓鑒卓照，例顯理明之效。

　　而「修辭」一詞在中國首見於《周易‧乾‧文言》：「子曰：修
辭立其誠。」〔註5〕修，修飾藻繪；辭，則兼指語辭和文辭。其他
對於修辭的言談，見於經籍者亦多，如《周易‧繫辭》：「子曰：其
旨遠，其辭文，其言曲而中。」〔註6〕《禮記‧表記》：「子曰：情
欲信，辭欲巧。」〔註7〕《論語‧衛靈公》：「子曰：辭，達而已矣！」
〔註8〕揚雄《法言‧吾子篇》亦云：「或曰：君子尚辭乎？曰：君子
事之爲尚。事勝辭則伉，辭勝事則賦，事辭稱則經。足言足容，德
之藻矣。」〔註9〕總括言之，兩漢以前言修辭者，大致以「立誠」、

〔註5〕見《周易十卷》（四部叢刊編經部），頁1。
〔註6〕同前註，頁50。
〔註7〕見孫希旦撰《禮記集解》（台北：文史哲出版社，1992），頁1318。
〔註8〕見錢穆《論語新解》下，頁559。
〔註9〕《百子全書》二（浙江：浙江人民出版社，1984）〈楊子法言〉，頁2。

「達意」、「求巧」爲主，骨架粗具而條理未明。

時至魏晉，由於文學理論的開展，文學價值的提昇，及文體分類的日益詳密，因之文學的創作亦日臻成熟，而文學的運用技巧也更形多樣。當時的文論家中，對修辭問題有較詳細探討的是陸機和劉勰。

陸機《文賦》〔註10〕中論修辭的原則：

> 選義按部，考辭就班，抱景者咸叩，懷響者畢彈。或因枝以振葉，或沿波而討源；或本隱以之顯，或求易而得難；或虎變而獸擾，或龍見而鳥瀾；或妥帖而易施，或岨峿而不安。罄澄心以凝思，眇眾慮而爲言；籠天地於形內，挫萬物於筆端。始躑躅於燥吻，終流離於濡翰。理扶質以立幹，文垂條而結繁。

並指出修辭不當造成的五種弊病〔註11〕，可視爲我國修辭理論的濫觴；而在修辭理論方面討論的更加周嚴詳密的則首推劉勰，《文心雕龍・總術篇》〔註12〕即特別強調修辭方法的重要：

> 夫不截盤根，無以驗利器；不剖突奧，無以辨通才。才之能通，必資曉術，自非圓鑒區域，大判條例，豈能控引情源，制勝文苑哉！是以執術馭篇，似善弈之窮數；棄術任心，如博塞之邀遇。故博塞之文，借巧儻來，雖前驅有功，而後援難繼，少既無以相接，多亦不知所刪，乃多少之並惑，何妍蚩之能制乎！若夫善弈之文，則術有恆數，按部整伍，以待情會，因時順機，動不失正。數逢其極，機入其巧，則義味騰躍而生，辭氣叢雜而至。視之則錦繪，聽之則絲簧，味之則甘腴，佩之則芬芳，斷章之功，於斯盛矣。
> 夫驥足雖駿，纆牽忌長，以萬分一累，且廢千里。況文體多術，共相彌綸，一物攜貳，莫不解體。所以列在一篇，

〔註10〕郁沅、張明高編選《魏晉南北朝文論選》（北京：人民文學出版社，1996），頁146。
〔註11〕同前註，頁148。即「清唱而靡應」、「應而不合」、「合而不悲」、「悲而不雅」、「雅而不艷」五種。
〔註12〕劉勰著，王師更生注《文心雕龍讀本》（下）（台北：文史哲出版社，1991），頁257～258。

　　　　備總情變，譬三十之輻，共成一轂，雖未足觀，亦鄙夫之
　　　　見也。

所以《文心雕龍》一書自卷六〈神思〉以下，而〈體性〉、而〈風骨〉、
而〈通變〉、而〈定勢〉……等，全部十九篇，誠如王師更生所言，
就像三十支條輻，緊密的結合成一個車轂，彼此難以割離，形成了一
套縝密的修辭理論架構；如〈鎔裁〉論增刪之道、〈附會〉析文章佈
局、〈章句〉言安章設句、〈物色〉闡描寫、〈夸飾〉述誇張、〈比興〉
之分析譬喻、象徵、〈隱秀〉則敘含蓄、秀雅之意趣，其他如〈麗辭〉、
〈事類〉莫不深入修辭技巧核心，而給予後代作家、及研究修辭方法
的學者莫大的啓迪，並建立了堅實的研究基礎。

　　從上述可知，修辭之學，由來久矣！而從古典理論到現代辭格的
發展，均有脈絡可尋，因此本文乃藉由現代修辭學的角度，針對鮑照
現存詩歌做一修辭技巧的探析，以揭示鮑照詩歌的修辭美，此外並從
聲韻、句型長短等變化來探析其聲律美。

第一節　修辭美

一、譬　喻

　　譬喻，亦稱比喻，是日常生活中最常用的一種修辭方法；比如以
牛喻愚笨、以龜步喻行動的遲緩，都能達到以易知說明難知，以具體
形容抽象的目的。亞里斯多德（Aristotle）於《修辭學》〔註13〕中標
舉修辭的三大原則：善用比喻、善用對比、要求生動。他並認爲：「世
間唯比喻大師最不易得；諸事皆可學，獨作比喻之事不可學，蓋此乃
天才之標誌也。」雖然擅用譬喻，使語言文辭妙趣橫生、具體親切，
可視爲「天才之標誌」，但「譬喻」的運用，畢竟有其原則可循，沈
師謙於《修辭學》〈上〉〔註14〕即歸納其原則有四：

〔註13〕亞里斯多德著，羅念生譯《修辭學》（北京：三聯書店，1991）。
〔註14〕沈師謙《修辭學》〈上〉（台北：國立空中大學，1991）頁2。

（一）譬喻的喻體與喻依在本質上必須迥異，不宜太相近。

（二）要以易知說明難知，以具體顯現抽象，以警策彰顯平淡。

（三）進而求其切合情境，要求神似。

（四）要求富於聯想，意蘊豐富。

如此條理分析，明白暢達，使我們對於「譬喻」這「不可學之事」有較深入的了解。

至於鮑照詩歌中，對於譬喻的運用更是不勝枚舉，且妙喻頗多，警策動人。如〈代白頭吟〉：

> 直如朱絲繩，清如玉壺冰。何慚宿昔意？猜恨坐相仍。人情賤恩舊，世議逐衰興，毫髮一爲瑕，丘山不可勝。食苗實碩鼠，玷白信蒼蠅。鳧鵠遠成美，薪芻前見陵。申黜褒女進，班去趙姬昇，周王日淪惑，漢帝益嗟稱。心賞猶難恃，貌恭豈易憑。古來共如此，非君獨撫膺。（三／156）

便是以朱絲繩譬喻個性耿直，以玉壺冰譬喻品格清高，且以「朱」字的赤誠之義，「壺」字的「飽滿」意象，兼融譬喻「才學豐贍」的義涵，如此的譬喻，以具象喻抽象，以淺近親切的事物比況深刻豐富的內涵，且意象豐盈，讀來賞心悅目，而九、十兩句分以「碩鼠」、「蒼蠅」比喻奸佞小人，與「朱絲繩」、「玉壺冰」對照比較，充滿了諷刺譏嘲意味。此外，劉坦之曰：「毫髮喻少，丘山喻多也。此殆明遠爲人所間，見棄於君，故借是題以喻所懷。」〔註15〕則全詩二十句，前十句中即有六句使用了譬喻手法，頻率相當高，且切合情境，警策具體，使人留下極深刻的印象。又如〈代東武吟〉：

> ……少壯辭家去，窮老還入門。腰鎌刈葵藿，倚杖牧雞豚。
> 昔如鞲上鷹，今似檻中猿。徒結千載恨，空負百年怨。……
> （三／159）

即以今、昔迥異的對比，來刻畫其心中的悲涼。昔者爲何？就像離開了皮革護臂，遨翔於空中的蒼鷹，自由自在，神姿英發；今者如何？

〔註15〕錢仲聯《鮑參軍集注》（台北：木鐸出版社，1982）頁158。

此刻如同一隻被囚禁在籠中的猿猴，身心拘束，痛苦難當；《淮南子》曰：「置猿檻中，則與豚同，非不巧捷也，無所肆其能也。」〔註16〕透過如此平易的譬喻與對比，便可清楚的了解到詩中主角滿懷的悲鬱了。

以上二詩是以譬喻法來彰顯主角的情性與心境，是以具體說明抽象，均屬譬喻中的「明喻」〔註17〕，而〈蒜山被始興王命作〉：「陂石類星懸，嶼木似煙浮」（五／260），在喻體與喻依本質迥異的原則下，以物象譬喻物象，使山石在「星懸」的比況下，顯現其高峻與奇詭；而在「煙浮」的比擬下，使遠方島嶼中的林木，更見其幽深與虛渺，此二句，以小見大，使蒜山的奇美躍現，而其所居的地理環境──居高臨水之，也躍然紙上。《元和郡縣志》：「蒜山在丹徒縣西，臨江壁絕。」〔註18〕由「星懸」、「煙浮」二句譬喻便使「臨江絕壁」的形象更顯具體了。

而〈紹古辭〉七首之二云：「離心壯為劇，飛念如懸旗，石席我不爽，德音君勿欺。」（六／349）更以「懸旗」飛動的意象，譬喻思念的焦急迫切與心情的翻騰不定；〈送從弟道秀別〉：「歲時多阻折，光景乏安怡。以此苦風情，日夜驚懸旗。」（五／296）同樣以「懸旗」為喻依，形容心情的忐忑不安，「驚」字更見鮑詩用字鍛鍊之工，然前例為明喻，後例為借喻，足見其表現手法之多變；而「石席」句，則是用典為喻，《詩經‧邶風‧柏舟》：「我心匪石，不可轉也；我心匪席，不可卷也。」〔註19〕即以石、席譬喻心志的堅定，鮑照取其典故的意象而用之於詩，更見其「新變」的意圖。

〔註16〕《淮南子》（台北：藝文印書館，1974）。

〔註17〕沈師謙於《修辭學》〈上〉，將譬喻分類為：（一）明喻──基本的構成方式是甲（喻體），像（喻詞）乙（喻依）。（二）隱喻──基本的構成方式是甲（喻體）是（喻詞）乙（喻依）。（三）略喻──基本的構成方式是甲（喻體）──乙（喻依）。（四）借喻──基本的構成方式是甲（喻體）被乙（喻依）所取代。喻體、喻詞省略，只剩下喻依。（五）博喻──基本的構成方式是一個喻體，多種喻依。

〔註18〕見錢仲聯《鮑參軍集注》，頁260。

〔註19〕裴普賢編著《詩經評註讀本》（台北：三民書局，1990），頁91。

此外〈在江陵歎年傷老〉:「節如驚灰異,零落就衰老。」(六/389)更將其歎年傷老的心情,以「驚灰異」三字神妙的表現出來,以死灰比況衰老頹喪之態,頗爲傳神,而「驚」字冠於「灰」上,更見其恐懼不安的心情,至於「異」字,則有時已異變,青春不在,即將零落衰老的今昔之嘆,簡單三字,實包含了具體的形象,豐盈的意涵,多元的聯想,足令人吟詠再三,回味無窮。

二、示 現

黃師永武在《字句鍛鍊法》中云:「以文字來刻畫形容,使讀者覺得『狀溢目前』,如身歷其境,親聞親見一般,這種修辭法,叫做『示現』。」〔註20〕沈師謙於《修辭學》中亦云:「示現指透過豐富的想像,運用形象化的語言,將某一項人、事、物描繪得神氣活現,狀溢目前,讓讀者感覺如身歷其境,親聞親見的修辭方法。」〔註21〕可見示現修辭的重點在於以形象化的語言,來刻畫形容外在事物,使讀者彷如身歷其境,親見親聞。

鮑照詩歌中即常使用「示現」的手法,鍾嶸《詩品・中》評鮑照曰:「善製形狀寫物之詞。……然貴尚巧似。」〔註22〕「善製」即謂鮑照善摹物狀,善寫物情。「巧似」自是言其過於追求寫景狀物的逼真。這雖是鮑詩的個人特色,但同時亦是當時文風新變的現象之一,劉勰《文心雕龍・明詩》即云:「宋初文詠,體有因革,莊老告退,而山水方滋,儷采百字之偶,爭價一句之奇,情必極貌以寫物,辭必窮力而追新,此近世之所競也。」〔註23〕可見這種追求形似之美,雕琢之麗,敷采之奇的表現方法,在當時的確是一股不可輕忽的風潮,而這種表現方法,在某種程度上也的確能符合「示現」修辭法狀溢目前的效果,以下即舉鮑詩爲例,加以說明。如〈苦雨〉詩云:

〔註20〕黃師永武《字句鍛鍊法》(台北:洪範書局,1989),頁4。
〔註21〕沈師謙《修辭學》(上),頁290。
〔註22〕鍾嶸著,曹旭集注《詩品集注》,頁292。
〔註23〕劉勰著,王師更生注《文心雕龍讀本》(上),頁85。

連陰積澆灌，滂沱下霖亂。沈雲日夕昏，驟雨淫朝旦。蹊濘
走獸稀，林寒鳥飛晏。密霧冥下溪，聚雲屯高岸。野雀
無所依，群雞聚空館。……（六／396）

通篇以實筆摹寫雨境，「澆灌」、「霖亂」狀雨態，「日夕昏」、「淫朝旦」
表雨時，「蹊濘」至「聚雲」四句則將雨中的景緻整體呈現，讀者至
此已被其文字渲染的一股「雨氣」所籠罩，然而這仍是遠眺的雨景；
至「野雀無所依，群雞聚空館」二句，則將鏡頭收縮成一特寫，將滂
沱雨勢、長時淫雨下的鳥雀、群雞收攝入鏡，「無所依」、「聚空館」
更是寫情圖貌，歷歷目前，畫龍點睛似的切中「苦」字，這樣的示現
手法，不僅得其形似，更能融情入景，細膩可感，王壬秋即評曰：「『群
雞』句，苦雨實景，非老筆不能寫。」〔註24〕所論甚是。

又如〈秋夜〉二首之二，以「荒徑馳野鼠，空庭聚山雀」（六／
402）二句，將「遁跡避紛喧，貨農棲寂寞」（六／402），隱逸避世，
躬耕爲農的鄉村景緻，靈動的表現出來，而其中又隱含了無盡的寂寞
幽悲。其他如〈擬古〉八首之四，以「街衢積凍草，城郭宿寒煙」，
描寫繁華不再、宮闕崩塡的荒城；〈擬行路難〉十八首之十四，以「對
案不能食，拔劍擊柱長嘆息」二句，以「拔」、「擊」、「嘆」等動詞，
將一個怒髮指冠，悲憤塡膺的壯士形象，生動的呈現在讀者眼前，讀
來令人感到生氣湧動，十分傳神。

三、映　襯

沈師謙於《修辭學》〈上〉云：「在語文中，將兩種不同的，特別
是相反的觀念或事實，對立比較，從而使語氣增強，意義顯明的修辭
方法，是爲『映襯』。」〔註25〕

如〈代貧賤苦愁行〉：「貧年忘日時，黯顏就人惜，俄頃不相酬，
恧怩面已赤。或以一金恨，便成百年隙。心爲千條計，事未見一獲。」

〔註24〕錢仲聯《鮑參軍集注》，頁397。
〔註25〕沈師謙《修辭學》〈上〉，頁119。

（四／200）即以「一金」微細之事與「百年」對襯，以「千條計」的凡事處心積慮與「事未見一獲」的一事無成對襯，其間的落差極大，因之對比的程度也更加強烈，使讀者對於詩中主角貧賤苦愁的印象更爲深刻。

又如〈擬行路難〉十八首之七云：「中有一鳥名杜鵑，言是古時蜀帝魂。聲音哀苦鳴不息，羽毛憔悴似人髠。飛走樹間逐蟲蟻，豈憶往日天子尊？……」（四／233）即是以羽毛憔悴，飛逐蟲蟻的杜鵑與尊貴的天子對比，既有今昔之比，又有卑賤與崇高的對襯，使讀者對於結尾所云：「念此死生變化非常理，中心愴惻不能言」，那份抽象且隱而不發的悲鬱，因對襯的手法達到了不言而喻的效果了。

此外亦有通篇採映襯手法表現的，如〈擬行路難〉十八首之九：

> 剉蘗染黃絲，黃絲歷亂不可治。我昔與君始相值，爾時自謂可君意，結帶與君言，死生好惡不相置。今日見我顏色衰，意中索寞與先異，還君金釵瑇瑁簪，不忍見之益愁思。

（五／235）

全詩以昔日的恩愛盟誓對比今日的心意索然冷漠，將一個秋扇見捐的女子，從今、昔兩種不同的角度加以分別敘述，將其悲涼酸楚的心情表現得婉曲深刻，而那份落寞愁思就在這生動的「雙襯」〔註26〕形式中，渲染滿紙了。

又如〈夢還鄉〉：

> 銜淚出郭門，撫劍無人逮，沙風暗空起，離心眷鄉畿。夜

〔註26〕「映襯」在現代修辭專著中，有多種不同的分法：陳望道《修辭學發展》分爲「反映」與「對襯」，黃師永武《字句鍛鍊法》則名之爲「襯映」，分爲「反襯」、「正襯」兩種，王希杰《漢語修辭學》、黃民裕《辭格匯編》則取名「對比」，分爲「一物相反的兩個方面的對比」、「兩個相反事物的對比」，黎運漢、張維耿《現代漢語修辭學》則名爲「襯托」，分爲「正襯」、「反襯」、「旁襯」三類。沈師謙則依黃慶萱《修辭學》之分類，分爲「對襯」、「雙襯」、「反襯」三種。「雙襯」即針對同一個人或同一件事物，從兩種不同的觀點予以形容描寫，著眼點迥異，結果適成其反，此說見沈師謙《修辭學》〈上〉，頁118。

分就孤枕，夢想暫言歸。孀婦當戶嘆，繅絲復鳴機，慊款
論久別，相將還綺闈。歷歷簷下涼，朧朧帳裏暉，刈蘭爭
芬芳，採菊競葳蕤，開奩奪香蘇，探袖解縹徽。夢中長路
近，覺後大江違。驚起空歎息，恍惚神魂飛。白水漫浩浩，
高山壯巍巍，波瀾異往復，風霜改榮衰，此土非吾土，慷
慨當告誰。（六／384）

全篇以虛（夢境）實（含今昔實境）的對襯手法，將其極度思鄉以至
日有所思，夜有所夢的愁緒，細膩的表現出來。更妙的是，自「孀婦
當戶嘆」至「探袖解縹徽」十句，以極細之筆寫虛境，使虛境歷歷在
目，是極為高明的「懸想示現」手法，而「銜淚出郭門，撫劍無人逮」
及「白水漫浩浩，高山壯巍巍」，反以較為概括的景物摹寫帶過，因
之全篇除以虛（夢）實（覺）對襯增強感染力之外，更在章句分配上
突出夢境，以切〈夢還鄉〉之詩題；而「夢中長路近，覺後大江違」
二句，更是濃縮全詩對襯手法而成的警句，就如前引王夢鷗先生所說
的「多用壓縮而成的語彙與實字交替活用」，使得夢中親近而覺後變
遠的情感衝突，產生了與漢‧蔡邕在〈飲馬長城窟行〉「青青河畔草，
綿綿思遠道，遠道不可思，夙昔夢見之，夢見在我傍，忽覺在他鄉」
〔註27〕的層遞頂針手法全然異趣的風格韻味。

四、象　徵

　　黃慶萱《修辭學》〔註28〕云：

　　　　任何一種抽象的觀念、情感與看不見的事物，不直接予以
　　　　指明，而由於理性的關聯、社會的約定，從而透過某種意
　　　　象的媒介，間接予以陳述的表達方式，我們名之為「象徵」。

將「象徵」的意含闡釋得十分明白扼要。沈師謙於《修辭學》〈上〉，
更進一步釐清「象徵」與「譬喻」的區別〔註29〕：

〔註27〕逯欽立輯校《先秦漢魏晉南北朝詩》〈上〉（台北：木鐸出版社，1988），
　　　　頁 192。
〔註28〕黃慶萱《修辭學》（台北：三民書局，1997），頁 337。
〔註29〕沈師謙《修辭學》〈上〉，頁 308。

題材上譬喻往往針對章句，象徵常牽涉到整篇；表達上譬喻較明確，象徵較曖昧；結構上譬喻可轉換成明喻的標準形式，象徵另有意象，不能轉換；意象上喻體與喻依各自獨立，象徵卻與意象結合為一。

雖然象徵是否確為一種修辭方法，各家仍有不同的意見〔註30〕，但就古今許多詩文傑作而言，卻不乏「象徵」的佳例，如孟郊〈遊子吟〉〔註31〕：

慈母手中線，遊子身上衣。臨行密密縫，意恐遲遲歸。誰言寸草心，報得三春暉。

即以「春暉」分作三層象徵母愛的慈祥溫馨，無微不至；無所偏私，不分軒輊；純粹付出，不求回報〔註32〕。而近代散文名家朱自清〈背影〉更以朱紅色的橘子象徵父愛，幾乎成為一個家喻戶曉的「特定象徵」〔註33〕。

鮑照現存詩作中，亦不乏「象徵」的佳例，如〈學劉公幹體〉五首之二：

曈曈寒野霧，蒼蒼陰山柏，樹迴霧縈集，山寒野風急。歲物盡淪傷，孤貞為誰立？賴樹自能貞，不計跡幽澀。（六／359）

即以陰山「柏」象徵孤貞自立，不計幽澀的耿直之士，鮑照此詩乃擬

〔註30〕如陳望道《修辭學發凡》、傅隸樸《中文修辭學》、黃永武《字句鍛鍊法》、黎運漢、張維耿《現代漢語修辭學》、路燈照、成九田《古詩文修辭例話》、董季棠《修辭析論》、李小岑《現代英文修辭學》等，即未將「象徵」列入，顯然不將「象徵」視為一種修辭方法。其說見沈師謙《修辭學》〈上〉，頁313。

〔註31〕邱燮友、李建崑校注《孟郊詩集校注》（台北：新文豐出版社，1997），頁14。

〔註32〕其說詳見沈師謙《修辭學》〈上〉，頁323。

〔註33〕象徵可分為：一、普遍的象徵：放諸四海皆準，可以獨立存在，不受上下文限制。如以國旗象徵國家；二、特定的象徵：即受作品上下文控制的象徵，在作者的刻意設計安排下，在一定的場景與氣氛中，某項事物含蘊特殊的象徵意義。其說詳見沈師謙《修辭學》〈上〉，頁308。

劉楨〈贈從弟〉三首之二〔註34〕：

　　亭亭山上松，瑟瑟谷中風。風聲一何盛？松枝一何勁，冰
　　霜正慘悽，終歲常端正。豈不罹凝寒，松柏有本性。

劉楨詩亦是以松柏象徵端正，不畏冰霜，並以此勉勵從弟，要效法松
柏的精神執持本性，不要因外在惡劣環境，而爲之折腰、畏縮。可見
松柏後凋的質性，由於理性的關連，社會的約定，的確已成爲中國人
心中一個普遍的象徵——堅韌耿直、不畏艱難的象徵。

　　鮑照另有一名篇〈梅花落〉：

　　中庭雜樹多，偏爲梅咨嗟。問君何獨然？念其霜中能作花，
　　露中能作實。搖蕩春風媚春日，念爾零落逐寒風，徒有霜
　　華無霜質。（五／245）

便是以梅花「霜中能作花，露中能作實」的特質，象徵位卑志高、孤
直不屈之士；相對的，那些「搖蕩春風媚春日」的中庭雜樹，當寒冬
來臨，霜冷風冽時，便逐一零落凋謝，活脫是與時俯仰、毫無節操的
小人的象徵。而梅花這種孤高的氣節，便在雜樹的反襯下，更顯突出
而令人讚賞了。

五、夸　飾

　　夸飾是一種很常見的修辭方法，劉勰《文心雕龍·夸飾》云：「自
天地以降，豫入聲貌；文辭所被，誇飾恆存。雖詩、書雅言，風俗訓
世，事必宜廣，文亦過焉。」〔註35〕說明夸飾除了運用廣泛外，更是
一種由來已久的修辭方法；劉勰並舉例云：「是以言峻則嵩高極天，
論狹則河不容舠，說多則子孫千億，稱少則民靡孑遺；襄陵舉滔天之
目，倒戈立漂杵之論；辭雖已甚，其義無害也。」〔註36〕正面肯定夸
飾的意義與價值，並引述孟子的「說詩者不以文害辭，不以辭害意」

〔註34〕見逯欽立輯校《先秦漢魏晉南北朝詩》〈上〉，頁371。
〔註35〕劉勰著，王師更生注釋《文心雕龍讀本》〈下〉（台北：文史哲出版
　　　　社，1991），頁156。
〔註36〕同前註，頁157。

〔註37〕，強調讀者要掌握全篇意旨，而非拘泥於字面的詞義，如此方不致誤會詩的含義與作者的精神。

黎運漢、張維耿《現代漢語修辭學》〔註38〕亦云：

把客觀事物或現象加以誇大、縮小，以增強語言表達效果的修辭方式叫做誇張。誇張也叫鋪張、誇飾、甚言、倍寫、激昂之語等，是文學創作常用的手法。

沈師謙則於《修辭學》〈上〉〔註39〕分析曰：

誇飾的產生因素：1、主觀上由於作者想語出驚人。2、客觀上由於讀者的好奇心理。

誇飾之種類，依題材對象約有五種：1、空間的誇飾，2、時間的誇飾，3、物象的誇飾，4、人情的誇飾，5、數量的誇飾。依表達方式分放大與縮小兩種。

可見誇飾這種修辭手法運用對象繁多而表達方式巧妙，鮑詩運用誇飾手法者如〈代貧賤苦愁行〉：「親友四面絕，朋知斷三益。」（四／200）以「四面絕」、「斷三益」極寫親朋好友的冷淡、疏離，將世間人情的勢利、刻薄，鮮明突出的表現出來，此例屬「人情的誇飾」。又如〈登廬山望石門〉：「高岑隔半天，長崖斷千里，氛霧承星辰，潭壑洞江汜。」（五／265）連續用「隔半天」誇飾山勢之高峻雄偉，「斷千里」鋪張絕壁的氣勢宏闊，再以「承星辰」倍寫渺浩瀰漫於群山萬峰的雲霧，都是「物象的誇飾」，雖然文字呈現之景遠超過客觀事實，但「辭雖已甚，其義無害」，反倒有狀溢目前，加深印象的效果。

至於「空間的誇飾」，如〈贈傅都曹別〉：「輕鴻戲江潭，孤雁集洲汜，邂逅兩相親，傷念共無已。風雨好東西，一隔頓萬里。」（五／297）以輕鴻、孤雁譬喻自己與友人邂逅、相親於江潭洲汜，然而

〔註37〕同前註。

〔註38〕黎運漢、張維耿《現代漢語修辭學》（台北：書林出版公司，1994），頁119。

〔註39〕沈師謙著《修辭學》〈上〉，頁164。

終究因無情風雨的促迫，刹那間便相隔萬里之遙。「一隔」與「萬里」
對比，加強心境上矛盾衝突的張力，而「萬里」極言空間的隔絕、遙
遠，而彼此卑微如輕鴻、孤雁，如何超越這風雨阻絕的萬里之隔呢？
此外，「頓」字用來絕妙，產生一種突然的、不知所措的，對於人生
中的悲歡離合，往往自身無從主宰的悲慨！

　　又如〈代苦熱行〉云：「丹蛇踰百尺，玄蜂盈十圍，含沙射流影，
吹蠱病行暉，鄣氣晝重體，菵露夜沾衣，飢猿莫下食，晨禽不敢飛。」
（三／185）更是極力夸張南方苦熱毒涇之地的情景。而以「踰百尺」
夸張丹蛇之長，「盈十圍」膨脹玄蜂之大，更是夸飾修辭手法的佳例。

　　而〈擬行路難〉十八首之十三：「流浪漸冉經三齡，忽有白髮素
髭生。今暮臨水拔已盡，明日對鏡復已盈。」（四／239）及十八首之
十六：「年去年來自如削，白髮零落不勝冠。」（四／242）因一「削」
字，夸飾落髮如削，用以表現人生易老的情境，道前人所未道；李白
〈秋浦歌〉：「白髮三千丈，緣愁似箇長」和杜甫〈春望〉：「白頭搔更
短，渾欲不勝簪」的詩句，與此頗有異曲同工之妙。

　　此外〈代挽歌〉：「彭韓及廉藺，疇昔已成灰。壯士皆死盡，餘人
安在哉！」（三／142）詩中以彭越、韓信、廉頗、藺相如借代所有的
「壯士」，然而此四人雖皆早已亡逝，但與鮑照同時代的人難道無一
可稱爲壯士嗎？「死盡」兩字雖誇張了現實面，但亦因此二字而加強
了讀者對鮑照內心悲憤的共鳴。正所謂「談歡則字與笑並，論感則聲
共泣偕」〔註40〕，而書憤則詞並氣張矣！

六、設　問

　　「設問」跟一般的疑問句不同，一般的疑問句屬於內心確有疑問
的「普通問句」，因此「設問」應屬只是爲了增強表達效果而故意自
問自答；或問而不答，以問句表達確定意識，而答案已明顯表現在問
題反面的刻意安排者而言。沈師謙將「自問自答」者名爲「提問」、「問

〔註40〕劉勰著，王師更生注《文心雕龍讀本》〈下〉，頁156。

而不答」者名爲「激問」，並認爲「設問可用在篇首以提示全篇主旨，用於結尾以增進文章餘韻，也可連續設問以製造文章氣勢。」〔註41〕分析甚爲詳密。

如〈代放歌行〉：

> 蓼蟲避葵菫，習苦不言非。小人自齷齪，安知曠士懷？雞鳴洛城裏，禁門平旦開。冠蓋縱橫至，車騎四方來。素帶曳長飆，華纓結遠埃。日中安能止？鐘鳴猶未歸。夷世不可逢，賢君信愛才。明慮自天斷，不受外嫌猜。一言分珪爵，片善辭草萊。豈伊白璧賜，將起黃金臺。今君有何疾，臨路獨遲徊？（三／146）

詩中使用三個「設問」，第一個設問句「小人自齷齪，安知曠士懷」屬「激問」，安排在起興二句之後，亦有提示全篇主題的作用，明確的表達了小人與曠士心志的差異。「日中安能止？鐘鳴猶未歸。」屬「提問」；而「今君有何疾，臨路獨徘徊？」這個「激問」用於結尾，更使文章餘韻幽遠，耐人尋味。

方植之曰：「此詩極言富貴，斥譏蓼蟲，蓋憤懣反言，故曰放歌。」王壬秋曰：「起四句直說，有倜儻恢奇之勢。末無答語，竟住，所以妙。」〔註42〕方、王二氏之語，皆能觸及本詩運用「設問」修辭格所產生的效果，評論精當。又如〈擬行路難〉十八首之六：

> 對案不能食，拔劍擊柱長嘆息。丈夫生世會幾時？安能蹀躞垂羽翼？棄置罷官去，還家自休息。朝出與親辭，暮還在親側。弄兒床前戲，看婦機中織。自古聖賢盡貧賤，何況我輩孤且直！（四／231）

三、四句連用兩個「設問」，且均爲語勢強勁的「激問」，這種刻意設計的「明知故問」，使本詩讀來波瀾起伏，迭宕有力！畢竟人生難得，天生我才必有用，豈可俯仰隨人的道理有誰不明白呢？但鮑照以「激問」表達確定的人生態度，讀來更令人振奮！令人更加肯定鮑照這種

〔註41〕沈師謙《修辭學》〈上〉，頁368。
〔註42〕錢仲聯集注《鮑參軍集注》（台北：木鐸出版社，1982），頁150。

不向宿命低頭，誓志要實踐自我、完成自我的大氣魄！這樣堅定卓決的心志，設若鮑照改以直陳舖述之語表達，勢必顯得老生常談，淡而無味，非僅令人生厭，更別說產生如此警醒的效果了！

　　此外〈擬行路難〉十八首之十一，幾乎通篇以「設問」手法表達，讀來迭宕生姿，頓挫抑揚；且看：

> 君不見枯蘀走階庭，何時復青著故莖？君不見亡靈蒙享
> 祀，何時傾杯竭壺罌？君當見此起憂思，寧及得與時人爭。
> 人生倏忽如絕電，華年盛德幾時見？但令縱意存高尚，旨
> 酒嘉肴相胥讌。持此從朝竟夕暮，差得亡憂消愁怖。胡為
> 惆悵不能已？難盡此曲令君忤。（四／237）

篇首四句，即連用二「激問」，發唱驚挺，起勢奇崛，真有傾炫心魂，遒勁驅邁的藝術美感，而且「枯蘀」、「故莖」、「亡靈」、「傾杯」等意象疊出，令人目不暇給，再透過「激問」形式表達，使人死不得復生，亡靈無所依託、魂魄渺茫難存的哲理，生動躍然，形象具體。接著「人生倏忽如絕電，華年盛德幾時見？」二句互為因果，因青春年華轉眼即逝，而使人感到「人生倏忽如絕電」，又因時光流逝，美好的事物總難長存，而令人有「幾時見？」的遺憾，難道這些美好的事物從不存在嗎？不是的，只因瞬如木槿，朝花暮落，而使人產生奄冉迫促之感，甚而倏如絕電，令人質疑起它是否存在過？最後「胡為惆悵不能已？難盡此曲令君忤。」則以「提問」作結，先自問為什麼惆悵愁怖之情難以遏止？就全詩而言，應是對於時光流逝、華年盛德不復的悲嘆之故，但鮑照卻答曰：「難盡此曲令君忤。」可謂婉曲有致，留下無限聯想的空間，也保留了為何惆悵不能已的答案，讓讀者反覆尋思、自問自答了！

七、用　典

　　詩歌是語義密度最高的一種文學形式，它往往以最少的文字，表達十分豐富的意象和思想，而這種精煉的語言特性，除了作者本身應具才情及高超的文字駕御能力外；引用前人的言論，眾所周知的成

語、典故、格言，甚至諺語、寓言、史事等，皆能達到以簡御繁、增強說理、別致有趣的效用。

　　高莉芬先生於〈元嘉詩人用典繁盛原因之省察〉〔註43〕一文中云：

> 元嘉時期代表詩人顏延之、謝靈運、鮑照合稱元嘉三大家。此三人之詩風顯然「不相祖述」、「乃各擅奇」（《南齊書·文學傳論》），但在不同程度上，皆有喜好隸事用典之共同特徵，而此亦爲元嘉詩壇之主要特色。

雖然鍾嶸對於這一形同書抄的風氣，頗有微詞，如《詩品·中·序》〔註44〕云：

> 顏延、謝莊，尤爲繁密，於時化之。故大明、泰始中，文章殆同書抄。近任昉、王元長等，詞不貴奇，競須新事。爾來作者，寖以成俗。遂乃句無虛語，語無虛字，拘攣補納，蠹文已甚。

即提出過度用典造成「拘攣補納，蠹文已甚」的弊病。張戒《歲寒堂詩話》云：「詩以用事爲博，始於顏光祿。」〔註45〕而《詩品·中》「宋光祿大夫顏延之詩」條下云：「又喜用古事，彌見拘束。雖乖秀逸，因是經論文雅，才減若人，則陷於困躓矣。」〔註46〕又「梁太常任昉詩」條下云：「任昉既博學，動輒用事，所以詩不得奇。」〔註47〕都一一指陳動輒用典的毛病；但誠如高莉芬先生所云：「若以文學技巧而言，劉宋元嘉時期之用典，與齊梁『永明體』之聲律，同樣對詩歌語言技巧之成熟，做出了貢獻並產生很大的影響。」〔註48〕《文心雕龍·事類篇》〔註49〕即論曰：

〔註43〕高莉芬著〈元嘉詩人用典繁盛原因之省察〉（國立新竹師範學院語文教育系《語文學報》第一期，1974 年 6 月），頁 82。
〔註44〕鍾嶸著，曹旭集注《詩品集注》，頁 180～181。
〔註45〕見丁福保輯《歷代詩話續編》（上），（台北：木鐸出版社，1988），頁 452。
〔註46〕鍾嶸著，曹旭集注《詩品集注》，頁 270。
〔註47〕同前註44，頁 316。
〔註48〕高莉芬著〈元嘉詩人用典繁盛原因之省察〉，頁 82。
〔註49〕劉勰著，王師更生注《文心雕龍讀本》〈下〉，頁 168。

> 事類者，蓋文章之外，據事以類義，援古以證今者也。昔
> 文王繇易，剖判爻位，既濟九三，遠引高宗之伐；明夷六
> 五，近書箕子之貞；其略舉人事，以徵義者也。至若胤征
> 義和，陳政典之訓；盤庚誥民，敘遲任之言；此全引成辭，
> 以明理者也。然則明理引乎成辭，徵義舉乎人事，迺聖賢
> 之鴻謨，經籍之通矩也。

可見用典這一修飾文辭的手法，的確能充實作品的內涵，如同王師更
生於《文心雕龍・事類》解題所云：「所以從事文學創作，想要課虛
無以責有，叩寂寞而求音，非取資於事類不可。是以古人寫作，於此
無不再三留意。」〔註50〕

　　鮑詩用典如〈代蒿里行〉：「人生良自劇，天道與何人？」（三／
140）錢仲聯先生即認爲：「此又本《老子》『天道無親，常與善人』
語而反用之。」〔註51〕此既非劉勰所謂「略舉人事以徵義」，又異於
「全引成辭以明理」，而是略引成辭，反用其義的「引用」修辭法，
甚具鮑詩好奇尚變的特色。而〈贈故人馬子喬〉六首之六：

> 雙劍將離別，先在匣中鳴，煙雨交將夕，從此遂分形。雌
> 沈吳江裏，雄飛入楚城，吳江深無底，楚關有崇扃。一爲
> 天地別，豈直限幽明。神物終不隔，千祀儻還幷。（五／282）

單從文字理解，僅是以「雙劍」象徵與馬子喬深厚的友情，然而，本
詩實際上便是「略舉人事以徵義」的佳例，全詩的結構與寓意，必須
從典故本身來理解，方能得其深意，《晉書・張華傳》〔註52〕云：

> 斗牛之間，常有紫氣。豫章人雷煥，妙達緯象，以爲寶劍
> 之精上徹于天。華即補煥爲豐城令。煥到縣，掘獄屋基，
> 入地四丈餘，得一石函，中有雙劍，並刻題，一曰龍泉，
> 一曰太阿。送一劍與華，一劍自佩。華報煥書曰：「詳觀劍
> 文，乃干將也。莫邪何復不至？雖然，天生神物，終當合
> 耳。」華誅，失劍所在。煥卒，子華爲州從事，持行經延

〔註50〕同前註49，頁167。
〔註51〕錢仲聯集注《鮑參軍集注》，頁141。
〔註52〕《晉書》（台北：鼎文書局，1975），頁1075～1076。

平津，劍忽於腰間躍出墮水。使人沒水取之，不見劍，但
見兩龍，各長數丈，蟠縈有文章。沒者懼而反，于是失劍。

經過對典故本身的了解後，我們才能進一步體會鮑照所謂「神物終不
隔，千祀儻還并」的信心；而以「龍泉」、「太阿」這兩把名劍譬喻馬
子喬和自己，更能顯示鮑照自視之高及對朋友的期許之深了。

又如〈秋夜〉二首之二：

遁跡避紛喧，貨農棲寂寞，荒徑馳野鼠，空庭聚山雀，既
遠人世歡，還賴泉卉樂，折柳樊場圃，貞綖汲潭塋。霽旦
見雲峰，風夜聞海鶴，江介早寒來，白露先秋落，麻壟方
結葉，瓜田已掃蕩。傾暉忽西下，迴景思華幕，攀蘿席中
軒，臨觴不能酌。終古自多恨，幽悲共淪鑠。

其中「傾暉忽西下，迴景思華幕」即屬用典；錢仲聯先生於本詩注曰
〔註53〕：

張華文：「華幕弗陳。」〔補注〕方植之曰：「孫興公〈遂
初賦序〉曰：『少慕老莊，仰其風流，乃經始東山，建五
畝之宅。帶長阜，倚茂林，孰與坐華幕，擊鐘鼓者同年而
語其樂哉。』『華幕』用此，意甚親切。」注引張華，何
與也？乃信讀古人詩不從其本事，則不能逆其志，豈淺學
所及哉？

經由〔補注〕所示，「華幕」二字寓意深矣！故錢氏云：「注引張華，
何與也？」即指原注張華文：「華幕弗陳。」與鮑詩無干，注有何用？
而由補注〈遂初賦序〉可知其所以「臨觴不能酌」者，一在於積極
入世，難免坎壈多折，二在於遁跡棲隱，卻又寂寞少歡；此又是遁
世隱跡者心中難掩的矛盾情結，故本詩結語云：「終古自多恨，幽悲
共淪鑠。」錢氏所云：「乃信讀古人詩不從其本事，則不能逆其志，
豈淺學所及哉？」這觀念用於解讀用典的詩歌而言；真是值得深思、
留意。

〔註53〕錢仲聯集注《鮑參軍集注》，頁404。

八、轉　化

王國維《人間詞話》〔註54〕云：

> 有有我之境，有無我之境。「淚眼問花花不語，亂紅飛過秋
> 千去。」「可堪孤館閉春寒，杜鵑聲裏斜陽暮。」有我之境
> 也。……有我之境，以我觀物，故物皆著我之色彩。

王國維在此所舉之例，前例是馮延巳的〈蝶戀花〉，後例是秦觀的〈踏
莎行〉。「花不淚」，由於馮延巳早已滿腹心酸，滿臉淚痕，悲傷的含
淚問花，卻因移情作用，覺得連花也悲鬱無言；而秦觀〈踏莎行〉，
則因被謫柳州，流寓落寞，暮色中聞杜鵑哀鳴，似乎聲聲催他歸去。
馮、秦二氏以我觀物，觸物所及，似皆染上創作者主觀色彩，而其中
「花」、「杜鵑」更是明確的擬人化，如此才能表達感人的眞情。而這
種技巧，即是「轉化」的修辭手法。

沈師謙《修辭學》〈中〉〔註55〕云：

> 描述一件事物時，轉變其原來性質，化成另一種本質截然
> 不同的事物，予以形容敘述的修辭方法，是爲「轉化」。轉
> 化，又稱「比擬」。主要有兩大類：
> 一、擬人：描寫一件東西，把東西比作人，投射了人的感
> 　　　　　情與特性。依題材可分：1. 有生物的擬人。2. 無
> 　　　　　生物的擬人。3. 抽象的擬人。
> 二、擬物：描寫一個人，把人比作東西，投射了外物的特
> 　　　　　質。依題材可分：1. 擬有生物。2. 擬無生物。
> 　　　　　除了常見的擬人爲物外，另有：1. 以物擬物。
> 　　　　　2. 以抽象概念擬物。

鮑照〈和傅大農與僚故別〉詩云：「絕節無緩響，傷雁有哀音。」（五
／299）「傷雁」爲有生物的擬人，「哀音」是無生物的擬人，然而不
論雁或音，皆因作者別離傷情的投射而染上了感情的色彩。又如〈與
荀中書別〉：「勞舟厭長浪，疲旆倦行風。」更因作者久經流離，歷嘗

〔註54〕王國維《人間詞話》（台北：金楓出版社，1991），頁 1～2。
〔註55〕沈師謙著《修辭學》〈中〉，頁 2。

人間的悲歡離合，在心志情感極度疲乏的狀況下，居然連舟船旗旆也爲之勞頓、疲乏，這也是因作者情感轉化的結果，而透過這種移情作用，使作者的情緒藉由勞舟疲旆的意象表現，及長浪行風的烘托，更令人有蒼涼悲鬱之感。

而在「擬物」的修辭手法上，如〈擬行路難〉十八首之六：「丈夫生世會幾時？安能蹀躞垂羽翼？」（四／231）「蹀躞」即行走貌，以飛禽無法高翔，斂羽頹行，來描寫一個人的鬱鬱不得志，可謂傳神寫照，極態盡妍，將抽象的「不得志」具體而形象化的表現出來。

又如〈擬古〉八首之八：「石以堅爲性，君勿輕素誠。」（六／346）即是將人的感情與特性投射到石頭上，否則石頭怎麼會有個性呢？然而經過這樣的「轉化」，讀來卻更顯生動深刻，而且情趣盎然。

九、對　偶

對偶是中國古典詩歌藝術中，極爲突出而獨特的文學表現方法。雖然格式嚴謹的律詩至唐代才完成，不過律詩在中間兩聯用對偶句式，則是經過很長一段時間才確立的，六朝期間，很多詩人對此皆有所嘗試，而鮑照詩中使用對偶句子的情形更是常見。

如〈採桑〉：「早蒲時結陰，晚篁初解籜。藹藹霧滿閨，融融景盈幕。」（三／137）第一聯「早」與「晚」對，同爲時間詞，「時」作及時解，與同爲副詞的「初」相對，「結陰」與「解籜」相對。次聯則以「藹藹」與「融融」二個疊字形容詞相對，「霧滿閨」則與「景盈閣」相對，四句寫景，兩兩相對，形成極爲細緻工巧的兩聯對句。

又如〈代白頭吟〉：「食苗實碩鼠，玷白信蒼蠅。鳧鵠遠成美，薪芻見前陵。」（三／156）這四句的特色，在於熔用典與對偶兩種修辭藝術於一爐，對仗工巧而且意義深遠，非以追求字句的對偶爲滿足，第一句本《詩經・魏風・碩鼠》，第二句本《詩經・小雅・青蠅》，第三句則用《韓詩外傳・卷二》，田饒事魯哀公而不見察，舉雞有五德而棄之，黃鵠無一德行，卻因其所從來者遠而貴之，以譏評魯哀公的

「貴遠賤近，向聲背實」；第四句則用《史記・汲黯傳》：「陛下用群臣如積薪耳，後來者居上。」用典切題，寓意深遠，且字面對仗亦極工整。

　　其他如〈代東武吟〉之「腰鐮刈葵藿，倚杖牧雞豚。昔如韝上鷹，今似檻中猿。」（三／159）亦為用典、對偶的合璧；而〈代出自薊北門行〉：「雁行緣石徑，魚貫度飛梁。簫鼓流漢思，旌甲被胡霜。」（三／165）前二句描寫軍隊佈陣嚴整，行軍井然有序的氣象；後二句則描寫士卒思鄉之情與生活的苦況。唐海濤〈鮑照詩中的對偶句〉〔註56〕一文分析曰：

> 「雁行」，「魚貫」都是行軍陣勢之名，「緣石徑」、「度飛梁」則極言地勢之險與跋涉之難；而「魚」「雁」恰又是書信之代稱，於是在「軍旅」與「家園」之間造成一種意義對立的緊張。接下去「簫鼓」是軍中馬上之樂，本以雄壯為基調，但此時流露的卻是「漢土之思」，其原因則是遠征朔方，以致「旌旗鎧甲」都蓋滿了「胡地嚴霜」。句中用「流」字（主動地由我而發）及「被」用（被動地加之於我）也帶有象徵意義。

分析極為詳審精當。

第二節　聲律美

　　中國古典詩歌之美，除了傳統「溫柔敦厚」的詩教及上述的修辭美之外，向以其獨特的詩歌格律，受到世人的珍視與吟誦。然而一般人談到詩歌聲律美，大抵以平仄格律為依歸，黃師永武於《中國詩學——設計篇》即云：「單談平仄抑揚，都還是皮相之見。詩的音響（即聲律）固然超不出疾徐的旋律、和諧的韻腳、以及字義與音響相互諧合的關係等方面。但音響的積極意義，應不啻是局限於悅耳動聽的單

〔註56〕唐海濤〈鮑照詩中的對偶句〉（《中華文化復興月刊》第二十一卷，第三期），頁74～75。

調效果，還須顧及字義、顧及物狀、顧及人情，大凡詩歌中最成功的音節，能促使文字的音與義密切連結起來，令音響與興會歸於一致，聲由情出，情在聲中，聲情哀樂，一齊湧現，達到詩歌音響的妙境。」〔註57〕

　　本節即嘗試透過（1）韻腳的音響，（2）韻腳的疏密與轉換，（3）句型長度的變化，（4）雙聲疊韻的配置效用。四個角度來探析鮑照詩的聲律美。

一、韻腳的音響

　　王運熙先生於《樂府詩述論》〔註58〕中分析道：

> 我國古代早期的七言詩，有三種押韻方式。第一種方式是每句押兩個韻，都見于謠諺，漢代最多。例如：……五侯治喪樓君卿。（《漢書・樓護傳》）關東大豪戴子高（《後漢書・戴良傳》）……第二種方式是每句押韻，這是早期七言詩歌的普遍情況。自相傳為漢武時的作品〈柏梁臺詩〉，劉向的〈七言〉，張衡的〈四愁詩〉，以至曹丕的〈燕歌行〉，晉代的〈白紵舞歌辭〉等，莫不如此。……第三種方式是隔句用韻，即每兩句押一個韻。這種押韻方式跟五言詩相同，是後代七言詩用韻的一般情況，但在中古時代卻產生發展得很遲。根據現有的材料，到劉宋鮑照的〈擬行路難〉，這種方式才告完成。

了解了七言詩押韻的情形之後，接著可再舉出一些詞論家、詩評家及文字訓詁學家對於韻腳與字義關係的一些看法，如詞論家周濟於《宋四家詞選目錄序論》〔註59〕中說：

> 東真韻寬平，支光韻細膩，魚歌韻纏綿，蕭尤韻感慨，各有聲響，莫草草亂用！

〔註57〕黃師永武著《中國詩學──設計篇》（台北：巨流圖書公司，1990），頁153。
〔註58〕王運熙《樂府詩述論》（上海：上海古籍出版社，1996），頁329～330。
〔註59〕見《叢書集成新編》80冊（台北：新文豐出版社），頁558。

清代仇兆鰲於《杜詩詳註・卷八》鐵堂詩末注云〔註60〕：

> 入蜀諸章，用仄韻居多，蓋逢險峭之境，寫愁苦之詞，自
> 不能為平緩之調也。

至於訓詁學家歸納字根，認為字義起於字音，所以同韻的字，意義也大致相近，清代的黃春谷已草創此說，劉師培師承其意，詳加推演，歸納出各古韻部中共同的含義，他在〈正名隅論〉〔註61〕中創立了如下的條例：

> 之類的字，多有「由下上騰」「挺直」的意義
> 支類脂類的字，多有「由此施彼」「平陳」的意義。
> 歌類魚類的字，多有「侈陳於外」「擴張」的意義。
> 侯類幽類宵類的字，多有「曲折有稜」「隱密歛縮」兩種意
> 義。
> 蒸類的字，多有「進而益上」「凌踰」的意義。
> 耕類的字，多有「上平下直」「虛懸」的意義。
> 陽類東類的字，多有「高明美大」的意義。
> 侵類東（冬）類的字，多有「眾大高闊」「發舒」的意義。
> 真類元類的字，多有「抽引上穿」「聯引」的意義。
> 談類的字，多有「隱暗狹小」「不通」的意義。

這些從字根語根中歸納得來的「結論」，與詩人所想表達的意念，是否有相符的地方呢？以下即就〈擬行路難〉組詩加以分析、討論。

十八首之一：

> 奉君金巵之美酒，玳瑁玉匣之雕琴，七綵芙蓉之羽帳，九
> 華蒲萄之錦衾。紅顏零落歲將暮，寒光宛轉時欲沈。願君
> 裁悲且減思，聽我抵節行路吟。不見柏梁、銅雀上，寧聞
> 古時清吹音！（四／224）

先以散文化的四句二十八字通說一意，而以「奉君」二字統領，筆力萬鈞，氣勢宏闊；然而「美酒」、「雕琴」、「羽帳」、「錦衾」等雖可消憂，但時光流轉，紅顏零落，悲思難抑，正因有時不我予之悲，故而

需要排憂行樂，如何排憂行樂呢？「聽我抵節行路吟」吧！這樣的詩序、詩旨，以多有「眾大高闊」「發舒」意義的侵類字「琴」、「沈」、「吟」、「音」、「衾」押韻，實是相得益彰。

十八首之三：

> 璇閨玉墀上椒閣，文窗繡戶垂羅幕。中有一人字金蘭，被服纖羅采芳藿。春燕參差風散梅，開幃對景弄春爵。含歌攬涕恆抱愁，人生幾時得爲樂，寧作野中之雙鳬，不願雲間之別鶴。（四／227）

是以閨怨主題來抒發人生無可奈何的悲痛，本詩韻腳有「幕」、「藿」、「爵」、「樂」、「鶴」五字，爲入聲韻，入聲爲促聲，有一種觸處有礙的感覺，十分適於表達沈鬱、悲切、幽咽的情緒。

十八首之六：

> 對案不能食，拔劍擊柱長嘆息。丈夫生世會幾時？安能蹀躞垂羽翼？棄置罷官去，還家自休息。朝出與親辭，暮還在親側。弄兒床前戲，看婦機中織。自古聖賢盡貧賤，何況我輩孤且直！（四／231）

題旨爲嘆孤寒耿直之士難用於世，以反襯世道渾濁，所押「息」、「翼」、「側」、「直」、「織」亦爲入聲「職」韻，亦因入聲字急迫、哽咽的特色，而加強了沉鬱、悲憤之意。

又如十八首之九：

> 剉蘗染黃絲，黃絲歷亂不可治。我昔與君始相值，爾時自謂可君意，結帶與君言，死生好惡不相置。今日見我顏色衰，意中索寞與先異，還君金釵瑇瑁簪，不忍見之益愁思。

寫色弛恩斷，棄婦之悲，全詩雙數句句末爲韻腳，「治」、「意」、「置」、「異」、「思」，押去聲一韻到底，沈德潛《古詩源》評本詩：「悲涼跌宕，曼聲促節，體自明遠獨創。」〔註62〕正與去聲押韻所造成的聲情之美，有極深的關連。

〔註62〕沈德潛《古詩源》（台北：廣文書局，1982），卷十一，頁7。

二、韻腳的疏密與轉換

押韻是中國古典詩歌創作的一大重點，各類韻腳除了在聲義同源的基礎上所產生的「概括性義含」之外，當實際運用於詩歌創作時，韻腳的疏密與轉換，更能營造出不同的節奏氣氛。

黃師永武即認爲：「所謂韻腳的疏密，是從韻腳相互的距離來看的，距離短，節奏就密；距離長，節奏就疏。押韻最密的該是『句中有韻』的詩」〔註63〕，唯詩用韻，雜有句句用韻及隔句用韻兩種現象，這對於韻腳疏密即有影響，而轉韻更時有所見，這對聲情的變化也有密切的關連。

如〈擬行路難〉十八首之五：

> 君不見河邊草，冬時枯死春滿道。君不見城上日，今暝沒盡去，明朝復更出。今我何時當得然？一去永滅入黃泉。人生苦多歡樂少，意氣數胘在盛年。且願得志數相就，床頭恆有沽酒錢。功名竹帛非我事，存亡貴賤付皇天。（四／230）

首二句中「草」、「道」押上聲韻；其次三句「日」、「出」押入聲韻，以下八句則以「然」、「泉」、「年」、「錢」、「天」押平聲韻，其中因換韻時第一句往往入韻，而形成一、二、三連續押韻，五、六、七連續押韻的密韻現象，以下十、十二、十四即隔句押韻，而造成節奏上弛驟變化的感覺，在聲情上更因上、入、平三韻腳的變化，由壓抑、鬱結而哀遠、舒放。唐代的《元和韻譜》〔註64〕上即說：

> 平聲哀而安，上聲屬而舉，去聲清而遠，入聲直而促。

此說雖極爲概括，但以鮑照本詩觀之，卻也能印證出韻腳本身及轉韻手法的運用對於聲情關係變化之大了。

又如〈擬行路難〉十八首之十一：

> 君不見枯籜走階庭，何時復青著故莖？君不見亡靈蒙享祀，何時傾杯竭壺罌？君當見此起憂思，寧及得與時人爭。

〔註63〕黃師永武著《中國詩學——設計篇》，頁162。

〔註64〕同前註。

人生倏忽如絕電，華年盛德幾時見？但令縱意存高尚，旨
酒嘉肴相胥讌。持此從朝竟夕暮，差得亡憂消愁怖。胡為
惆悵不能已？難盡此曲令君忤。（四／237）

共十六句，除第一、第三句為八字外，餘均為七言。前六句「庭」、
「莖」、「囂」、「爭」為平聲韻；中四句以「電」、「見」、「讌」轉去
聲「霰」韻，末四句「暮」、「怖」、「忤」再轉去聲「暮」韻；前六
句以「君不見枯籜走階庭」起勢，正為其「驚挺」、「勁急」的獨特
風格，再加以平聲韻腳的舒揚悠遠，氣勢雄渾，而中四句一轉為去
聲「霰」韻，再換為去聲「暮」韻，與「人生倏忽如絕電，華年盛
德幾時見」的悲慨，及「持此從朝竟夕暮，差得亡憂消愁怖」的情
感變化，在聲情上亦有十分巧妙的配合。

至於〈擬行路難〉十八首之十五：

君不見柏梁臺，今日丘墟生草萊。君不見阿房宮，寒雲澤
雉棲其中。歌妓舞女今誰在？高墳纍纍滿山隅。長袖紛紛
徒競世，非我昔時千金軀。隨酒逐樂任意去，莫令含嘆下
黃壚。（四／242）

王船山評曰：「全以聲情生色。」〔註65〕蓋因此詩前兩段各為六言一
句，七言一句，第三段為七言六句，每段自成一韻。「臺」、「萊」、「宮」、
「中」；「隅」、「軀」與「壚」分別押「咍」韻、「一東」韻及「虞」
韻，又均以平聲字收尾。而第五句、第七句、第九句，以仄聲字「在」、
「世」、「去」收尾，故而全詩音節錯落生姿，有抑揚迴盪之感！唐
海濤先生認為：「鮑氏雖在沈約等發明四聲提倡永明聲病說之前，似
已注意到詩中平仄聲字之交互均衡，至少已符合鍾嶸『口吻調利』
之要求。」〔註66〕誠是的論。

〔註65〕王夫之著，張國星校點《古詩評選》（北京：文化藝術出版社，1997），
　　　　頁46。
〔註66〕唐海濤先生〈鮑照的「擬行路難」〉（下）（國立中央圖書館刊，新20
　　　　卷，第一期），頁105。

三、句型長度的變化

　　統觀全組詩，僅第一首、第三首、第十二首及第十三首爲七言詩，其餘俱爲雜言。全部十八首中，計有九言四句、八言五句、六言五句、五言三十四句、七言一百六十三句，合之爲二百十一句，基本上仍以七言爲主。

　　雜言詩由於句式長短自由，因此有較爲活潑的旋律，比之於格式規律整齊畫一的齊言詩，自然更具節奏變化的表情張力，然而在「雜言」的詩歌裏，何處宜長，何處宜短，長短句之間應如何銜接，並無一定的原則，故而當作者創作時，便往往因每首詩在詩旨表現、情境摹寫等方面的不同，而有著長短急徐、節奏弛驟的不同。如黃師永武先生在〈談詩的音響〉〔註67〕一文中，即以李白的〈蜀道難〉爲例，認爲詩中句型長短的安排，完全是有意的，並嘗試將詩句分行排列，表現出一種高低不平的山路勢態，當然高低不平的山勢，宜以長短不齊的雜言詩表現，但長短不齊的句式，卻更適合傳達頓挫、歡愉、矛盾、激昂、舒緩、憤怒等複雜多變的情緒，使讀者在閱讀之時，也能跟隨著作者有意安排的句式，使情感起伏、產生共鳴。

　　如十八首之七：

　　　　愁思忽而至，跨馬出北門。舉頭四顧望，但見松柏園，荊棘鬱蹲蹲，中有一鳥名杜鵑，言是古時蜀帝魂。聲音哀苦鳴不息，羽毛憔悴似人髠。飛走樹間啄蟲蟻，豈憶往日天子尊？念此死生變化非常理，心中愴惻不能言。(四／232)

前四句以五言作引，自「愁思忽而至」以下，繼而「跨馬」、「舉頭」、「但見」三句，以短促迫切的五言出之，更見其心情的急切、憤慨；接著以「荊棘鬱蹲蹲」一句五言過渡至杜鵑及望帝化爲杜鵑的傳說，繼以七言四句，描寫兼議論，將杜鵑的聲音、形貌、行爲及作者的感慨等一一表現出來，而最具特色的是以長句九言及七言作收，使全詩節奏感大增，「念此死生變化非常理」九字一貫而下，悲慨沉痛，其

〔註67〕其說詳見黃師永武《中國詩學——設計篇》，頁171。

效果之強，除文字意義本身外，與其孤峰突起於七字句之中有著密切的關係。

又如十八首之十四：

> 君不見少壯從軍去，白首流離不得還。故鄉窅窅日夜隔，音塵斷絕阻河關。朔風蕭條白雲飛，胡笳哀極邊氣寒，聽此愁人兮奈何，登山遠望得留顏。將死胡馬跡，能見妻子難。男兒生世輆軻欲何道？綿憂摧抑起長嘆。（四／241）

鮑照仍以其長短錯落的句法，造成激昂跌宕之感；全詩十二句，雖以七言爲基調，但雜以八言一句、九言一句、五言二句。首句「君不見少壯從軍去」，八言起勢，營造出蒼涼悲愴的氣氛，郭茂倩引「樂府解題」曰：「行路難，備言世路艱難及離別悲傷之意，多以『君不見』爲首。」〔註68〕雖然〈行路難〉多以君不見爲首，但卻有六言與八言的差異。如第十五首「君不見柏梁台？今日邱墟生草萊。」即有著與八言句不同的凝鍊勁急之感。第十五首在八言首句之後，緊接七言七句，意氣變得較爲舒緩悲涼；下接「將死胡馬跡，能見妻子難」五言二句，節奏突地又急轉緊湊，「將死」、「能見」更顯作者心中之悲，然而就在這凝勁沉痛的五言句下，又繼之以放縱慷慨的九言長句「男兒生世輆軻欲何道」，本句雖非韻腳，但穿插在兩句五言和一句七言之中，更凸顯了這九字句的激昂憤慨，使得全詩予人激憤跌宕之感。

而在三、七雜言詩中，頗爲新穎別緻的是〈代夜坐吟〉：

> 冬夜沈沈夜坐吟，含聲未發已知心。霜入幕，風度林；朱燈滅，朱顏尋；體君歌，逐君音；不貴聲，貴意深。（四／252）

在內容與形式的配合上，首先以二句七言揭開序幕，表現出女子心中鬱積的愁緒，調子較爲舒緩。接著八句三言，更是層次分明，由遠而近，由具象的「霜」、「幕」、「風」、「林」，而「朱燈」、「朱顏」，至抽象的「君歌」、「君音」而收縮至「貴意」，與一開始的「知心」呼應，這樣細膩的情緒轉移變化，以曼妙靈動的三言表現，十分妥貼巧妙。

〔註68〕郭茂倩編《樂府詩集》（二），頁997。

四、雙聲、疊韻、疊字的配置

雙聲、疊韻是我國語言文字的特性之一。所謂雙聲，是指兩字的聲母相同。疊韻，則指兩字的韻母相同。前人對於雙聲疊韻的使用，已注意到著意布置，然雙聲、疊韻的使用除了要求增加音調的宛轉諧美，或對偶的精巧典麗外，更應注意到「聲情相切」的效果。

以鮑照〈擬行路難〉十八首為例，本組詩對於雙聲疊韻的搭配使用十分頻繁而精巧，據唐海濤先生的分析，本組詩在雙聲聯綿詞上計有：零落、差池、躑躅、憔悴、愴惻、妖冶、惆悵、歷亂、妖豔、流浪、流離、轗軻、邱墟、蕭索、蘇息等。疊韻聯綿詞如宛轉、意氣、蹀躞、徙倚、索寞、須臾、奄冉、徘徊、熙怡、倏忽、漸冉、蕭條、優游等〔註69〕。

除此之外，疊字的運用，在鮑詩中亦頗具特色。疊字又名重言，是以兩個相同的字來摹擬物形、物聲、物情，當單字不足以盡其態，則以重言疊字來表達，疊字在音響上實際包含了雙聲、疊韻，功用微妙，既可使語氣完整，又可使聲調諧美又可加強語意。黃師永武認為：「疊字如用得靈妙，可以達到『摹景入神』、『天籟自鳴』的妙境。」〔註70〕周濟介存齋詞選序論，談詞中的雙聲疊韻說：「雙聲疊韻字要著意布置。有宜雙不宜疊，宜疊不宜雙處；重字則既雙且疊，尤宜斟酌。如李易安之『淒淒慘慘戚戚』，三疊韻，六雙聲，是鍛鍊出來，非偶然拈得也。」〔註71〕可見雙聲、疊韻的運用，要注意音節及意義上的需求而仔細安排，非單純要求口吻調利而已。

本組詩使用的疊字計有：蹲蹲、縈縈、慘慘、遙遙、惕惕、喈喈、窅窅、纍纍、紛紛等。而十八首之十在雙聲、疊韻及疊字的運用，更是匠心獨具甚為突出：

〔註69〕其說詳見唐海濤〈鮑照的「擬行路難」〉（下），國立中央圖書館刊，新20卷，第一期，頁95。

〔註70〕黃師永武《中國詩學──設計篇》，頁191。

〔註71〕周濟《介存齋詞選》序論。

君不見薤華不終朝，須臾奄冉零落銷，盛年妖艷浮華輩，不久亦當詣塚頭。一去無還期，千秋萬歲無音詞，孤魂煢煢空壟間，獨魄徘徊遶墳基。但聞風聲野鳥吟，豈憶平生盛年時。為此令人多悲悒，君當縱意自熙怡。（四／237）

本詩計有雙聲字：零落、妖艷；疊韻字：須臾、奄冉、徘徊、熙怡；疊字：煢煢。

唐海濤先生於〈鮑照的「擬行路難」下〉〔註72〕即評論此詩：

「須臾奄冉零落銷」則極為突出，不但以七言出四意，十分警切，並且連用三個聯綿詞—「須臾」、「奄冉」為疊韻，「零落」為雙聲—狀句末之動詞「銷」字，其修辭鍊句之巧，豈止空前，兼亦絕後。其中「須臾」、「奄冉」分別為時間與狀態副詞。「零落」則既可視為狀態副詞，又可視為動詞。若作動詞解，則「零」、「落」、「銷」當為「薤華」凋落之三個層次，於是一句七言詩竟包含多至五個獨立自足的語意單位，並能照顧到音節之美，作者之創造力委實驚人。

按零落為來紐雙聲，這種聲音，最易表現滾動的狀態，用以表現草木薤華的凋零落葉翻轉貌，是最適宜不過了；疊字「煢煢」以狀孤獨的情貌，也甚具聲情之美。

任何文學形式的表現，都必須講究語言之美；而詩歌在語言的鍛煉上，其要求的精確度、純粹度更高於其他文學形式。

結 語

鮑照詩的語言之美，則因能清楚的掌握詩歌的特性，而表現出風姿多樣的修辭美與節奏錯落的聲律美；不論是譬喻、示現、映襯、象徵、夸飾、設問、用典、轉化、對偶九種修辭格的多元運用，或是從韻腳的掌握，句勢長短的變化來充分表現詩歌的聲情之美，均能使讀者在閱讀鮑照詩的過程中，因其修辭手法的高妙，而時生讚嘆；至於吟詠朗誦之際，更覺音韻華美，有聲情交感的韻致。

〔註72〕唐海濤〈鮑照的「擬行路難」〉（下），頁96。

第四章　風骨俊健，不拘一格
──鮑照詩風格評析

　　閱讀最大的趣味性，即在透過作家獨特的文字語言，去欣賞、去感受作家自由馳騁的想像，及豐贍深刻的情思。我們除了因作品內容思想的超邁而受到激勵，因其想像的奇瑰而感到震撼，及情感的深刻細膩而覺得心有戚戚之外，往往也因其殊異的文字表現手法，而感到一股不可抗拒的吸引力。就在這內容與形式緊密結合的文學世界中，閱讀的靈魂便產生了幻變複雜的藝術感受。

　　有的使我們感到它如同碧波萬頃，光鑑照影；有的如同急流奔瀉，水飛如箭；有的恰似絕壁千丈，峭峰萬仞，懾人心魂；有的好比沃野千里，一望無盡，抒人胸懷；有的讀來彷彿置身春陽，溫馨可感；有的如漫步深秋僻徑，蕭瑟寂涼；有的正如芙蓉出水，秀麗清新；有的好似五彩錦鍛，觸目斑斕；有的讀之如與風流名士對臥高談，有的讀之若見綽約仙子翩翩舞姿，……凡此種種，皆因作家作品具有的不同藝術風格，帶給我們的多元藝術感受。因之，對於作家作品風格特色的掌握，無寧是欣賞其藝術美感的重要途徑。

第一節　風格釋義
　　我國最早使用「風格」一詞的是晉・葛洪《抱朴子・外篇・疾謬

篇》:「以傾倚伸腳者,爲妖妍標秀;以風格端嚴者,爲田舍朴駛。」
〔註1〕然而「風格」在此是指人物言行品德的綜合表現,尚無文藝風
格意義。其他如劉義慶《世說新語・德行》:「李元禮風格秀整,高自
標持,欲以天下名教是非爲己任。」〔註2〕《晉書・和嶠傳》:「少有
風格,慕舅夏侯玄之爲人,原自崇重,有盛名於世。」〔註3〕皆不出
品評人物的範疇。

　　而較早明確從作家主體個性來闡明作品藝術風格特色的是曹
丕。《典論・論文》云:「文以氣爲主,氣之清濁有體,不可力強而致。
譬諸音樂,曲度雖均,節奏同檢,至於引氣不齊,巧拙有素,雖在父
兄,不能以移子弟。」〔註4〕這裏所說的「氣」,便是作家的個性氣質。
「文以氣爲主」,正說明了個性氣質對作品藝術風格的重要影響。《典
論・論文》又云:「奏議宜雅,書論宜理,銘誄尚實,詩賦欲麗。」
〔註5〕則又牽涉到文體風格的範疇,指出因文體的不同,其表現的風
格亦有差異,這其中也涉及到閱讀對象、實用價值等外在因素對於風
格的影響。

　　晉・陸機〈文賦〉〔註6〕亦云:

　　　體有萬殊,物無一量,紛紜揮霍,形難爲狀。辭程才以效
　　　伎,意司契而爲匠。在有無而僶俛,當淺深而不讓,雖離
　　　方而遯照,期窮形而盡相。故夫誇目者尚奢,愜心者貴當,
　　　言窮者無隘,論達者唯曠。

其中「尚奢」、「貴當」、「無隘」、「唯曠」,更是文章因個人性情差異
而形成的獨特風格,顯見風格與作者人格關係的密切。

　　至於「風格」一詞應用於文學領域之內,則首見於劉勰《文心雕

〔註1〕見《百子全書》8《抱朴子》(浙江:浙江人民出版社,1984),頁18。
〔註2〕徐震堮著《世說新語校箋》(台北:文史哲出版社,1084),頁4。
〔註3〕《晉書》(台北:鼎文書局,1976),頁1283。
〔註4〕見《魏晉南北朝文論選》(北京・人民文學出版社),頁14。
〔註5〕同前註,頁13。
〔註6〕同前註,頁147。

龍・議對》篇〔註7〕：

> 然仲瑗博古，而銓貫有敘。長虞識治，而屬辭枝繁。及陸
> 機斷議，亦有鋒穎，而腴辭弗剪，頗累文骨；亦各有美，
> 風格存焉。

劉勰在此指出了應劭、傅咸、陸機的文學作品各有其獨特的風格面貌，首次賦予「風格」在文學批評上的意涵，也指出了作品風格與創作者之間的密切關係。

而《文心雕龍・體性》〔註8〕，更是討論風格的重要篇章：

> 夫情動而言形，理發而文見；蓋沿隱以至顯，因內而符外
> 者也。然才有庸俊，氣有剛柔，學有淺深，習有雅鄭；並
> 情性所鑠，陶染所凝，是以筆區雲譎，文苑波詭者矣。故
> 辭理庸俊，莫能翻其才；風趣剛柔，寧或改其氣；事義淺
> 深，未聞乖其學；體式雅鄭，鮮有反其習；各師成心，其
> 異如面。

這段論述中，自「夫情動而言形」以下四句，即「文如其人」的看法，劉勰認為作家之性格與作品之風格內外相符。並將曹丕《典論・論文》中所謂「氣」者，進一步分析為才能、氣質、學識、習染四種因素；不但深化、廣化了「氣」的內涵，更使「氣」成為人人可以了解的具體事理。並將風格產生的因素分析為內在因素——先天之才與氣；外在因素——後天之學與習。

而在文章風格方面，他又繼曹丕「雅」、「理」、「實」、「麗」四種簡單的區分之後，又進一步提出〔註9〕：

> 若總其歸塗，則數窮八體：一曰典雅，二曰遠奧，三曰精
> 約，四曰顯附，五曰繁縟，六曰壯麗，七曰新奇，八曰輕
> 靡。

並對這幾種風格的形成作出簡要的解釋，這八體之間，正反相對，或

〔註7〕劉勰著，王師更生注釋《文心雕龍讀本》（上）（台北：文史哲出版社，1991），頁442。

〔註8〕同前註7，（下），頁21。

〔註9〕同前註8。

就文字修辭而言，或就表現手法而言，而這些差異，正由於才能、氣質、學識、習染的不同所致。可說是我國文學風格論中，一篇極具代表性的作品。

至於現代的評論家，亦對「風格」一詞提出了各種看法，如張德明《語言風格學・語言風格和文學風格》〔註10〕中說：

> 具體來說，文學風格就是文學作品在思想內容和語言形式
> 上各種特點的綜合表現，包括作品的生活題材、主題思想、
> 藝術形象、情節結構、表現方法和語言技巧等各方面的特
> 色、氣氛和格調。

而沈師謙於〈文學批評與風格〉〔註11〕一文中亦云：

> 所謂「風格」，就是文學作品中所流露的特殊風味與品格。
> 也就是作家的個性與人格乃至其生命力在作品內容與形式
> 上的綜合表現，顯示出來的某種特色。

故而本章即以前述作者生平、作品題材內容、作品修辭技巧所論為依據，摶揉會通，進而探討鮑詩之風格特色。

第二節　俊逸：辭采俊美，逸氣遒勁

杜甫〈春日憶李白〉〔註12〕詩中前四句云：

> 白也詩無敵，飄然思不群。清新庾開府，俊逸鮑參軍。

即認為李白的俊逸詩風，頗有淵源於鮑照之處，此後，人們論到鮑照詩，便常以「俊逸」二字來概括他的藝術特色。然而對於「俊逸」特色的論述，卻時常因人而異，產生了諸多分歧。

吳執父評〈代挽歌〉：

> 獨處重冥下，憶昔登高臺。傲岸平生中，不為物所裁。埏
> 門祇復閉，白蟻相將來。生來芳蘭體，小蟲今為災。玄鬢

〔註10〕張德明《語言風格學》（台北：麗文文化公司，1994），頁53。
〔註11〕文見逢甲大學中文系所編《中國文學理論與批評論文集》（台北:新文豐出版公司，1995），頁31。
〔註12〕清・仇兆鰲注《杜甫全集》1（廣東：珠海出版社），頁45。

無復根，枯髏依青苔。憶昔好飲酒，素盤進青梅。彭韓及
廉藺，疇昔已成灰。壯士皆死盡，餘人安在哉？（三／142）

認爲「杜公所謂俊逸，殆是此等。」﹝註13﹞而沈德潛於《古詩源》卻
對於〈翫月城西門廨中〉：

始出西南樓，纖纖如玉鉤。末映東北墀，娟娟似娥眉。娥
眉蔽珠櫳，玉鉤隔瑣窗，三五二八時，千里與君同。夜移
衡漢落，徘徊入戶中，歸華先委露，別葉早辭風。客游厭
苦辛，仕子倦飄塵，休澣自公日，宴慰及私辰。蜀琴抽白
雪，郢曲發陽春，肴乾酒未闋，金壺啓夕淪。迴軒駐輕蓋，
留酌待情人。（六／392）

評曰：「少陵所云俊逸應指此種。」﹝註14﹞陳祚明《采菽堂古詩選》
甚至認爲此詩：「稍見輕俊，少陵以明遠爲俊逸，頗不甚然其言，此
首近之。」﹝註15﹞

又如〈還都道中〉三首之三：

久宦迷遠川，川廣每多懼。薄止閭邊亭，關歷險程路。霾
霏冥隅岫，濛昧江上霧。時涼籟爭吹，流游浪奔趣。惻焉
增愁起，搔首東南顧。茫然荒野中，舉目皆凜素。回風揚
江汜，寒響棲動樹。太息終晨漏，企我歸飆遇。（五／309）

方東樹《昭眛詹言》論此首曰：「峭促緊健，後來山谷常擬之，即目
直書胸臆，所謂俊逸也。」﹝註16﹞今以吳執父、沈德潛、陳祚明、方
東樹所論之詩篇考察；〈代挽歌〉主題深沉悲壯，語勢激越慷慨；〈翫
月城西門廨中〉則借賞月懷人情景，抒發當時的愁悶心情，語言描繪
逼肖，形象優美，頗得「善制形狀寫物之詞」的情采。而〈還都道中〉
三首之三，則悲嘆久宦流離之苦，修辭確爲「峭促緊健」；然而這三
首詩主題思想迥異、語法修辭殊趣，卻得到相同的評語——「俊逸」，

﹝註13﹞錢仲聯注《鮑參軍集注》（台北：木鐸出版社，1982），頁143。
﹝註14﹞沈德潛《古詩源》（台北：廣文書局，1982），卷十一，頁7。
﹝註15﹞丁福林〈試論鮑照詩歌的「俊逸」特色〉（《文學遺產》1983，第三
　　　　期），頁17。
﹝註16﹞方東樹《昭眛詹言》（台北：漢京出版公司，1985），頁175。

由此可知「俊逸」二字在評論家們的認知上確存有極大的差異；因之與其人云亦云的列舉何詩為「俊逸」，不如先就「俊逸」兩字做一詞義的界定。

「俊」，本義作「材過千人」〔註17〕解，乃指才識超過千人而言。至於「逸」，亦有超群之意，如《晉書・袁宏傳》：「宏有逸材，文章絕美。」〔註18〕《梁書・武帝紀下》：「（帝）六藝備閑，棋登逸品。」〔註19〕而其本義作「失」解〔註20〕，引申之有逸游、暇逸之義。丁福林先生於〈試論鮑照詩歌的"俊逸"特色〉〔註21〕一文中指出：

> 「俊」，本是指人的才智高超，有丰姿俊秀，容貌秀美的意思。稱文風為俊，我以為具體的含義就是指文章的俊美。鍾嶸《詩品》稱鮑照「善制形狀寫物之詞」，又稱其「貴尚巧似」。因為他善「形狀」，善「寫物」，所以也就能得物之精采，使筆下的景物顯得特別俊美，整個詩作也就顯得非常美。如他的〈代結客少年場行〉……〈詠史〉……。就是他的「善形狀寫物」的典型例子，因此，此二首詩作也就顯得特別俊美，而高超出眾，這又符合「俊逸」一詞的原始含義。……「逸」也有超群之意。任華〈雜言寄李白〉稱李白詩「振擺超騰，既俊且逸。」則把「逸」超群的含義具體化了。文章之所以能超騰，我以為主要靠的還是「氣」，也就是一股打動人、吸引人的力量。就任華所言，「振擺」是姿態美，「逸」是「超騰」有氣勢，是「俊逸」當有此兩個方面的意思。

其說甚為詳贍。以下再從另一角度理解「俊逸」；鍾嶸《詩品》以為鮑詩「骨節強於謝混，驅邁疾于顏延。」〔註22〕論謝混等則云：「其

〔註17〕段玉裁注《說文解字注》（台北：黎明文化公司，1989），頁 370。
〔註18〕同前註3，頁 2391。
〔註19〕《梁書・武帝紀》（台北：鼎文書局，1996），頁 960。
〔註20〕段玉裁注《說文解字注》，頁 477。
〔註21〕丁福林〈試論鮑照詩歌的「俊逸」特色〉（《文學遺產》1983，第三期），頁 16。
〔註22〕鍾嶸著，曹旭集注《詩品集注》（上海：上海古籍出版社，1984），

源出於張華。才力苦弱，故務其清淺。殊得風流媚趣。」〔註23〕論顏
延之則曰：「又喜用古事，彌見拘束。雖乖秀逸，固是經論文雅；才
減若人，則陷於困躓矣。」〔註24〕則鍾嶸所言是針對謝混的「才力苦
弱」和顏延之的「彌見拘束」及「乖秀逸」而說的；而藥此兩者之病，
則有待於才之俊富及氣之剛健，而此兩者之兼備，則又有賴於「情性
所鑠，陶染所凝」矣！

　　綜上所述，則「俊逸」應含俊美、文氣勁健，語言形式及精神氣
韻渾融超卓之義。由此觀前引諸詩，則沈德潛、陳祚明所引〈翫月城
西門廨中〉僅得「俊」之一面，而方東樹所舉之〈還都道中〉三首之
三，又缺少了「俊」之特色，至於吳執父所論之〈代挽歌行〉，其沈
痛悲慨之氣又勝於俊美勁健，其評恐有待商榷。那麼稱得上「俊逸」
的詩篇究有哪些呢？〈代出自薊北門行〉應是一首佳例：

> 羽檄起邊亭，烽火入咸陽。徵騎屯廣武，分兵救朔方。嚴
> 秋筋竿勁，虜陣精且彊。天子按劍怒，使者遙相望。雁行
> 緣石徑，魚貫度飛梁。簫鼓流漢思，旌甲被胡霜。疾風沖
> 塞起，沙礫自飄揚。馬毛縮如蝟，角弓不可張。時危見臣
> 節，世亂識忠良。投軀報明主，身死爲國殤。（三／165）

全詩自邊境傳警，朝廷調兵，至軍士團結及征途艱辛，自內容言，其
俊健豪壯的氣魄，不言可喻；自語言形式言，生動流暢、音韻高昂，
朱元晦曰：「『疾風沖塞起，沙礫自飄揚。馬毛縮如蝟，角弓不可張』，
分明說出邊塞之狀，語又峻健。」〔註25〕皆能掌握到俊逸風格的特點。
又如丁福林先生舉〈代陳思王京洛篇〉爲例：

> 鳳樓十二重，四戶八綺窗。繡栭金蓮花，桂柱玉盤龍。珠
> 簾無隔露，羅幌不勝風。寶帳三千所，爲爾一朝容。揚芬
> 紫煙上，垂綵綠雲中。春吹回白日，霜高落塞鴻。但懼秋

頁 290。
〔註23〕同前註22，頁 270。
〔註24〕同前註22，頁 270。
〔註25〕轉引自錢仲聯注《鮑參軍集注》，頁 168。

> 塵起，盛愛逐衰蓬。坐視青苔滿，臥對錦筵空。琴瑟縱橫
> 散，舞衣不復縫。古來共歇薄，君意豈獨濃。唯見雙黃鵠，
> 千里一相從。（三／150）

認為本詩乃「借一個舞女前後遭遇的變化，以發抒自己不得意的憤懣
不平之氣。遣詞造句形象生動，狀形寫物也能把握住事物特徵。前半
節描寫舞女盛時所處地位的尊榮繁華情景，精美如畫，細緻入微。『春
吹』二句形容音樂聲之妙也相當形象生動，給人一種美的享受，全詩
筆力遒勁，字裏行間隱含著一股被埋沒沉淪而發出的不平之氣。結尾
更是『筆勢如飛』（王闓遠《細綺樓說詩》），令人讀之留連往返而不
厭。確是具有以上所解的『俊逸』的風格特色。」〔註26〕

　　而〈擬行路難〉諸篇，更能表現出其獨特的俊逸風格；如十八首
之六：

> 對案不能食，拔劍擊柱長嘆息。丈夫生世會幾時？安能蹀
> 躞垂羽翼？棄置罷官去，還家自休息。朝出與親辭，暮還
> 在親側。弄兒床前戲，看婦機中織。自古聖賢盡貧賤，何
> 況我輩孤且直！（四／231）

本詩主要是在反映自身仕途的失意與坎坷。表現形式純用賦體，除「安
能蹀躞垂羽翼」採「轉化」擬物的手法表現外，抒情頗為直切。全詩
分三層，前四句言仕宦生涯所受的摧抑壓迫，表現語法十分亢奮突
兀，造成波瀾萬丈的氣勢。中六句轉折，鋪述家庭日常的場景，語勢
平順，卻情味盎然，與前四句之激越造成高反差效果；後二句峭拔勁
健，以聖賢亦貧賤來自嘲自遣，卻也使本詩由抒發個人失意的抒情，
擴大至批判世道不公的層次，且五、七言句勢交叉使用，更形成弛驟
錯落有致的節奏美感，而與鮑照抗壯激烈的情感旋律相應和。

　　劉熙載《藝概·詩概》云：「樂府調有疾徐，韻有疏數。大抵徐
疏在前，疾數在後者，常也；若變者，又當心知其意焉。」〔註27〕

〔註26〕丁福林〈試論鮑照詩的「俊逸」特色〉，頁18。
〔註27〕劉熙載《藝概》（台北：華正書局，1988），頁76。

此外〈擬行路難〉十八首之三，亦是具有俊逸風格的一首代表作：

> 璇閨玉墀上椒閣，文窗繡戶垂羅幕。中有一人字金蘭，被
> 服纖羅采芳藿。春燕參差風散梅，開幃對景弄春爵，含歌
> 覽涕恆抱愁，人生幾時得爲樂！寧作野中之雙鳧，不願雲
> 間之別鶴。（四／227）

本詩的主題與前首迥異，這是寫一名富貴人家的女子，對於愛情生活
的熱切想望。前四句極寫這女子生活環境的優沃富麗，鏡頭由遠而
近，由物及人；精麗的宅門、玉雕的台階，而入香椒塗壁的閨閣，文
飾藻麗的窗櫺，寂寂深垂的綺幕，綺幕中閨名金蘭的女子，那女子身
穿精製的綾羅綢緞，手裏把玩著香草。這四句寫來極爲細麗，但由於
與主題相結合，殊不覺有雕琢之氣；而中二句寫窗外之景與窗內之
景，對比顯明，窗外春燕自在飛翔，而窗內的女主角卻只能把弄著手
中禽鳥造形的酒器，眺望著窗外的美景，兩相對照之下，便衍生出「含
歌攬涕恒抱愁，人生幾時得爲樂」的自問？然而我們巧慧的女主角卻
以「寧作野中之雙鳧，不願雲間之別鶴」自答。整個詩章就於此戛然
止，韻味無窮。這兩句非僅意象生動，更表露一份輕視富貴奢華的瀟
脫與自在，及對於眞誠情感的堅定與執著。王船山《古詩評選》云：
「冉冉而來，若將無窮者，倏然澹止，遂終以不窮。然非末二語之亭
亭條條，亦遽不能止也。」〔註28〕此種詞采俊美，文氣流蕩生動，內
涵豐富深刻的詩篇，正適以「俊逸」題之。

　　總而言之，鮑照藝術風格中這種「俊逸」的特點，的確貫串于
大多數的作品中，尤其在樂府詩篇中，此種藝術風格更爲明顯；而
樂府詩篇中尤以〈擬行路難〉十八首最爲典型；王船山《古詩評選》
〔註29〕云：

> 行路難諸篇，一以天才天韻，吹宕而成，獨唱千秋，更無
> 和者。太白得其一桃，大者仙，小者豪矣。蓋七言長句，

〔註28〕王船山著，張星校點《古詩評選》（北京：文化藝術出版社，1997），
　　　頁47。

〔註29〕同前註28。

迅發如臨濟禪，更不通人擬議；又如鑄大像，一瀉便成，
相好即須具足。杜陵以下，字鏤句刻，八巧絕倫，已不相
浹洽，況許渾一流生氣盡絕者哉？

此段議論有幾層涵義：一、是言〈擬行路難〉諸篇乃「天才天韻，
吹宕而成」，非後世「字鏤句刻，人巧絕倫，不相浹洽」者可比擬；
則「字鏤句刻」者，僅得「俊」之皮毛，無逸氣貫串，自難浹洽。
二言「迅發如臨濟禪」、「相好即具足」等，是以「棒喝」名的臨濟
宗禪法的剛猛及鑄大像的不雕琢遲滯爲喻，正得逸氣縱橫之妙趣。
三言「太白得其一桃，大者仙，小者豪。」也說明了太白受到鮑照
風格的影響甚深，仙者俊爽不群，豪者遒勁剛健，殆亦俊逸之別稱
哉！

第三節　奇麗：危側趣詭，雕藻淫艷

　　「奇麗」風格的形成可分從兩個角度來說明：「奇」即新奇，詩
的內容富有獨創性，豐富的想像、新穎的構思、新奇的題材等；「麗」，
則指辭采的華麗、刻意的經營。鍾嶸評鮑照詩云：「善製形狀寫物之
詞，得景陽之諔詭，含茂先之靡嫚。……然貴尚巧似，不避危仄，頗
傷清雅之調。」所謂「諔詭」、「不避危仄」便是「奇」的風格表現；
而「貴尚巧似」、「靡嫚」，正反映出其雕藻華麗的一面。

　　此外，陸機〈文賦〉言：「謝朝華於已披，啓夕秀於未振。」〔註
30〕鍾嶸《詩品》評任昉：「動輒用事，詩不得奇。」〔註31〕《文心
雕龍・明詩》言：「儷采百字之偶，爭價一句之奇，情必極貌以寫
物，辭必窮力而追新，此近世之所競也。」〔註32〕可見，尚奇好變，
儷采競詞，是南朝時的一種文學批評標的，亦是一種蔚成風潮的文
學趨向；所以《文心雕龍・體性》所列文章八種風格，其中即有「新

[註30] 同前註4，首146。
[註31] 鍾嶸著，曹旭集注《詩品集注》，頁316。
[註32] 劉勰著，王師更生注《文心雕龍讀本》（上），頁85。

奇」一體，謂之「擯古競今，危側趣詭者也。」〔註33〕王師更生認
為此拋棄陳法，獨創新格；措辭險僻，旨趣詭異之意〔註34〕。

我們也了解，劉勰所列的八種風格中，有就修辭而言，有就表現
方面而言；八體之間，一正一反，如「遠奧與顯附」、「繁縟與精約」、
「壯麗與輕靡」，而「新奇」正與「典雅」相對。蕭子顯《南齊書‧
文學傳論》評論時流行的三體，謝靈運一體是「啓心閑繹，托辭華曠」
而「宜登公宴」；另一體雖未指名代表，仍云「緝事比類，非對不發」
而「博物可嘉」，正是顏延之的風格；第三體則以鮑照為代，所謂「發
唱驚挺，操調險急，雕藻淫艷，傾炫心魄，亦猶五色之有紅紫，八音
之有鄭衛。」此三體，二者可視為「典雅」一類，而鮑照一體則屬「新
奇」一類。

這相對的二種文學風格，幾乎同時出現於元嘉三大家的詩作中，
究竟是純屬巧合？抑或有其更深層的原因呢？以下試從兩方面來探
討：

一、文學發展的角度：鮑照展露頭角於文壇之時，謝靈運與顏延
之的文名享譽已久，《宋書‧謝靈運傳》云：「每有一詩至都邑，貴賤
莫不競寫，宿昔之間，士庶皆遍，遠近欽慕，名動京師。」〔註35〕《南
史‧顏延之傳》云：「文章冠絕當時」，「議者共延之、靈運自潘岳、
陸機之後，文士莫及，江右稱潘、陸，江左稱顏、謝焉。」〔註36〕由
此可見顏、謝二人當時詩名之高。「才秀人微」的鮑照步趨於顏、謝
兩人之後，不論政治地位、家世背景、文壇聲望，皆難望其項背，欲
挺拔於其間，真是談何容易！清人吳淇《六朝選詩定論》〔註37〕即云：

晉宋波靡之餘，挺拔為難，出顏、謝盛名之後，興起匪易，
參軍挺爾奮舉，以駿逸之氣運清麗之詞，雖造詣之深不及

〔註33〕同前註32，（下），頁21。
〔註34〕同前註33，頁28。
〔註35〕《宋書》（台北：鼎文書局，1933），卷六十七，頁1754。
〔註36〕《南史》（台北：鼎文書局，1994），卷三十四，頁877、頁881。
〔註37〕吳淇《六朝選詩定論》。

　　顏謝，而其板重拙晦之語，陶洗淨盡，居然自名一家之體。
此說以「駿逸之氣」、「清麗之詞」概括鮑詩，但言其「造詣之深不及
顏、謝」，雖頗為片面，然而吳氏能從文學史發展的觀點理解，亦十
分可貴。衡諸當時文壇情況，鮑照欲以文名自顯，自需另闢蹊徑，故
以「操調險急，雕藻淫艷」之詞，汰「疏慢闡緩」、「職成拘制」之病，
由此觀之，鮑照「奇麗」風格的形成，自有其不得不然的歷史因素。

　　二、鮑照的身世、個性：鮑照出身落沒士族，在當時堅密的門閥
束縛與壓抑下，他那建功立業的大志不時的激勵他不斷的衝決網羅，
也因之造成了他狂放不羈、剛強不屈的個性。其〈答客〉詩即云：

　　……我以華門士，負學謝前基，愛賞好偏越，放縱少矜持。
　　專求遂性樂，不計緝名期，歡至獨斟酒，憂來輒賦詩。聲
　　交稍希歌，此意更堅滋。浮生急馳電，物道險絃絲，深憂
　　寡情謬，進伏兩睽時，願賜卜身要，得免後賢嗤。（五／284）

這樣的自述，充份表現出鮑照狂放而坦直的個性，而這樣的個性，從
「風格即人格」的觀點看，與「典雅」的風格旨趣即有本質上的差異，
「負學謝前基」，則頗有「謝朝華於已披，啓夕秀於未振」的味道，
而「愛賞好偏越，放縱少矜持」，正反映其具有偏激而超出常軌的審
美觀點，由此觀之，鮑照好以當時不甚流行的七言、雜言創作及頻向
民歌學習摹唱的特質，便有了內在主觀意識的關連了。

　　綜上所述，鮑照這種「偏越」、「尚奇」的審美旨趣，及其「奇麗」
風格的形成，實與其性格、經歷、社會環境密不可分。以下即從其作
品實際考察其「奇麗」風格的內涵。

　　從其詩篇主題人物的選擇上，我們也可以看出其尚奇的特色，如
〈代放歌行〉中的曠士，〈蕭史曲〉中的蕭史與嬴女，〈詠史〉中的嚴
君平，，〈蜀四賢詠〉中的司馬相如、嚴君平、王褒、揚雄，〈代東武
吟〉中的老兵、〈代結客少年場行〉中的落拓俠客等等，他們都是時
代中不得志的人物，但他們又各自在其生命歷程中散發著獨特的生命
光彩。

　　鮑詩「奇麗」的風格除表現在題材的選取趣味之外，前章引王夢鷗先生所舉如「淚竹感湘別，弄珠懷漢遊。」「棧石星飯，結荷水宿。」把前人慣用典語加以濃縮，成爲新詞；「慮涕擁心用，夜默發思機。」「華志分馳年，韶顏慘驚節。」「漲島遠不測，岡澗近難分。」等造語模仿謝靈運而大膽過之的特色外。絕妙的「譬喻」與奇詭的「夸張」運用，似更能彰顯其「尙奇」的特色。如〈蒜山被始興王命作〉：「陂石類星懸，嶼木似煙浮。」〈紹古辭〉七首之二：「離心壯爲劇，飛念如懸旗。」此外以龍泉、太阿兩劍象徵與馬子喬的友情，皆是鮑照偏越審美意趣的表現；而〈代苦熱行〉：「丹蛇踰百尺，玄蜂盈十圍，含沙射流影，吹蠱病行暉。」更能見其擯古競今，危側趣詭的詩歌風格。

　　又如〈探桑〉：「早蒲時結陰，晚篁初解籜。藹藹霧滿閨，融融景盈幕。」（三／137）一詩，唐海濤先生於〈鮑照詩中的對偶句〉〔註38〕一文中即評曰：

> 第一聯「早」與「晚」對，都是時間詞，在此又俱作形容詞用，其端詞（即所形容之詞）「蒲」、「篁」都是植物。「時」作及時解，與同爲副詞的「初」相對。「結陰」與「解籜」相對，並爲動賓結構，其中動詞「結」由分而合，「解」由合而分，表示兩個相反方向之動作；名詞「陰」與「籜」則既分別爲動詞「結」與「解」之賓語，又承上與「蒲」「篁」兩種植物相關，其本身又兼有虛（陰）實（籜）成（陰）壞（籜）之異。次聯以疊字「藹藹」「融融」相對，俱爲形容詞，「藹藹」本義爲草木茂盛，借以形容霧氣之瀰漫，「融融」本義爲心中和樂，借以描寫日光之溫暖，「霧滿閨」與「景盈幕」相對，「霧」與「景」（日光）俱爲名詞，屬於天象自然事物，「滿」與「盈」意近，兼有動詞性及形容詞性，「閨」與「幕」同爲處所補語，而屬於人爲之建築居所，閨含空間，幕爲平面，而俱暗示其爲人居，隱隱有欣賞景

〔註38〕唐海濤〈鮑照詩中的對偶句〉（《中華文化復興月刊》，第二十一卷，第三期），頁73。

物之人在內。以上四句寫景詩，構成極細緻的兩聯對句。

可見此詩的確是對仗工麗，頗有錦心繡口之妙。其他兼具對偶與聯綿詞之美亦多，如「瀾漫潭洞波，合沓崿嶂雲」〈自礪山東望震澤〉（五／278）「瀾漫」、「合沓」皆爲疊韻。「刈蘭爭芬芳，採菊競葳蕤。」〈夢還鄉〉（六／385）「芬芳」爲雙聲，「葳蕤」爲疊韻，兼具形式工麗與聲色駘蕩之美。而〈登黃鶴磯〉：「木落江渡寒，雁還風送秋。」（五／273）更是千古名句，方植之即評曰：「起句興象，清風萬古，可比『洞庭波兮木葉下』。孟公『木落雁南度，北風江上寒』，全脫化此句，可悟造句之法。若云『秋風送雁還』，『寒風送秋雁』，『木落秋雁還』，皆不及此妙。如孟郊『客衣飄飄秋』，『葛花零落風』，雖不辭，然若作『零落葛花風』，則句雖佳而嫌平矣。」〔註39〕

由此可知鮑照用語造句之奇，形式詞采之麗，及其審美趣味之偏越、選用題材之殊趣，而此種種特色互爲影響牽動，乃形成其詩歌的「奇麗」風格。

第四節　悲慨：浩然彌哀，慷慨多氣

悲慨，即悲涼慷慨。楊成鑒《中國詩詞風格研究》云：「其作品在深沉的憂鬱之中，激盪著一股慷慨激昂的情緒，表現作者宏偉的抱負，一時未能實現的感慨，及對未來事業堅定信念。所以其樂章節奏跌宕起落，幾次低昂迴旋，所謂『一唱三嘆』；以表達作者寬闊的胸襟和複雜多端的感慨。」〔註40〕

《文心雕龍·時序》篇評建安文學說：「觀其時文，雅好慷慨，良由世積亂離，風衰俗怨。俱志深而筆長，故梗概而多氣也。」〔註41〕

〔註39〕見錢仲聯注《鮑參軍集注》，頁 275～276。

〔註40〕楊成鑒著《中國詩詞風格研究》（台北：洪葉文化事業有限公司，1995），頁 109。

〔註41〕劉勰著，王師更生注《文心雕龍讀本》下，（台北：文史哲出版社，1991），頁 271～272。

慷慨多氣，就是所謂建安風骨。

　　鍾嶸《詩品》評曹操的詩：「曹公古直，甚有悲涼之句。」〔註42〕
這些悲涼慷慨的風格，就是建安文學的特色，他的〈短歌行〉〔註43〕：

　　　　對酒當歌，人生幾何？譬如朝露，去日苦多。慨當以慷，
　　　　憂思難忘。何以解憂，惟有杜康。青青子衿，悠悠我心。
　　　　但爲君故，沉吟至今。呦呦鹿鳴，食野之苹。我有嘉賓，
　　　　鼓瑟吹笙。明明如月，何時可掇？憂從中來，不可斷絕。
　　　　越陌度阡，枉用相存。契闊談讌，心念舊恩。月明星稀，
　　　　烏鵲南飛。繞樹三匝，何枝可依？山不厭高，海不厭深。
　　　　周公吐哺，天下歸心。

這就是建安風骨的代表作。

　　司空圖《二十四詩品‧悲慨》即對這種風格有十分形象化的描述：
「大風捲水，林木爲摧。適苦欲死，招憩不來。百歲如流，富貴冷灰。
大道日喪，若爲雄才。壯士拂劍，浩然彌哀。蕭蕭落葉，漏雨蒼苔。」
〔註44〕首二句以具體形象呈現悲慨的情狀；接言悲慨之因或爲思人不
來，中心鬱鬱，或因光陰流逝，富貴成空；或爲大道淪喪，雄才壯士，
不用於世，終至「浩然彌哀」；最後又以「漏雨蒼苔」這形象的語言
來描繪悲慨之境。

　　司空圖所論「悲慨」，與〈擬行路難〉組詩的題旨，「備言世路艱
難及離別悲傷之意」，最爲接近，雖然，鮑照爲一仕途蹭蹬的失意文人，
與曹操爲一代霸主的格局有極大的差別，因之在表現的氣勢上略嫌促
迫，但誠如沈德潛《古詩源》所云：「明遠能爲抗壯之音，頗似孟德。」
〔註45〕在南朝詩人中，鮑照的詩歌仍是最具有建安風骨特色的。

　　綜觀〈擬行路難〉十八首，悲慨之氣貫穿其間，悲慨風格實爲〈擬

〔註42〕同前註22，頁362。
〔註43〕見逯欽立輯校《先秦漢魏晉南北朝詩》（上），（台北：木鐸出版社，
　　　　1982），頁349。
〔註44〕司空圖《二十四詩品》（台北：金楓出版有限公司，1987），頁97。
〔註45〕同前註14，頁5。

行路難〉的主要特色，如：

「不見柏梁銅雀上，寧聞古時清吹音？」（其一）

「如今君心一朝異，對此長嘆終百年。」（其二）

「含歌攬涕恆抱愁，人生幾時得爲樂？」（其三）

「今我何時當得然，一去永滅入黃泉。」（其五）

「念此死生變化非常理，中心愴惻不能言。」（其七）

「但聞風聲野鳥吟，豈憶平生盛年時？」（其十）

「人生倏忽如絕電，華年盛德幾時見？」（其十一）

「自生留世苦不幸，心中惕惕恆懷悲。」（其十二）

「男兒生世轗軻欲何道，綿憂摧折起長嘆！」（其十五）

而這種悲慨風格的形成，似可從內容與形式二端一窺究竟。內容上，或悲慨時光的易逝，美景難留，人生的一切終究抵抗不了「無常」的摧折，正如民初象徵派詩人李金髮所言「生命便是／死神唇邊／的笑」；而人心的易變，雖然令人痛苦萬分，但同心而不得相聚的思念之苦，更令人慨嘆！令人悲哀！

在形式下，甚具特色的便是全組詩幾乎用了三十次「設問」的修辭技巧，其中有提問式，有激問式；其答案或於下句自行解答，或即在問題的反面。而其用於結尾者，可增加詩境的餘韻；連續設問者，更加強了悲慨的氛圍，使語勢迭宕有力、起伏不平。如第五首、第十一首、第十六首、第十八首等以「君不見」爲首句者，通篇彷彿在這種激盪、迴旋，揮之不去的悲傷、慨嘆氣氛中進行；再加以全組詩時常出現「零落」（3次）、「裁悲」、「長嘆」、「抱愁」、「行嘆」、「坐愁」、「有命」、「斷絕」、「黃泉」、「苦多」、「樂少」、「愴惻」、「愁思」、「塚頭」、「孤魂」、「獨魄」、「墳墓」、「悲悒」、「亡靈」、「憂思」、「惆悵」、「愁怖」、「朝悲」、「暮思」、「懷悲」、「流浪」、「羈死」、「鬼客」、「餘悲」、「白首」、「流離」、「將死」、「轗軻」、「邱壚」、「高墳」、「怨恨」、「窮途」（各2次）等詞句，讀來眞令人有望風氣沮之感。

其他如〈歲暮悲〉：

霜露迭濡潤，草木互榮落，日夜改運周，今悲復如昨。晝

> 色苦沈陰，白雪夜迴薄，皦潔冒霜雁，飄揚出風鶴。天寒
> 多顏苦，妍容逐丹壑。絲冒千里心，獨宿乏然諾。歲暮美
> 人還，寒壺與誰酌？（六／388）

起始便以一幅歲暮蕭瑟之景，揭開序幕，進而直接道出「日夜改運
周，今悲復如昨」的心情，而在「晝色苦沈陰，白雪夜迴薄」的時
空背景中，冒霜雁與出風鶴的形象，非僅極具寫實的藝術形象，其
實象徵著鮑照堅苦卓絕、積極奮進的情感心志；以此與詩末「歲暮
美人還，寒壺與誰酌」的空虛自問對比，則鮑照內心的孤獨、悲慨
便不言而喻了。

　　而最能看出鮑照個性上悲鬱一面的詩篇，應是〈松柏篇〉，其序
云：

> 余患腳上氣四十餘日。知舊先借《傅玄集》，以余病劇，遂
> 見還。開袠，適見樂府詩〈龜鶴篇〉。於危病中見長逝詞，
> 惻然酸懷抱。如此重病，彌時不差，呼吸乏喘，舉目悲矣！
> 火藥間缺而擬之。
> 松柏受命獨，歷代長不衰，人生浮且脆，軟若晨風悲。東
> 海迸逝川，西山導落暉，南廊悅籍短，蒿里收永歸。諒無
> 疇昔時，百病起盡期，志士惜牛刀，忍勉自療治，傾家行
> 藥事，顛沛去迎醫，徒備火石苦，奄至不得辭。龜齡安可
> 獲，岱宗限已迫，睿聖不得留，為善何所益？捨此赤縣居，
> 就彼黃壚宅。永離九原親，長與三辰隔。屬纊生望盡，闔
> 棺世業埋，事痛存人心，根結亡者懷，祖葬既云及，壙隧
> 亦已開。室族內外哭，親疏同共哀，外姻遠近至，名列通
> 夜臺。扶輿出殯宮，低回戀庭室，天地有盡期，我去無還
> 日，居者今已盡，人事從此畢，火歇煙既沒，形銷聲亦滅，
> 鬼神來依我，生人永辭訣，大暮百悠悠，長夜無時節，鬱
> 湮重冥中，煩冤難具說。安寢委沈寞，戀戀念平生，事業
> 有餘結，刊述未及成，資儲無擔石，兒女皆孩嬰，一朝放
> 擒去，萬恨纏我情。追憶世上事，束教已自拘，明發靡怡
> 愈，夕歸多憂虞，轍間晨徑荒，撤宴式酒濡，知今暝日苦，

恨失爾時娛。遙遙遠民居，獨埋深壤中，墓前人跡滅，冢
上草日豐，空林二鳴蜩，高松結悲風，長寐無覺期，誰知
逝者窮？生存處交廣，連榻舒華茵，已沒一何苦，楛哉不
容身。昔日平居時，晨夕對六親，今日掩奈何，一見無諧
因。禮席有降殺，三齡速過隙，几筵就收撤，室宇改疇昔，
行女遊歸途，仕子復王役，家世本平常，獨有亡者劇。時
祀望歸來，四節靜塋丘，孝子撫墳號，父兮知來不？欲還
心依戀，欲見絕無由，煩冤荒隴側，肝心盡崩抽。(三／179)

鮑照撰寫此篇之時，健康狀況十分惡劣，生命如同風中燭火，因之此
篇直可視為鮑照的自悼之詞，全篇也因之充滿了悲慨、憤激之氣，如
一開始便云「松柏受命獨，歷代長不衰，人生浮且脆，駃若晨風悲。」
將人生的短暫急迫，柔脆易衰與松柏的昂然長青、剛健挺立做一對
比，突顯了人在年壽上遠不如松柏的無奈，而「龜齡安可獲，岱宗限
已迫，睿聖不得留，為善何所益？」更一步指出即使是睿智聖明的賢
士古聖，在道德智識上雖已臻完美，但卻無益其自然生命的永恒不
絕，誠所謂天地不仁，以萬物為芻狗！就此角度而言，為善自然沒有
任何助益；然而在篇中鮑照又云：「安寢委沈寞，戀戀念平生，事業
有餘結，刊述未及成，資儲無擔石，兒女皆孩嬰，一朝放擒去，萬恨
纏我情。」卻顯示出鮑照雖有「為善何所益」的激憤之言，卻仍「戀
戀念平生」，在重病危喘之際孜孜不忘刊述之事，並擔憂將在貧窮環
境中艱苦成長的下一代，可見刊述著作及親屬家人實為鮑照生命中極
為要的兩個部份，但十分令人嘆惋的是，這兩個部份終鮑照一生仍無
一圓滿的完成；而本篇最終，鮑照則以一幅懸想的祭拜作結：「時祀
望歸來，四節靜塋丘，孝子撫墳號，父兮知來不？欲還心依戀，欲見
絕無由，煩冤荒隴側，肝心盡崩抽。」讀來令人悲涼無奈、傷痛欲絕。

第五節　委曲：似往已迴，吞聲躑躅

「委曲」這種風格的形成，主要因鮑照生當門閥專制最嚴酷的時

代，上有帝王豪門的壓迫，下有權倖小人的攻擊與陷害，其〈謝隨恩被原〉、〈謝解禁止表〉、〈謝永安令解禁止啟〉，都提及他受到小人讒言而得罪處分的事，在這種環境下的鮑照孤獨而悲憤，又往往怒而難言，發之於詩文，自然無法直率道出，只得委婉曲折的傾訴；司空圖《詩品》形容「委曲」〔註46〕的風格云：

> 登彼太行，翠遶羊腸。杳靄流玉，悠悠花香。力之於時，聲之於羌。似往已迴，如幽匪藏。水理漩洑，鵬風翱翔。道不自器，與之圓方。

蕭水順先生於《從鍾嶸詩品到司空詩品》〔註47〕一書中分析道：

> 表聖言「委曲」時，先言曲徑流水，此直進式之委曲也，且羊腸而遶以翠綠，流玉而伴以花香，則其委婉曲折復有不盡之美環繞其旁矣！詩境之委曲，亦當如此。言往迴式之委曲，其勢似往，細察之，則已迴還矣，似往而迴，似迴而往，委曲之妙，自在其中，「力之於時，聲之於羌」，以輕重緩急為委曲，亦往迴式之委曲也。再次言旋渦式之委曲，則表聖所謂「水理游洑，鵬風翱翔」者是也，水理游洑，言水中波紋左右回旋，上下起伏；鵬風翱翔，言鵬鳥展翼捲起旋風，急轉而升，此二類委曲之形式，均為旋渦式，旋進而往迴，往迴且旋進，其為委曲之態繁複而多變。計以上類委曲型態，詩人可自由運用之，依自然態勢而為圓為方，所謂「道不自器」是也。

分析十分細膩深刻，而這種風格尤適於表現閨怨及抑鬱難申之情；如〈擬行路難〉十八首之四：

> 瀉水置平地，各自東西南北流。人生亦有命，安能行嘆復坐愁！酌酒以自寬，舉杯斷絕歌路難。心非木石豈無感？吞聲躑躅不敢言。（四／229）

王船山《古詩評選》卷一評曰：「先破除，後申理，一俯一抑，神情

〔註46〕同前註44，頁91。
〔註47〕蕭水順《從鍾嶸詩品到司空圖詩品》（台北：文史哲出版社，1993），頁120。

無限。言愁不及所事，正自古今悽斷。」〔註48〕此首旨在身世轗軻之感。首言「命」的問題，以水爲喻，表達人生命運各異的看法，因此下接「人生亦有命，安能行嘆復坐愁。」擺脫了象徵手法而直抒胸臆，進而酌酒自寬、高歌抒懷，詩意至此似已有振翅鵬飛之勢，但鮑照卻迴筆頓挫，以「心非木石豈無感？吞聲躑躅不敢言」作結，所謂「一俯一仰，神情無限」，曲折之美，盡在其中。而這種曲折頓挫、悲鬱難言之情，誠如王船山所云：「熟六代時事，方知此所愁所思者何也。」（此借王船山《古詩評選》評〈擬行路難〉第七首之言）自魏晉以來，寒士奮志於門閥大族之間，稍一不慎，輕則刑罰加身，重則命喪如蟻，所謂「言愁不及所事，正自古今悽斷。」非不能及，實不敢及，悽斷在此矣！

又如〈山行見孤桐〉：

> 桐生叢石裏，根孤地寒陰，上倚崩岸勢，下帶洞阿深。奔泉冬激射，霧雨夏霖霪，未霜葉已肅，不風條自吟。昏明積苦思，晝夜叫哀禽，棄妾望掩淚，逐臣對撫心。雖以慰單危，悲涼不可任，幸願見雕斲，爲君堂上琴。（六／410）

全詩似乎是在描寫一棵孤立於山中的桐木，實則借孤桐以喻自己處境的艱難，「桐生叢石裏，根孤地寒陰，上倚崩岸勢，下帶洞阿深。」生長的環境十分惡劣，且「奔泉冬激射，霧雨夏霖霪，未霜葉已肅，不風條自吟。」這孤桐在惡劣環境下生長，體質似也耗弱不堪，處境堪哀。「昏明積苦思，晝夜叫哀禽，棄妾望掩淚，逐臣對撫心。」則以「苦」、「哀」、「掩淚」、「撫心」等句，藉孤桐投射以擬人的情感，「棄妾」、「逐臣」在此可當景語，亦可當喻語，情景渾融一體，感人至深；至末四句「雖以慰單危，悲涼不可任，幸願見雕斲，爲君堂上琴。」則明顯以轉化的技巧將詩人的心志寄託於孤桐之上，然而又十分切合孤桐的特質；這種不直訴心志，卻假託他物抒情，經過轉折，婉轉地透露心意，便形成了「委曲」的風格，這種風格頗爲耐人尋味，

〔註48〕王船山著，張國星校點《古詩評選》，頁47。

比明白說出更爲動人，而給人更深的印象。

結　語

　　文學作品的風格，不論透過何種形式，皆是源於作者自身的生命力，因之，風格的多樣性與豐富性，便成爲一切藝術大師的重要標誌，如屈原、李白、杜甫、白居易、蘇軾、辛棄疾、陸游等，就不是以單一的風格評述便能呈現其藝術全貌的，而鮑照亦是如此。如〈日落望江贈荀丞〉的「惟見獨鳥飛，千里一揚音。推其感物情，則知遊子心。」（五／287）的幽深意境，洗盡俗塵；〈代春日行〉的「春山茂，春日明。園中鳥，多嘉聲。梅始發，桃始青。」的秀麗柔婉，都是鮑照在「俊逸」、「奇麗」、「悲慨」、「委曲」等藝術情韻之外的風格表現。

　　然而在貽譏金粉，浮華麗靡，內容空洞虛無，缺乏現實生活反映的六朝詩壇，鮑照詩歌卻以氣包八荒，雄健豪邁之勢；奇特瑰麗，音節錯綜之姿，一洗詩壇纖弱之習，被後世譽爲「慷慨任氣、磊落使才，在當時不可無一，不可有二」〔註49〕的千古絕唱；最主要在於以其才能、氣質、學識、習染四種因素交揉而成，並透過內容、形式渾融一體展現出來的俊逸、奇麗、悲慨、委曲四種獨特風格。

　　這四種風格的呈現，就如鴻鵠展翼，掠過群蟬聒噪的樹林，又如在萬里平蕪，傲然聳立的一座蔥鬱高峰。當群蟬依舊噪鳴，鴻鵠卻早已翔逸萬里；當人們爲平蕪的單調而感到沈悶，卻因這突現的奇峰而驚發讚嘆！

　　然而天地萬物，無論其景緻多麼幻變詭麗，在時間的推移下，終究有著滄海桑田的無情變化；而在文學的國度裏，作者獨特的生命情調及其展現的殊異風格，卻是樹立於時間之神眼前的永恆大旗，也是一張足以遊走任何國度的通行證；因之，對於文學作品風格的認識與掌握，就如同擁有了足以超越時空範限的靈視，這靈視，帶領我們進入文學的國度，與不同時空中出現的偉大藝術家，做了最親切而深刻的交談。

─────────────

〔註49〕同前註27，頁56。

第五章　文宗學府，承先啓後
——鮑照詩的評價、影響與貢獻

　　每一位文學評論者，都是尋寶者，他們孜孜不倦地在文學的大河與藝術的寶山中，或俯首篩金，或奮勉掘礦；一點也不放過被瀲灩水光所掩蓋的金澤，絲毫也不錯失被包圍在堅石軟泥中的寶玉；然而，這需要何等高明的手法，何等犀利的眼光！

　　或許正如鮑照〈見賣玉器者〉詩序所云：「見賣玉器者，或人欲買，疑其是玟，不肯成市。聊作此詩，以戲買者。」（六／382）識人、讀詩，皆如選玉；姑不論因時代風尚或個人偏好，愛水晶者，贊其剔透，喜翠玉者，嘆其瑩潤，去取雖有不同，終究識器；但是珍寶當前，卻疑其是玟，遲遲不肯成市者亦所在多有。基於這樣的認知與考量，對於鮑照千古以來或「取湮當代」、遭烈標世，或激賞讚嘆、排擠貶斥等差異極大的評價，似乎仍需要進一步全面而深入的分析探討，方能對於鮑照的評價，達到涇渭不雜、玟玉早分的理想。

第一節　鮑照詩的評價

一、南朝：才秀人微，取湮當代

　　就南朝整個文學評論現象來看，對於鮑照的評價並不算高，當時

著名的二位評論家，鍾嶸《詩品》僅將鮑照列為中品，劉勰《文心雕龍》甚至對鮑照隻字未提；而被鍾嶸視為「憲章鮑明遠」〔註1〕的沈約，在修《宋書》時，於晉、宋時著名文人如陶潛、謝靈運、顏延之等，都為之立傳標舉，唯獨鮑照無專傳，僅附於〈臨川烈武王道規傳〉後，而且記載粗略，未明生卒年里，對其詩歌評價則云「文辭贍逸，嘗為古樂府，文甚遒麗。」〔註2〕「贍逸」、「遒麗」就是內容豐富，詞采華美，風格俊逸，而且文氣勁健豪放，可見沈約已頗能掌握鮑詩的特色，此外沈約並將鮑照的〈河清頌〉收入《宋書》〔註3〕，顯示他對於鮑照頗有關注，且評價並不算低。

然而《宋書·謝靈運傳論》歷載前代名人作家時，元嘉詩壇只論及顏、謝：「爰逮宋氏，顏謝騰聲，靈運之興會標舉，延平之體裁明密，並方軌前秀，垂範後昆。」〔註4〕於鮑照卻未提及，前後判讀，輕重了然。至於裴子野修《宋略》時，更將鮑照附傳也予以刪除，直到唐初李延壽修《南史》時才重新編入。

而真正在南朝文學版圖中劃出一塊疆域給予鮑照的，則首見於蕭子顯《南齊書》，該書〈文學論傳〉在論述梁代文學三大主流時，慧眼獨具地將鮑照列為其中一大主流：「次則發唱驚挺，操調險急，雕藻淫艷，傾炫心魂。亦猶五色之有紅紫，八音之有鄭衛。斯鮑照之遺烈也。」並云「顏謝並起，乃各擅奇；休鮑後出，咸亦標世。朱藍共妍，不相祖述。」〔註5〕首次肯定鮑照在詩史上卓然獨立的地位，比沈約對鮑照的評價顯然是高出許多，但蕭子顯同時又責難鮑詩有違「雅正」之旨，「險急」、「淫艷」、「鄭、衛」畢竟非正面的評價，由

〔註1〕鍾嶸著，曹旭集注《詩品集注》（上海：上海古籍出版社，1994），頁321。

〔註2〕《宋書》（台北：鼎文書局，1993），頁1477。

〔註3〕同前註，頁1480。

〔註4〕同前註，頁1778。

〔註5〕見郁沅、張明高編選《魏晉南北朝文論選》（北京：人民文學出版社，1996），頁340。

此可知，蕭子顯只是客觀的說明鮑詩當時廣爲流行，並造成風潮的歷史實況，就如同《詩品》序指出梁代文士仰慕鮑照的盛況：「次有輕薄之徒，笑曹、劉爲古拙，謂鮑照義皇上人，謝朓今古獨步。而師鮑照，終不及『日中市朝滿』，學謝朓，劣得『黃鳥度青枝』。徒自棄於高聽，無涉於文流矣。」〔註6〕同樣都是認爲鮑照險俗、淫艷之作，最爲輕薄之徒所推崇〔註7〕，頗具貶意。但綜觀南朝諸多評論家所言，對於鮑照認識最深刻的仍首推鍾嶸，他在《詩品》中贊許鮑照，並指出其詩的特色〔註8〕：

> 源出於二張。善製形狀寫物之詞。得景陽之諔詭，含茂先之靡嫚。骨節強於謝混，驅邁疾於顏延。總四家而擅美，跨兩代而孤出。嗟其才秀人微，故取湮當代。然貴尚巧似，不避危仄，頗傷清雅之調。故言險俗者，多以附照。

認爲鮑照詩善摹物狀，善寫物情，造境奇譎，變幻莫測，既有委婉徐緩、華麗妍冶之音，又有激越抗壯、勁健雄邁之詞，驅進遒豪，遣詞敏捷，博采諸家之長，又能兼具獨創之美。然而卻不滿其喜於巧琢，終至流於險仄，而傷清雅之調，故將鮑照列於中品。

清詩人兼詩評家王士禎於《漁洋詩話》〔註9〕卷下卻評曰：

> 鍾嶸詩品，余少時深喜之，今始知其蹖謬不少。……中品之劉琨、郭璞、陶潛、鮑照、謝朓、江淹、下品之魏武，宜在上品。……而位置顛錯，黑白淆訛，千秋定論，謂之何哉？……至以陶潛出於應璩，郭璞出於潘岳，鮑照出於二張，尤陋矣。又不足深辯也。

〔註6〕鍾嶸著，曹旭集注《詩品集注》，頁58。

〔註7〕據曹旭先生於《詩品集注》序中注云：「案：此處『輕薄之徒』謂誰，日本《詩品》班《鍾氏詩品疏》（高木正一《鍾嶸詩品》同）以爲，推尊『謝朓古今獨步』的乃是沈約。……由文體作法，乃至詩歌理論，沈約皆學步鮑照，足見其之推尊，『謂鮑照義皇上人』，或亦與暗詆沈約有關。」見頁60。

〔註8〕同前註7，頁290。

〔註9〕見丁福保編《清詩話》（台北：西南書局，1979），頁179～180。

這可能代表許多文人的見解，然而這種見解是不是正確呢？這可從二個角度來理解：

首先，《詩品》所評析的各家詩作皆以「五言」為限，其理由是「夫四言，文約易廣，取效風、騷，便可多得。每苦文繁而意少，故世罕習焉。五言居文詞之要，是眾作之有滋味者也，故云會於流俗。豈不以指事造形，窮情寫物，最為詳切者邪！」〔註10〕因之他去取評論的對象也就「止乎五言」；這在鍾嶸《詩品‧序》中已表達得很清楚了，而鮑照作品中卻以樂府詩所受的評價最高，因此，在品評對象的取捨觀點上，便對鮑照造成一種偏頗不公平的對待。

至於鍾嶸評詩僅取五言，這在當時亦是一種文學趨向，《文心雕龍‧樂府》即云：「若夫艷歌婉變，怨詩訣絕，淫辭在曲，正響焉生？然俗聽飛馳，職競新異，雅詠溫恭，必欠伸魚睨；奇辭切至，則拊髀雀躍；詩聲俱鄭，自此階矣！」〔註10〕劉勰在此所指的正是劉宋以來流行的樂府，而其中所批判的數點如「淫辭」、「俗聽」、「新異」、「奇辭」、「詩聲俱鄭」等，莫不與鮑詩所受到的反面評價隱然相合，由此觀之，則鍾嶸取五言而略樂府，劉勰無一字評及鮑照，其原因便十分明顯了。

其次從鍾嶸的詩觀探討，據蕭水順先生分析，鍾嶸最不滿意三項當時流行的創作風尚：一是宮商聲病，二是用典用事，三是繁密巧似；而積極建立以重情性，有滋味，需雅正的自然詩觀為其職志；〔註11〕很不巧的，鮑照詩在用韻上突破七言詩句句用韻的現象，而改以隔句用韻、自由換韻，在聲韻節奏的要求上，的確超出「但令清濁通流，口吻調利，斯為足矣」〔註12〕的要求，此又是鮑詩新變

〔註10〕同前註7，頁36。

〔註10〕劉勰著，王師更生注釋《文心雕龍讀本》（上）（台北：文史哲出版社，1991），頁108。

〔註11〕其說詳見蕭水順《從鍾嶸詩品到司空詩品》（台北：文史哲出版社，1993）頁13～20。

〔註12〕同前註7，頁340。

之一端。而在用典用事上，本爲元嘉詩壇的一種風尚，鮑詩亦頗染之；至於繁密巧似，正爲鮑詩特色之一，鍾嶸亦深知之，綜合此三點而言，鮑照詩的藝術特點，正與鍾嶸所忌諱反對者相符；若不是鮑詩在「善制形狀寫物之詞」外，有著慷慨悲涼的風骨與剛強磊落的氣韻，恐怕將如鮑照的好友惠休上人淪於下品了！此外，《詩品》無源下流上之例，但「源於二張」之晉黃門郎張協居上品，則鮑照詩不應受此例之限，而仍居中品。因此，正如同鄧中龍先生〈從陶潛、鮑照說到鍾嶸詩品〉〔註13〕中所說：

> 從文學上的流變，來看新舊之間的鬥爭，往往存在著異代而皆然的一種通例。那就是：當某一種文體發展到瀕於沒落邊緣時，則守舊者利用其在文壇上的地位，對趨新派的作品總會加以嘲笑與抨擊。而趨新派由於正在嘗試探索的階段，他們的作品，也並不太合時宜，（當然，這時宜也是很有問題的。）因此，往往是沉默的，任由守舊派加以嘲笑與抨擊。
>
> 韓退之提倡古文運動之初，不是也有人嘲笑他麼？
>
> 胡適之提倡白話文運動之初，不是也有人嘲笑他麼？

因此，對於六朝文人對於鮑照的評論，或許我們從文學創作者的新變自覺，與文學評論者的保守主觀，這兩者之間的矛盾與落差來看，也就不必錙銖計較其品第的高下；反之，我們從評論者的負面評價中，卻似乎更清楚的看見了，一顆勇於新變、不受拘牽的創造心靈。

二、隋唐：文宗學府，馳名海內

　　隋唐時期對於鮑照的評價起了很大的變化，如劉知幾《史通·人物篇》：「至若鮑照，文宗學府，馳名海內，方于漢代，褒、朔之流。事皆關如，何以申其褒獎？」〔註14〕將鮑照與西漢著名辭賦作家王

〔註13〕文見吳宏一主編《中國古典文學論文精選叢刊·詩歌類》（台北：幼獅文化公司，1985），頁108～109。

〔註14〕唐·劉知幾撰，清·浦起龍釋《史通·通釋》（台北：里仁書局，1980），頁239。

褒、東方朔相提並論；鮑照除擅長詩文之外，其〈蕪城賦〉、〈飛蛾賦〉、〈舞鶴賦〉、〈芙蓉賦〉、〈園葵賦〉、〈遊思賦〉、〈觀漏賦〉、〈傷逝賦〉、〈尺蠖賦〉、〈野鵝賦〉十篇，全為抒情小賦，數量雖不多，卻代表元嘉賦壇的最高成就，劉知幾所言實甚允當。皎然《詩式》則將鮑照〈擬行路難〉十八首之七，「愁思忽而至，跨馬出北門」一詩，作為「越俗」品的典範加以表揚，盛讚「其道如黃鶴臨風，貌逸神王，杳不可羈。」〔註15〕可謂推崇倍至。

　　同樣是詩論家的殷璠在其《河嶽英靈集》序言對於南朝詩歌痛加抨擊：「妄為穿鑿，理則不足，言常有餘，卻無比興，但貴輕艷，雖滿篋笥，將何用之？」〔註16〕但《唐詩紀事》三十一常建條引殷璠云：「高才而無貴位，誠哉是言也！曩劉楨死於文學，左思終於記室，鮑照卒於參軍，今常建亦淪於一尉，悲夫！」〔註17〕對於鮑照「才秀人微」的命運，發出了「高才而無貴位」的不平之鳴！

　　然而逢知己於千載之下，雖云不幸，實亦大幸，更何況知己者為中華詩壇二大巨峰的李白、杜甫，不論仙、聖，俱對這發出於人世現實中的絕唱，有著至高的讚嘆與評價，李白〈經亂離後天恩流夜郎，憶舊遊贈江夏韋太守良宰〉：「覽君荊山作，江、鮑堪動色。清水出芙蓉，天然去雕飾。」〔註18〕認為鮑照詩亦有清新自然的特色；並於〈贈僧行融〉一詩中將釋行融和自己的交往比為「梁有湯惠休，常從鮑照遊。」〔註19〕便以鮑照自比。另在〈江夏送倩公歸江東序〉又云：「傾產重諾，好賢攻文，即惠休上人與江、鮑往復，各一時也。」〔註20〕亦以江、鮑、惠休為例，稱許友朋間詩文唱和賞心悅樂之事；可見李白對鮑照的道德、文章均十分景仰。

〔註15〕清・何文煥《歷代詩話》上，（台北：木鐸出版社，1983），頁 32。

〔註16〕見鍾優民《社會詩人鮑照》（台北：文津出版社，1994），頁 337。

〔註17〕同前註 17。

〔註18〕清・王琦注《李白全集》（1）（廣東：珠海出版社，1996），頁 428。

〔註19〕同前註 19，頁 471。

〔註20〕清・王琦注《李白全集》（2），頁 946。

　　而詩聖杜甫對鮑照亦有很高的評價，〈蘇端、薛復筵簡薛華醉歌〉
〔註21〕云：

　　　　座中薛華善醉歌，歌辭自作風格老。近來海內爲長句，汝
　　　　與山東李白好，何、劉、沈、謝力未工，才兼鮑照愁絕倒。

是文學史上第一位指出鮑照對七言詩（長句）有巨大影響與貢獻的評
論；本詩旨在贊揚薛華、李白擅長七言長句，同時指出何遜、劉孝綽、
沈約、謝朓諸人只工五言，唯獨鮑照七言長句，影響絕遠，何遜等人
皆望塵莫及；此外於〈春日憶李白〉云：「白也詩無敵，飄然思不群，
清新庾開府，俊逸鮑參軍。」〔註22〕除了歌頌李白，同時也肯定鮑詩
的獨特風格。至於文起八代之衰，「非三代兩漢之書不敢觀，非聖人
之志不敢存」〔註23〕的古文大師韓愈，雖極力排斥六朝以來的駢儷文
風，唯獨推崇鮑照、謝朓的創作，其〈薦士〉詩〔註24〕云：

　　　　逶迤抵晉宋，氣象日凋耗，中間數鮑、謝，比近最清奧。
　　　　齊、梁及陳、隋，眾作等蟬噪。

更具歷史定位的意義。此時鮑照在文學史上的評價，已從南朝的「險
俗」、「危仄」提昇到「天然」、「俊逸」，而「取湮當代」的鮑照已成
爲「文學宗府」的鮑照，評價實有天壤之別，然而，這時明遠已告別
人世三百年了！

　　此外，鍾優民先生於《社會詩人鮑照》中亦指出，對於鮑照詩的
注解，亦始於唐代，雖然李善及五臣（呂延濟、劉良、張銳、呂向、
李周翰）的《文選注》，只注釋鮑作二十篇，但其體例典雅，語言淺
近，學術價值很高，爲後世鮑照研究提供了寶貴借鑒。〔註25〕可見隋
唐時期，實爲鮑照評價的轉型期。

〔註21〕《杜甫全集》（廣東：珠海出版社，1996）卷四，頁247。
〔註22〕同前註22，卷一，頁45。
〔註23〕韓愈著，馬通伯校注《韓昌黎文集校注》（台北：華正書局，1986），
　　　　頁99。
〔註24〕《朱文公校昌黎先生集》（四部叢刊初編集部），頁32。
〔註25〕詳鍾優民《社會詩人鮑照》第十章〈發唱驚挺　風騷遙領〉（台北：
　　　　文津出版社，1994），頁338。

三、兩宋金元：多元紛呈，褒貶不一

兩宋金元時期，隨著詩話、詩評的產生，對於鮑詩的探討，更顯多元紛呈，如對其詩歌的藝術風格便提出多種見解。秦觀〈韓愈論〉：「鮑照之詩長於峻潔。」〔註26〕陳師道《後山詩話》：「鮑照之詩華而不弱。」〔註27〕敖陶孫《敖器之詩評》：「鮑明遠如飢鷹獨出，奇矯無前。」〔註28〕又如許顗《彥周詩話》稱許曰：「明遠〈行路難〉，壯麗豪放，若決江河，詩中不可比擬。」〔註29〕元代方回《文選顏鮑謝詩評》也肯定鮑詩云：「明遠多為不得志之辭，憫夫寒士下僚之不達，而惡夫逐物奔利者之苟賤無恥。」〔註30〕反映當時評論界對於鮑照肯定、推崇的一面。

然而，對於鮑詩提出反面看法的評論者亦頗常見，如《漫叟詩話》認為鮑、謝之作遠不如陶詩的「不見斧斤，而磊落清壯。」〔註31〕嚴羽《滄浪詩話》指出元嘉詩壇「顏不如鮑，鮑不如謝。」〔註32〕張戒《歲寒堂詩話》更批評鮑詩「僅稱俊快，未達高古」，遠乖「詩無邪」之旨，並十分偏頗的譴責「自建安七子、六朝、有唐及近世諸人，思無邪者，惟陶淵明杜子美耳，餘皆不免落邪思也。六朝顏鮑徐庾，唐李義山，國朝黃魯直，乃邪思之尤者。魯直雖不多說婦人，然其韻度矜持，冶容太甚，讀之足以蕩人心魄，此正所謂邪思也。」〔註33〕鍾優民先生則認為：「這些責難皆事出有因，貌似合理，但他們離開對鮑照全面深入的探索、分析，單指出鮑照不足之處或薄弱環節加以權

〔註26〕同前註26。
〔註27〕清・何文煥輯《歷代詩話》上，頁313。
〔註28〕見常振國、降雲編《歷代詩話論作家》（三）（台北：黎明文化公司，1993），頁142。
〔註29〕同前註28，頁383。
〔註30〕同前註26。
〔註31〕同前註26。
〔註32〕嚴羽著，郭紹虞校釋《滄浪詩話》（台北：里仁書局，1983）〈詩評〉，頁156。
〔註33〕見丁福保輯《歷代詩話續編》（台北：木鐸出版社，1988），頁465。

衡，以偏概全，難免片面，未能稱是。」〔註34〕鍾氏之說，頗值得深思；畢竟以不同風格的兩種作品做比較，本就容易造成各以所長，相輕所短的謬誤；而詩歌風格之多元，正如春蘭、夏荷、秋菊、冬梅各具其美，難以軒輊，顏、鮑、謝詩各擅勝場，蕭子顯《南齊書・文學傳論》所述甚詳，嚴羽之說過於粗略草率，未能詳論，元嘉三雄若詩魂有知，至少將有二雄喊冤；雖然詩話體例本即鬆散自在，理論欠周、舉證不足，亦非嚴羽一人之病，然斷言過激，豈可不慎？至於張戒所言，純以道德角度批評，其主觀片面更難令人信服。

　　此外，詩歌選集、補注方面，宋元時期亦頗有開展，如郭茂倩《樂府詩集》、元劉坦之《選詩補注》、方回《文選顏鮑謝詩評》等，皆能闡發幽微，頗多創見，對於鮑照詩的研究提供了更多元而廣大的視野。

四、明代：上挽曹、劉，下開李、杜

　　時至朱明，鮑照在文學史的地位得到更多評論家的公認與肯定。宋濂於〈答章秀才論詩書〉云：「元嘉以還，三謝、顏、鮑爲首。……明遠則效景陽，而氣骨淵然，駿駿有西漢風。」〔註35〕胡應麟《詩藪》則進一步指出：顏延之等「所以遠卻謝、鮑諸人，正以典質有餘，風神不足耳」、「宋人一代，康樂外明遠信爲絕出，上挽曹、劉之逸節，下開李、杜之先鞭。」〔註36〕認爲鮑照爲南朝初期繼往開來的傑出詩人，隱然有比肩靈運之勢。而鄭原《藝圃折中》云：「鮑明遠則高鴻決漢，孤鶻破霜。」〔註37〕形象生動，評語傳神，頗得鮑詩氣骨。而陸時雍對於鮑照更是推崇，其《詩鏡總論》〔註38〕云：

　　　鮑照才力標舉，凌歷當年，如五丁鑿山，開人世之所未有。
　　　當其得意時，直前揮霍，目無堅壁矣。駿馬輕貂，雕弓短

〔註34〕鍾優民著《社會詩人鮑照》，頁339。
〔註35〕同前註，頁340。
〔註36〕同前註。
〔註37〕同前註。
〔註38〕同前註，頁407。

　　劍，秋風落日，馳騁平岡，可以想此君意氣所在。

對於鮑詩的藝術造詣和精神氣貌皆能掌握得當。

　　此外，明代關於鮑集版本的整理更卓有成效。據《隋書・經籍志》
和《唐書・藝文志》二書記載，《鮑照集》原爲十卷，宋刻《鮑集》
亦作十卷，其中賦二卷，詩六卷，表、疏、書、啓一卷，頌、銘文一
卷，其版本清初何焯還曾見到，但到乾隆朝修《四庫全書》時已佚，
《四庫全書》所收《鮑集》十卷係明人都穆所輯版本，與宋本稍有出
入。明正德庚午（公元 1510 年）朱應登所刊《鮑集》即都穆輯本；
張溥《漢魏百三家集》所收鮑照詩文二卷，是明代印行的另一版本，
此兩種版本尚流行於世。

五、清代：評論全面，比肩靈運

　　鍾優民先生於《社會詩人鮑照》〔註39〕一書認爲：

> 清代學術繁榮，鮑照研究繼續向縱深發展，逐漸出現高潮，
> 其時有關鮑照的著述之豐，前所未見。約而言之，這段時
> 期探討的重點集中在兩個方面，一是對鮑照創作的成敗得
> 失的研究，一是鮑照與其他詩人的比較。清代學者對鮑照
> 藝術經驗和教訓的分析較以往遠爲深刻細緻，既有高度的
> 讚許，也有中肯的批評，爲此學人之間還展開過針鋒相對
> 的辯駁，氣氛相當活躍。

如王夫之《船山古詩評選》云：「杜陵以『俊逸』題鮑，爲樂府言爾。
鮑五言恆得之深秀，而失之重澀，初不欲以俊逸自居。」〔註40〕又云：
「七言之制，斷以明遠爲祖何？前雖有作者，正荒忽中鳥徑耳。柞域
初拔，即開夷庚，明遠於此，實已範圍千古。故七言不自明遠來皆萯
稗而已。」〔註41〕而在民歌小詩方面，王夫之仍多注目，如評鮑照〈采

〔註39〕鍾優民《社會詩人鮑照》，頁 342。
〔註40〕王夫之著，張國星校點《船山古詩評選》（北京：文化藝術出版社，
　　　　1997），頁 233。
〔註41〕同前註 41，頁 45。

菱歌〉三首之一：「益平益遠，小詩之聖，證也。」又評〈幽蘭〉：「風雅絕世。」〔註42〕可說是歷代詩評至有清一朝，對於鮑照評價最高，最全面的一家。而陳祚明《采菽堂古詩選》亦云：「（鮑照）樂府則弘響者多，古詩則幽尋者眾。然弘響之中，或多拙率；幽尋之內，生澀病弊。」〔註43〕認爲鮑照樂府有「拙率」之病，過於顯露，而五言則沉奧板滯，有「生澀」之弊。陳沆《詩比興箋》則於此提出不同看法，他認爲鮑詩（按，此指〈擬行路難〉組詩）「音專骭髒，志之和平，有激使鳴，在誠難飾，惜哉千載，目比秋茶，甚至陳氏祚明，直詆全旨淺近，未見顏色，有餘慨焉。」〔註44〕則指出鮑照滿腔激怒，音節抗壯，志乏和平，實乃時代與環境逼迫所致，兼顧到詩歌創作與時代環境之間的密切關連性，頗爲難得；然陳氏評箋鮑照〈擬行路難〉（按計八首），頗多牽強史實，附會帝王之處，其意或在表鮑照忠直之志，然而牽拘史事，又傷眞美，亦失之偏頗。

　　至於鮑照創作上直率勁健，奇詭華麗的藝術風格，清人褒貶不一；如何焯《義門讀書記》云：「詩至明遠，發露無餘。李、杜、韓、白，皆出此也。」〔註45〕認爲顯露、直率非病，反而視爲詩家一格，唐代許多偉大詩人皆取筋於此。另一方面，王闓運《八代詩選》則指責曰：「明遠詩氣急色濃，務追奇險，其品度卑矣！」〔註46〕與《詩品》評鮑詩「頗傷清雅」之論遙相呼應。而王士禎《帶經堂詩話》則首創新詮，肯定「明遠篇體驚奇，在延年之上。謝之與鮑，可謂分路揚鑣。仲偉之《品》，於明遠多微詞，愚所未解。」〔註47〕其實鍾氏評鮑，自有其理論及選評基礎；而顏、鮑、謝三人詩作各具風姿，未便據之區分高下，不過若因互爲比較，使各自的風格特色更加突顯明

〔註42〕同前註40，頁118、119。
〔註43〕見鍾優民《社會詩人鮑照》，頁342。
〔註44〕陳沆撰《詩比興箋》（台北：鼎文書局，1979），頁79。
〔註45〕同前註。
〔註46〕同前註，頁343。
〔註47〕同前註。

確，亦是頗有意義的；如黃子雲《野鴻詩的》：「明遠沈雄篤摯，節亮句遒，又善能寫難寫之景。較之康樂，互有短長。」〔註48〕又如方東樹《昭昧詹言》：「鮑、謝兩雄並峙，難分優劣。謝之本領，名理境界，肅穆沈重，似稍勝之，然俊逸活潑，亦不逮明遠。」〔註49〕持論平允。至於鮑照與陶淵明，一般則認為鮑詩稍遜一籌，方東樹將陶詩〈庚戌歲九月於西田獲早稻〉與鮑照〈觀圃人藝植〉詩對比，指出前者「氣舒放，見筆氣文勢」，而後者「畢竟鈍且客氣，通身以元氣求之，去陶終遠」〔註50〕；洪亮吉《北江詩話》亦云：「陶彭澤詩有化工氣象，餘則惟能描摹山水，刻畫風雲，如潘、陸、鮑、左、二謝等是矣！」〔註51〕然而也有人反對這種批評法，如吳觀文就批駁蘇軾關於陶淵明高於曹植、鮑照等人的觀點，於其《陶淵明集批語》：「以諸人之詩較之淵明，譬之春蘭秋菊不同其芳，菜羹肉膾各有其味，聽人之好耳。」〔註52〕其說頗為客觀。

六、近代：陶鮑謝詩，三家鼎立

　　至近代因西方文藝理論的影響，各種文學批評方法燦然並生，又因文學語言改用現代白話，更影響了現代文學觀，這新的文學觀念，使鮑照研究形成了不少新的角度和層次，這時期對鮑照的批評以讚揚為主調。白話文學大師胡適對於鮑照的高度推崇十分具有代表性，其《白話文學史》〔註53〕中即云：

> 當時（指元嘉詩壇）最大詩人不是謝與顏，乃是鮑照。鮑照是一個有絕高天才的人；他二十歲時作〈行路難〉十八首，才氣縱橫，上無古人，下開百代。……直到三百年後，樂府民歌的影響已充分地感覺到了，才有李白、杜甫一班

〔註48〕丁福保編《清詩話》，頁796。
〔註49〕方東樹《昭昧詹言》（台北：漢京文化公司，1985），頁169～170。
〔註50〕同前註45。
〔註51〕見《叢書集成新編》79（台北：新文豐出版社），《北江詩話》，頁522。
〔註52〕同前註44，頁344。
〔註53〕胡適著《白話文學史》（台北：遠流出版公司，1992），頁133～134。

人出來發揚光大鮑照開闢的風氣。杜甫說「俊逸鮑參軍」。
三百年的光景，「險俗」竟度成了「俊逸」了！這可見鮑照
是個開風氣的先鋒，他在當時不受人賞識，這正是他的偉
大之處。

而鄭振鐸則力矯鍾嶸論鮑詩「危仄」之說，《插圖本中國文學史》認
爲「在顏、謝作風籠罩一切之下，照的『俊逸』卻是『對症之藥』」，
更認爲「擬行路難十八首，幾乎沒有一首不是美好的」，「都是爽脆之
至，清暢之至的東西，又何嘗是什麼『危仄』！他的五言諸作也風格
遒人，陳言俱去」，並充分肯定「照卻是一位眞實的有天才的作家，
其對於後來的恩賜是遠過於顏、謝的。齊、梁之間，照名尤著。然其
險狹之處，挺逸之趣，則繼軌者無聞焉。」〔註54〕又如蕭滌非《漢魏
六朝樂府文學史》〔註55〕亦云：

> 當南朝綺羅香澤之氣，充斥瀰漫之秋，其能上追兩漢，不
> 染時風者，吾得一人焉，曰鮑照。鮑氏樂府之在南朝，猶
> 之黑夜孤星，中流柢柱，其源乃從漢魏樂府中來，而與整
> 個南朝樂府不類，故特闢專章，敍之於後，以明流別。……
> 故以詩言，陶鮑謝三家，先後鼎足，以樂府言，則當讓鮑
> 照獨步！

此外如王運熙先生於《樂府詩述論》一書中指出七言詩隔句用韻的現
象，至鮑照〈擬行路難〉始告完成，而「鮑照的〈夜聽妓〉和湯惠休
的〈秋思引〉都是七言四句的短詩，可以說是後世七絕的先驅作
品。……鮑照和惠休在當時是非常富有見識的作家，他倆不像謝靈
運、顏延年般注意字句的琢磨，而大膽學習民歌自然活潑的風格和多
樣化的表現形式。」〔註56〕從詩歌形式與節律方面，深入研究探析，
明確地指出鮑照在詩歌形式上的大膽創新，雖在當時遭至「險俗」之
譏，但歷史終究給予鮑照最公正的答案，鮑照在詩歌史上的貢獻的確

〔註54〕鄭振鐸著《插圖本中國文學》1，頁 185～186。
〔註55〕同前註 44，頁 346。
〔註56〕王運熙《樂府詩述論》（上海：上海古籍出版社，1996），頁 330、337。

是超出顏、謝二人的。此外，其他對於鮑照深入研究的學者如余學芳先生《鮑照詩析論》分從生平、內容、寫作特色、貢獻、鍾嶸詩品評價之商榷等角度分析，頗為全面，而李海元先生〈謝靈運與鮑照山水詩研究〉一文，針對鮑、謝二人山水詩，從生平、六朝文學觀、修辭技巧等相比較，剖析深刻，頗能看出鮑照山水詩受謝靈運影響的狀況及其差異之處。此外，大陸學者鍾優民先生《社會詩人鮑照》一書，視野宏闊，舉凡詩、文、賦、頌，皆有精譬的見解，條分剖析，引論淵博，字裏行間情感充沛，對於鮑照的成就推崇倍至。其他研究者如唐海濤先生、呂正惠先生、林文月先生、曹道衡先生等，不論從影響、主題、藝術技巧、情感思想等角度為論，皆有獨到創見，對於筆者啟迪甚大。

綜上所述，鮑詩一出，不僅在當代即有驚世動俗的情況，即使千古以下，歷隋唐兩宋至明清近代，莫不為評論家、詩人、文士、學者等所關注，鮑照生世，雖因才秀人微，在政治上屢值困頓，但在文學的國度裏，他始終是不寂寞的。雖然，鮑照是爭議性的人物，但其爭議性正來自於詩歌內容的豐富、藝術手法的多樣及其思想個性的獨特，這樣的詩人在中國文學史上是少見的，更何況是在虛弱綺靡的六朝詩壇，這境遇，注定了鮑照生時的孤寂，也注定了他生命的不朽。

第二節　鮑照詩的影響與貢獻

一、七言詩巨擘

王夫之云：「七言之製，斷以明遠為祖何？前雖有作者，正荒忽中鳥徑耳。柞域初拔，即開夷庚，明遠於此，實已範圍千古，故七言不自明遠來皆萎稗而已。」其實要論七言句法，早在先秦時就已產生，《詩經》中如〈秦風・黃鳥〉：「交交黃鳥止于桑」、〈小雅・小旻〉：「如彼築室于道謀」等皆是，故《文心雕龍・章句》云：「六言七言，雜

出詩、騷，而兩體之篇，成於西漢。」〔註57〕即認爲六言、七言間或出現於《詩經》、楚騷，然而其正式的成立則在西漢。但西漢高祖〈大風歌〉、武帝〈秋風辭〉，句中皆雜用兮字，形式仍未完備。及至東漢張衡〈四愁詩〉〔註58〕，才眞正具備了七言古詩的雛形。其一思曰：

> 我所思兮在太山。欲往從之梁父艱。側身東望涕霑翰。美人贈我金錯刀。何以報之英瓊瑤。路遠莫致倚逍遙。何爲懷憂心煩勞。

至於眞正使七言詩綻放文學光采的是魏文帝曹丕〈燕歌行〉二首，〔註59〕其一云：

> 秋風蕭瑟天氣涼，草木零落露爲霜，群雁辭歸雁南翔。念君客遊思斷腸，慊慊思歸戀故鄉，君何淹留寄他方。賤妾煢煢守空房，憂來思君不敢忘，不覺淚下沾衣裳。援琴鳴弦發清商，短歌微吟不能長，明月皎皎照我床。星漢西流夜未央，牽牛織女遙相望，爾獨何孤限河梁。

曹丕〈燕歌行〉，不論在句法組織、節奏韻腳、修辭造句、內容題材都比張衡〈四愁詩〉圓熟美妙、意象豐盈，可說是七言詩成立期。

西晉初年，傅玄亦曾仿張衡作〈四愁詩〉，其詩前序云：「昔張平子作四愁詩，體小而俗，七言之類也。」〔註60〕而晉陸機亦有〈燕歌行〉一首，並於〈鞠歌行〉序曰：「三言七言，雖奇寶名器，不遇知己，終不見重。願逢知己，以託意焉。」〔註61〕另〈百年歌〉十首，亦屬七言詩，然其藝術手法皆遠不如曹丕〈燕歌行〉，可見七言雖爲「奇寶名器」，但非妙手琢煉，終難綻放異采；而這七言妙手，自非鮑照莫屬。鮑照於七言詩最大的貢獻，不在於形式的開創，而在注入

〔註57〕劉勰著、王師更生注《文心雕龍讀本》（下）（台北：文史哲出版社，1991），頁120。
〔註58〕逯欽立輯校《先秦漢魏晉南北朝詩》（上）（台北：木鐸出版社，1988），頁180。
〔註59〕同前註，頁394。
〔註60〕同前註，頁573。
〔註61〕同前註，頁666。

一股清剛俊逸之氣於詩歌形式中，使這凡夫不敢輕易就手的七言詩，剎那間脫胎換骨，由「體小而俗」蛻變為體高而壯；後世譽其如「五丁鑿山」、「飢鷹孤出，奇矯無前」，斷言「明遠於此，實已範圍千古，故七言不自明遠來皆莫稗而已。」主要即就此精神氣骨而言。

此外，隔句用韻的七言詩，根據現存作品來看，直到劉宋鮑照才告正式形成，最早的隔句用韻七言詩，根據流傳至今的詩作而論，當推鮑照的〈擬行路難〉組詩、〈夜聽妓〉及其詩友湯惠休的〈秋思引〉。當年顏延之休、鮑之論，恐怕即著眼於此，而此種七言歌行，與民歌樂府關係頗深，此又其被評為「險俗」、「八音之鄭衛」的主要原因。

總之，鮑照七言詩在文學史上的地位，宜從其影響來評量，〈擬行路難〉組詩不但把隔句用韻的藝術手法，由民間提昇至詩壇，在精神內容上，更由輕靡而剛健，由貧虛而壯實，不論在形式與內容，皆為七言詩奠定了堅實的基礎。

二、邊塞詩前鋒

中國詩史上，從曹植以〈白馬篇〉作為邊塞題材開始，邊塞詩的發展便陷入停滯不前的狀態，直到鮑照創作更多反應邊塞生活和戰鬥場景的作品之後，才真正為唐代邊塞詩提供了充份發展的條件。

南北朝時期，南北戰亂、宗室相殘、民生流離、戍卒顛沛；從鮑照生平考察，鮑照嘗從始興王濬出鎮京口，城瓜步；竟陵王起兵廣陵，沈慶之討平，殺城中士民三千餘口，時鮑照客寓江北，見廣陵城湮，嘆而作〈蕪城賦〉，及至照晚年，更因子勛稱帝作亂，鮑照於荊州治中，見殛於亂兵。五十餘年的歲月中，遭值國家興衰盛亡，既有誓復中原之志，又難掩世亂國頹之悲，這種矛盾衝突的情結，使鮑照的邊塞詩有著一股激憤而又蒼涼的悲壯美，如〈代出自薊北門行〉的雄豪奇麗，〈代東武吟〉的悲涼傷感，〈擬行路難〉十八首之十四的悲慨哀傷，其中的民族之愛、戍卒之悲、邊塞之壯，或情或景，皆在鮑照雄健筆麾下燦然成采，給予後世，尤其是盛唐邊塞詩人高適、岑參極大

的啓發，爲中國邊塞詩史揭開動人魂魄的序幕。

　　及至盛唐，由於西北塞外突厥、回紇、吐蕃等相繼爲患，盛唐國勢強大，爲解除外患，戰爭未曾間斷。高適、岑參諸人即奮起於此，除立功沙場外，更以其本身豐富的經歷，發諸於詩，佈陣案頭、克敵尺檀，邊境風光奇景、塞外民俗異情，亦繼之揮筆而下，在我國詩歌史上大放瑰麗動人的異彩。

　　葉慶炳先生於《中國文學史》〔註62〕第十六講分析邊塞詩約有四大特點：

　　　　邊塞詩之特色，亦可分四點言之：一、詩體採五七言歌行
　　　　爲主，蓋律體有種種限制，較不適表現邊塞雄奇壯偉之場
　　　　面。鮑照擬行路難等作品，至此已發展成唐人新樂府，爲
　　　　邊塞詩人所樂於採用。二、內容以邊塞景色與戰爭場面爲
　　　　主，故描寫對象不外大風、大熱、大冰雪、大沙漠，以及
　　　　慘烈悲壯之戰爭，異國情調之胡樂。人物則都護、將軍、
　　　　征人、單于、胡姬、胡兒與虜騎，地名則天山、陰山、瀚
　　　　海、輪臺及疏勒，凡此種種，爲構成邊塞情調之基本因素。
　　　　三、風格豪邁雄放，以氣勢勝。四、作者均富有浪漫進取
　　　　之精神，及享樂主義之人生觀。

以上述四點衡諸鮑照邊塞詩篇，除第二點因時空變遷、朝代更遞而有不同外，其實鮑詩均已兼備；由此角度來肯定鮑照邊塞詩對後代邊塞詩的影響，應比單純從形式字句比勘因襲之跡，來得更全面而有意義。

三、李杜詩先驅

1. 李　白

　　朱熹《朱子語類》云：「鮑明遠才健，其詩乃選之變體，李太白專學之。」〔註63〕沈德潛亦認爲：「明遠樂府，如五丁鑿山，開人世所未有，後太白往往效之。」而李白詩作中，亦有多處提及鮑照，對

────────────

〔註62〕葉慶炳《中國文學史》（上）（台北：學生書局，1993），頁350。

〔註63〕朱熹《朱子語類》。

其人其詩的評價均高。如李白〈贈僧行融〉詩云:「梁有湯惠休,常從鮑照游;峨眉史懷一,獨映陳公出。卓絕二道人,結交鳳與麟。」〔註64〕把鮑照、陳子昂兩人喻爲鳳與麟,可見其對鮑照詩歌及人品的重視,而最早肯定鮑照與李白詩歌風格關係密切者,首推杜甫,其〈春日憶李白〉詩云:「白也詩無敵,飄然思不群;清新庾開府,俊逸鮑參軍。」〔註65〕更明確指出鮑、李兩人俊逸風格的同質性與影響性。

就整體而言,鮑照樂府,振古爍今,其俊逸風格,綺麗色彩,均以樂府爲主要的表現形式,而李白長句,清新俊逸,狂放不羈,更是後無來者,兩人的詩歌創作均以形式自由、節奏多變的樂府爲高,這現象在《樂府詩集》中表現的最清楚,在部份詩題的運用上更是前後輝映,各具風姿。如「雜曲歌辭」〈北風行〉二首,即收鮑、李二人,〈春日行〉三首,爲鮑照、李白、張籍;〈朗月行〉二首,鮑照、李白,〈結客少年場行〉九首,收鮑照、李白等九人;〈鳴雁行〉六首,收鮑照、李白等六人;〈空城雀行〉六首,收鮑照、李白等六人。而鮑照絕唱〈行路難〉組詩十八首,李白亦有三首;而以上這些同屬「雜曲歌辭」的七種詩題,均以鮑照發唱,李白應和,形成一種奇特而值得重視的現象。這現象啓示我們,鮑照在樂府詩中的崇高地位,以及李白對於鮑照的學習,絕非僅在字句摹擬,而旨在得其風神,並直接從選題上著手,畢竟形式、內容兩者在藝術風格的形成上,有著極密切關聯。而於此也反映出李白、鮑照的審美情趣,必有極大的相符程度。

如鮑照〈代結客少年場行〉:

> 驄馬金絡頭,錦帶佩吳鉤。失意杯酒間,白刃起相讎。追兵一旦至,負劍遠行遊。去鄉三十載,復得還舊丘。升高臨四關,表裏望皇州。九衢平若水,雙闕似雲浮。扶宮羅將相,夾道列王侯。日中市朝滿,車馬若川流。擊鐘陳鼎

〔註64〕詹鍈主編《李白全集校注彙釋集評》第四冊(天津:百花文藝出版社,1996),頁1844。

〔註65〕清・仇兆鰲注《杜甫全集》第一冊(廣東:珠海出版社),頁45。

食，方駕自相求。今我獨何爲，轗軻懷百憂。（三／192）

又李白〈結客少年場行〉〔註66〕：

> 紫燕黃金瞳，啾啾搖綠鬃。平明相馳逐，結客洛門東。少
> 年學劍術，凌轢白猿公。珠袍曳錦帶，匕首插吳鴻。由來
> 萬夫勇，挾此生雄風。託交從劇孟，買醉入新豐。笑盡一
> 杯酒，殺人都市中。羞道易水寒，從令日貫虹。燕丹事不
> 立，虛沒秦帝宮。武陽死灰人，安可與成功。

同是風神俊逸，氣勢矯捷。又如〈代鳴雁行〉，鮑詩云：

> 雝雝鳴雁鳴正旦，齊行命侶入雲漢。中夜相失群離亂，留
> 連徘徊不忍散。憔悴容儀君不知，辛苦霜雪亦何爲。（四／
> 223）

而李詩〈鳴雁行〉意同鮑照，其詩云〔註67〕：

> 胡雁鳴，辭燕山，昨發委羽朝度關。一一銜蘆枝，南飛散
> 落天地間，連行接翼往復還。客居煙波寄湘吳，凌霜觸雪
> 毛體枯，畏逢矰繳驚相呼。聞弦虛墜良可吁，君更彈射何
> 爲乎？

又如〈代空城雀〉，鮑詩爲：

> 雀乳四鷇，空城之阿。朝拾野粟，夕飲冰阿。高飛畏鴟鳶，
> 下飛畏網羅。辛傷伊何言，怵迫良已多。誠不及青鳥，遠
> 食玉山禾。猶勝吳宮燕，無罪得焚窠。賦命有厚薄，長歎
> 欲如何。（四／251）

李詩〈空城雀〉則作〔註68〕：

> 嗷嗷空城雀，身計何戚促？本與鷦鷯群，不隨鳳凰族。提
> 攜四黃口，飲乳未嘗足。食君糠粃餘，常恐烏鳶逐。恥涉
> 太行險，羞營覆車粟。天命有定端，守分絕所欲。

與〈鳴雁行〉皆用鮑照詩意而改辭說出，然其中追效之跡甚明，如〈鳴
雁行〉鮑照作「中夜相失群離亂，留連徘徊不忍散」，李詩云「南飛

〔註66〕同前註65，第二冊，頁606。
〔註67〕同前註，頁648。
〔註68〕同前註，頁983～984。

散落天地間，連行接翼往復還。」意相近矣，〈空城雀〉鮑詩「朝拾野粟，夕飲冰阿。高飛畏鴟鳶，下飛畏網羅。……賦命有厚薄，長歎欲如何。」李詩作「食君糠粃餘，常恐鳥鳶逐。……天命有定端，守分絕所欲。」意有何別？

其他如鮑照〈代白紵曲之一〉及李白〈白紵辭之一〉、李白〈夜坐吟〉與鮑照〈代夜坐吟〉，不論在題材、結構、描寫方式，皆十分相近；而在字句摹擬上，鮑照對李白的影響亦有跡可尋，如：

「風餐委松宿，雲臥恣天行。」（鮑照〈代昇天行〉）（三／174）

「雲臥三十年，好閑復愛仙。」（李白〈安陸白兆山桃花岩寄劉侍御綰〉）〔註69〕

「木落江渡寒，雁還風送秋。」（鮑照〈登黃鶴磯〉）（五／273）

「霜落江始寒，楓葉綠未脫。」（李白〈江上寄元六林宗〉）〔註70〕

「對案不能食，拔劍擊柱長嘆息。」（鮑照〈擬行路難〉十八首之六）（四／231）

「拔劍擊前柱，悲歌難重論」（李白〈南奔書懷〉）〔註71〕

羅根澤《樂府文學史・隋唐樂府》中即云：「……知唐代詞壇風氣，漸洗萎靡、脂粉、繁縟之習，走向振拔、質直、伉爽之途，此受建安及北朝之影響也，南朝惟一鮑照，能自振於流俗，故唐人亦每樂道之。胡適之謂高適最得力于鮑照，其實何止高適，唐代詩人得力于照者固甚多。……」〔註72〕而郁賢皓先生在〈論李白樂府的特質〉一文中更明確指出：「（李白）〈鳳台曲〉、〈鳳凰曲〉擬鮑照〈蕭史曲〉，……〈白紵辭〉、〈夜坐吟〉、〈空城雀〉、〈鳴雁行〉擬鮑照辭等等。」〔註73〕

此外，據莊美芳《李太白詩探源》研究指出：「王琦輯注中，有一二四則是太白陶鎔明遠詩句而來的，數量之多為各家第一。」〔註74〕

〔註69〕同前註65，頁1880。

〔註70〕同前註65，頁2050。

〔註71〕同前註65，第七冊，頁3494。

〔註72〕羅根澤《樂府文學史》（北京：東方出版社），頁183。

〔註73〕《李白學刊》第一輯（上海：上海三聯書店），頁42。

〔註74〕莊美芳《李太白詩探源》，私立東吳大學中研所75年碩士論文，頁

另據大陸學者徐健順〈論李白的文學思想及其歷史地位〉〔註75〕一文，
則針對李白詩歌引用歷代詩人作品十次以上者作出統計：鮑照（133）、
謝靈運（110）、江淹（106）、詩經（93）、屈原（87）、曹植（70）、謝
朓（62）、陸機（60）等。由此可知，不論一二四則，或一三三則，均
明白顯示鮑照對李白的影響之大。

2. 杜　甫

　　鮑照對詩仙李白的影響，主要在於樂府歌行，而對於詩聖杜甫的
影響，主要則在於五言古詩。前者以其俊逸雄渾使詩仙折服，後者則
以沈摯雕琢影響詩聖。

　　呂正惠先生〈鮑照與杜甫〉〔註76〕一文中即云：

> 一般文學史總是一再重覆鮑照─李白的傳承關係，透過五
> 言詩的研究可以證明，鮑照對於杜甫的影響並不下於李
> 白，甚至還要超過李白。就文學史的意義來說，鮑照─杜
> 甫的傳承關係或許比鮑照─李白的關係還要重要。至少，
> 透過鮑照的五言詩，研究鮑照對杜甫的影響，可以彌補詩
> 史上的一個大漏洞，從而更清楚的認識鮑照的雙重重要性。

整體而言，杜甫主要從寫實精神、琢字煉句，二方面受到鮑照的影響，
而從這二方面考察，則鮑照實為六朝時代具體而微的杜甫。

　　在寫實精神方面，鮑照〈擬古〉八首之六：

> 束薪幽篁裏，刈黍寒澗陰。朔風傷我肌，號鳥驚思心。歲
> 暮井賦訖，程課相追尋。田租送函谷，歊稿輸上林。河渭
> 冰未開，關隴雪正深。笞擊官有罰，呵辱吏見侵。不謂乘
> 軒意，伏櫪還至今。（六／343）

及〈觀園人藝植〉：「善賈笑蠶漁，巧宦賤農牧。遠養遍關市，深利窮
海陸。乘軺實金羈，當壚信珠服。居無逸身伎，安得坐梁肉。」（六

261。
〔註75〕徐健順〈論李白的文學思想及其歷史地位〉。
〔註76〕呂正惠〈鮑照與杜甫〉（《幼獅學誌》，第十五卷，第二期），頁 87～
　　　　88。

／377）等詩，即使以現代的眼光來看，前首描寫一個「末皂」的悲苦，實已超越一切詠懷、詠史、擬古的傳統，而後者則是鮑照生活於中下階層，接近眞實民生苦痛的感受；這兩首詩，爲六朝所僅有，而實已開啓了杜甫「朱門酒肉臭，路有凍死骨」，及「三吏」、「三別」、「羌村」等社會寫實詩，當然，就整體而言，鮑照寫實的深度、廣度還是遠不及杜甫的。

在鍛煉字句方面，鮑照作品中，最能看出其鍛煉字句工夫的是描寫廬山的四首詩。而鮑照山水詩之於謝靈運山水詩，其間的承繼與獨創，許多學者均有專文探討，此不詳述，簡言之即謝、鮑兩人皆透過「巧構形似」的鍛字手法，前者勾勒出的是一幅華美、幽深的山水；而鮑照所構築的山水世界，卻是崢嶸奇峭、幽深凝重。方東樹《昭昧詹言》〔註77〕即云：

> 作詩固是貴有本領，而字句率滑，不典不固，終無以自拔於流俗。今以鮑、謝兩家爲之的，於謝取其華妙章法，一字不率苟隨意；於鮑取其生峭澀奧，字字鍊，步步留，而又一往俊逸。

方東樹一方面指出鮑的「澀奧」異於謝的「華妙」，又而說明了謝的「不率苟」和鮑的「字字鍊」有其相似之處。鮑照對於謝靈運評價甚高，在文學鍛煉的工夫上，鮑照明顯的受到謝的影響，然又因家世、境遇的差異，使兩人筆下的山水，反射出了不同的生命光采；杜甫在這方面的表現，無疑是較近鮑照的；如以鮑照的〈登廬山〉和杜甫的〈青陽峽〉相比，便可了解兩人在偏好奇峭崢嶸而掃卻華妙幽靜的相似性。其他一些字、意工整的對句，如「風烈無勁草，寒甚有凋松」（〈從拜陵登京峴〉）（五／257）、「松色隨野深，月露依草白。」（〈遇銅山掘黃精〉）（六／379）、「廣岸屯宿陰，懸岸棲歸月。」（〈岐陽守風〉）（五／322）等，這些字句與杜甫律詩中的許多對仗是多麼相似，而杜甫在用字遣詞上追步鮑照者亦不少：

〔註77〕方東樹《昭昧詹言》，頁168。

「馬毛縮如蝟」（鮑照〈代出自薊北門行〉）（三／165）
「牛馬毛寒縮如蝟」杜甫〈前苦寒行〉〔註78〕
「拔劍擊柱長嘆息」（鮑照〈擬行路難〉十九首之六）（四／231）
「拔劍斫地歌莫哀」（杜甫〈短歌行贈王郎司直〉）〔註79〕

可見杜甫受鮑照影響的確是十分深厚，值得進一步深入研究。

　　綜上所言，不論李白、杜甫，在風格、造句遣詞、創作精神等方面，均受鮑照影響；正如陳祚明《采菽堂古詩選》所云：「（鮑照）樂府則弘響者多，古詩則幽尋者眾。」王世貞《藝苑厄言》卷四曰：「太白以氣爲主，以自然爲宗，以俊逸高暢爲貴；子美以意爲主，以獨造爲宗，以奇拔沈雄爲貴。」〔註80〕則李白明顯的秉承了鮑照樂府長句的弘響俊逸，杜甫則追步於鮑照五言古詩的幽深沈摯。

〔註78〕同前註66。
〔註79〕同前註66，第三冊，頁1534
〔註80〕丁福保輯《歷代詩話續編》中，（台北：木鐸出版社，1988），頁1005。

結　論

　　世界，是個巨大的舞台；舞台上，有各式各樣不的角色扮演，每
個角色莫不希望自己出場時有著豪華的排場，眾星拱月般的配角圍
繞。唯獨有一個角色，在舞台上搬演時，往往是孤燈一盞，禿筆幾支、
素紙盈案，而沒有討喜的台詞；即使有，便是一筆筆沈默的文字，沒
有誇張的動作，即使有，便是二步一吟，五步一嘆，一付失魂落魄的
模樣；這角色在演出的過程，沒有對手，對手便是自己的影子，沒有
掌聲，即使有掌聲，那時，這演出者自己也成了觀眾。這真是最吃力
不討好的角色，然而這角色，卻也不是一般人可扮演好的。寂寞是心
的獵人，這角色卻以更孤絕的方式去對抗寂寞、凌駕寂寞，或者安於
寂寞。這角色就叫詩人。

　　鮑照，是六朝時代一個最最寂寞的詩人。沒有門蔭可資，在政治
舞台上，便只能搬演沒有隨從的獨角戲；少有詩友標榜，在文學舞台
上，便只能是一個苦心孤詣的獨誦者。然而，當我們跳脫當時的歷史
場域，在千百年後的今日，重新審視鮑照所遺留下來的詩歌創作，卻
不禁為其驚人的創作天才而讚嘆；而其作品的藝術成就與影響貢獻，
主要可歸納為以下數點：

一、題材內容的豐富性

　　從鮑照現存的詩歌，依題材性質加以類聚群分，計可分為（一）

抒情,(二)詠懷,(三)山水,(四)邊塞,(五)游俠,(六)游仙,(七)詠史,(八)詠物,(九)隱逸等九種;內容涵蓋抒情詩與敘事詩兩大系統。而其抒情詩更包含了親情、愛情、友情等主題,詠懷詩則反映了個人內在世界的人生態度與思想意識,對於當時國計民生的凋敝及政治環境的黑暗殘酷,亦頗有敘述。而山水詩方面,鮑照可說是步趨於謝靈運之後,融合其藝術手法於自身的情志之中,而營構出一個有別於謝靈運華麗山水的奇峭天地,成為大謝、小謝山水詩派間的一個重要詩人;至於邊塞等題材之創作,更對盛唐邊塞詩的影響至為深遠,對於詩國的開疆拓土,可謂居功甚偉。

對於個別詩人的影響,更分從雜言樂府與五言古詩兩方面,影響了詩仙李白與詩聖杜甫,遺澤之深廣,更值得從文學發展史的角度,對其貢獻重新評估與定位。

至於題材的選擇上,鮑照最為突出的是頻向民歌樂府取資,勇於抒寫社會的不公,為世井小民請命;並在懷才不遇的詠懷詩歌中,注入了厚實深沉的反省力,超越了孤芳自賞、狹隘自憐的眼光。鮑照豐實廣博的創作力,無異為後代詩人打開了多扇封閉的門窗,讓他們看見了青空,看見了綠野,也看見了胼手胝足,勤奮卑微的芸芸眾生。

二、修辭技巧的多樣性

修辭技巧就是語言的煉金術,古典詩人在創作形式的限制中,分別以濃縮和擴大的方法,將語言結構高度地向內凝縮,而將其蘊涵企圖無限的向外延展。向內凝縮,便使得語言更加精煉;向外延展,便增加了字詞的負載意涵,增加想像悠游的空間。鮑照所擅長的「煉金術」極多,他妙用譬喻、誇張,奇警撼人;他引經據典,正反兼用,夸飾才學;他發唱驚挺,設問頻頻,炫人心魂,且時而對偶精工,節奏遒勁,操調險急;時而轉化、映襯,婉轉曲折、吞吐其言。由此觀之,鮑照可謂深知藝術創作之道,首在求新求變,以前人的成就為基石,卻不受其拘限,翻空出奇,展現藝術手法極高的修辭技巧。

三、風格神韻的獨特性

　　風格，是內容、形式與創作者生命氣韻的綜合展現。鮑照以其嶔崎磊落之志，奮勵於門閥貴族把持的時代環境中，其生命骨力的展現，本就極高邁、極雄健，加上詩歌題材的豐富與修辭手法的多樣，揉合摶聚，遂形成了「俊逸」、「奇麗」、「悲慨」、「委曲」等四種風格。較之於六朝的綺靡，當時大多數詩人詩歌的風格單調，內容貧乏的情況下，鮑照變化多樣的風格特色，的確能上挽曹劉，下開李杜，而成為六朝詩壇中，節奏雄渾、音色華亮的獨唱。

四、影響貢獻的長遠性

　　鮑照對於詩壇的影響與貢獻，既深且廣；在形式上，七言詩從附庸而成大國，鮑照稱得上是「開國功臣」；而用韻節奏上，則改句句用韻的板實，而為隔句用韻的錯落有致。在題材上則開闢「邊塞」，取資民歌，擴大深化了詩國的領域；而在風格、修辭等藝術成就，更影響李、杜，為中華詩壇的兩大巨峰奠立了厚實的基礎。

　　自六朝以來，關於鮑照的評論與研究，所在多矣！然而評價褒貶不一，至近代以來，由於文學觀念的改變，始能從較全面而客觀的角度評論鮑照，本文的寫作，主要動機即希望透過諸多前輩學者的啟益，從生平、內容題材、修辭技巧、風格特質、歷代評論與影響貢獻等角度，針對鮑照作整體的綜合研究，基於以上研究的成果顯示，從形式、內容、影響、貢獻整體來考量，鮑照實為元嘉時代最傑出的詩人，是南朝詩國最雄壯豪邁而惠澤百代的浩浩大江！

參考書目

一、專書類

（一）

1. 唐・房玄齡《晉書》，台北：鼎文書局，1915 年。
2. 梁・沈約：《宋書》，台北：鼎文書局，1975 年。
3. 唐・李延壽：《南史》，台北：鼎文書局，1976 年。
4. 陳致平：《中華通史》，台北：黎明文化公司，1978 年。
5. 宋・張敦頤：《六朝事述》，台北：新文豐出版社，1985 年。

（二）

1. 鮑照：《鮑明遠集》，明正德間庚午朱應登刊本，台灣大學圖書館館藏。
2. 薛應旂編：《鮑氏集》，明嘉靖間刊六朝詩集本，國家圖書館館藏。
3. 鮑照：《鮑明遠集》，明萬曆汪士賢刊漢魏六朝二十名家集本，國家圖書館館藏。
4. 鮑照：《鮑參軍集》，明崇禎間張溥刊漢魏六朝百三家集本，國家圖書館館藏。
5. 鮑照：《鮑明遠集》，欽定四庫全書集部，台北：商務印書館。
6. 鮑照、鮑令暉，清・錢振倫注、黃節補注《鮑參軍詩注鮑令暉詩注》，台北：世界書局，1962 年 3 月。
7. 鮑照，葉菊生校訂：《鮑參軍詩注》，台北：華正書局，1975 年台一

版。

8. 鮑照，錢仲聯校注：《鮑參軍集注》，上海古籍出版社，1980 年。

9. 鮑照，錢仲聯集注：《鮑參軍集注》，台北：木鐸出版社，1982 年。

（三）

1. 蕭統著、張葆全審訂：《昭明文選》，台北：黎明文化公司，1995 年。

2. 梁‧徐陵：《玉臺新詠》，台北：世界書局，1972 年。

3. 南宋‧郭茂倩：《樂府詩集》，台北：里仁書局，1984 年。

4. 明‧王夫之著、張國星校點：《古詩評選》，文化藝術出版社，1997 年 3 月。

5. 逯欽立輯：《先秦漢魏晉南北朝詩》，台北：木鐸出版社，1988 年。

6. 清‧丁福保：《全漢三國晉南北朝詩》，台北：世界書局，1978 年。

7. 清‧曾國藩：《評點注音十八家詩抄》，台北：文源書局，1986 年。

8. 清‧沈德潛選、王純父箋注：《古詩源箋注》，台北：華正書局，1986 年。

9. 清‧王士禎撰、方東樹評：《方東樹評古詩選》，台北：聯經出版社，1975 年。

10. 方東樹：《昭昧詹言》，台北：漢京出版公司，1985 年。

11. 劉熙載：《藝概》，台北：華正書局，1988 年。

12. 余冠英選注：《漢魏六朝詩選》，香港：三聯書店，1995 年 8 月。

（四）

1. 梁‧鍾嶸撰、汪中注：《詩品注》，台北：正中書局，1969 年。

2. 梁‧鍾嶸撰、曹旭集注：《詩品集注》，上海古籍出版社，1994 年。

3. 丁福保輯：《歷代詩話續編》，台北：木鐸出版社，1988 年。

4. 丁福保輯：《清詩話》，台北：西南書局，1979 年。

5. 張夢機：《歐波詩話》，台北：漢光文化事業公司，1984 年 5 月。

（五）

1. 吳丕績：《南朝宋鮑明遠先生年譜》，台北：商務印書館。

2. 吳德風：《鮑照生平及其作品校正》，政大碩士論文，1966 年。

3. 金惠峰：《鮑照詩研究》，師大碩士論文，1982 年。

4. 余學芳：《鮑照生平及其詩文研究》，台北：驚聲文物供應公司。

5. 余學芳：《鮑照詩析論》，台北：黎明文化公司，1985 年。

6. 陳慶和：《鮑照樂府詩研究》，東海大學碩士論文，1989 年。

7. 呂正惠：《杜甫與六朝詩人》，台北：大安出版社，1989 年 5 月。

8. 鍾優民：《社會詩人鮑照》，台北：文津出版社，1994 年 2 月。

（六）

1. 劉大杰：《中國文學發展史》，台北：華書局，1990 年 7 月。

2. 葉慶炳：《中國文學史》(上、下)，台北：學生書局，1992 年 9 月。

3. 王瑤：《中古文學史論》，台北：長安出版社，1975 年。

4. 徐嘉瑞：《中古文學概論》，台北：鼎文書局，1977 年。

5. 胡適：《白話文學史》（第一編），台北：遠流出版公司，1992 年。

6. 黃紹清：《中國詩歌寫作史》，廣西教育出版社，1994 年 8 月。

7. 庄嚴、章鑄著：《中國詩歌美學史》，吉林大學出版社，1994 年 10 月。

8. 羅根澤：《樂府文學史》，台北：文史哲出版社，1991 年 1 月。

9. 丁成泉：《中國山水詩史》，台北：文津出版社，1995 年 8 月。

10. 周振甫：《中國修辭學史》，台北：洪葉出版公司，1995 年 10 月。

11. 羅根澤：《魏晉六朝文學批評史》，台北：台灣商務印書館，1996 年。

12. 敏澤著：《中國美學思想史》（一〜三卷），山東：齊魯書社，1989 年 8 月。

13. 吳功正：《六朝美學史》，江蘇：美術出版社，1996 年 4 月。

14. 韋政通：《中國思想史》，台北：水牛出版社，1992 年。

15. 湯承業：《中國政治制度史》，台北：黎明文化公司，1980 年。

（七）

1. 洪順隆：《六朝詩論》，台北：文津出版社，1978 年。

2. 王文進：《論六朝詩中巧構形似之言》，師大碩士論文，1978 年。

3. 陳沆：《詩比興箋》，台北：廣文書局，1979 年。

4. 王次澄：《南朝詩研究》，東吳大學博士論，1982 年。

5. 王運熙：《六朝樂府與民歌》，台北：新文豐出版公司，1982 年 8 月。

6. 吳宏一主編：《中國古典文學論文精選叢刊‧詩歌類》，台北：幼獅文化公司，1985 年。

7. 朱光潛：《詩論》，台北：國文天地，1990 年。

8. 黃永武：《中國詩學》（四冊），台北：巨流圖書公司，1991 年 5 月。

9. 吳炳輝：《六朝哀挽詩研究》，政大碩士論文，1991 年。

10. 高莉芬：《元嘉詩人用典研究》，政大博士論文，1993 年。

11. 常振國、降雲：《歷代詩話論作家》，台北：黎明文化公司，1994 年。

12. 童慶炳：《中國古代心理詩學與美學》，台北：萬卷樓，1994 年。

13. 王運生：《論詩藝》，雲南人民出版社，1994 年 6 月。

14. 古遠清、孫光萱：《詩歌修辭學》，湖北教育出版社，1995 年 10 月。

15. 楊成鑒：《中國詩詞風格研究》，台北：洪葉文化公司，1995 年 12 月。

16. 逢甲大學中文系所編：《中國文學理論與批評論文集》，台北：新文豐出版公司，1995 年。

（八）

1. 董季棠：《修辭析論》，台北：益智書局，1988 年四版。

2. 黃師永武：《字句鍛鍊法》，台北：洪範書局，1989 年六版。

3. 沈師謙：《文心雕龍與現代修辭學》，台北：益智書局，1990 年。

4. 沈師謙：《修辭學》（上）（中）（下），台北：國立空中大學，1991 年。

5. 張雙英：《中國文學批評的理論與實踐》，台北：國文天地，1990 年 10 月。

6. 梁‧劉勰撰、王師更生注：《文心雕龍讀本》，台北：文史哲出版社，1991 年。

7. 詹鍈：《文心雕龍的風格學》，台北：正中書局，1994 年 4 月。

8. 古田敬一撰、王偉勇編審：《中國文學的對句藝術》，台北：祺齡出版社，1994 年。

9. 王夢鷗：《中國文學理論與實踐》，台北：時報出版社，1995 年 11 月。

10. 王夢鷗：《傳統文學論衡》，台北：時報出版社，1991 年 4 月。

（九）

1. 廖蔚卿：《六朝文論》，台北：聯經出版事業公司，1978 年 4 月。

2. 朱義雲：《魏晉風氣與六朝文學》，台北：文史哲出版社，1980 年。

3. 鄭毓瑜：《六朝情境美學綜論》，台北：學生書局，1996 年 3 月。

4. 林童照：《六朝人才觀念與文學》，文大碩士論文，1991 年。

5. 顏進雄：《六朝服食風氣與詩歌》，文大碩士論文，1992 年。

6. 北京大學文學史教研室選注：《魏晉南北朝文學參考資料》，台北：里仁書局，1992年。

7. 陳書良：《六朝煙火》，北京：現代出版社，1992年6月。

8. 袁濟喜：《六朝美學》，北京大學出版社，1992年8月。

9. 駱玉明、張宗原著：《南北朝文學》，安徽：教育出版社，1994年4月。

10. 李澤厚：《美的歷程》，台北：風雲時代出版社，1994年7月。

11. 黨聖元：《六朝悲音》，陝西：人民教育出版社，1994年10月。

（十）

1. 張其昀監修、程先裕、徐聖謨主編：《中國歷史地圖》，台北：中國文化大學印行，1980年。

2. 李春祥主編：《樂府詩鑑賞辭典》，中州古籍出版社，1992年1月。

3. 張習孔、田鈺：《中國歷史大事編年》，台北：黎明文化公司，1994年。

4. 吳小如、王運熙、曹道衡等：《漢魏六朝詩鑑賞辭典》，上海辭書出版社，1996年5月。

二、期刊論文類

1. 吳德風：〈鮑照年譜補證〉，《幼獅學誌》，五卷一期。

2. 龔鵬程：〈由鮑照詩看六朝的人生孤憤〉，《鵝湖》，三卷四期。

3. 呂正惠：〈鮑照詩小論〉，《文學評論》，第六集（巨流）。

4. 呂正惠：〈鮑照與杜甫〉，《幼獅學誌》，第十五卷二期。

5. 林文月：〈鮑照與謝靈運的山水詩〉，《文學評論》，第二集（巨流）。

6. 鄭毓瑜：〈漢代至六朝「比興」觀念的演變及其所形成的審美論點〉，《文學評論》，第九集（巨流）。

7. 蔡英俊：〈試論「比」、「興」觀念的演變及其理論意義〉，《文學評論》，第九集（巨流）。

8. 許東海：〈從《昭明文選》論鮑照別離詩〉，《國立中正大學學報》人文分冊，1995年第六卷第一期。

9. 許東海：〈論張協、鮑照詩歌之「巧構形似」與辭賦之關係〉，《國立中正大學學報》人文分冊，1997件第八卷第一期。

10. 王次澄：〈南朝詩的修辭特色〉，《古典文學》，第四集，台北：學生書局，1982年。

11. 唐海濤：〈鮑照詩中之蟬聯句〉，《中外文學》，十三卷九期（P134～142）。

12. 唐海濤：〈鮑照的「擬行路難」上，《國立中央圖書館館刊》，十九卷二期。

13. 唐海濤：〈鮑照的「擬行路難」下，《國立中央圖書館館刊》，二十卷一期。

14. 唐海濤：〈鮑照模擬詩的成就〉，《國立中央圖書館館刊》，新二十卷二期。

15. 唐海濤：〈鮑照詩中的對偶句〉，《中華文化復興月刊》，二十一卷第三期。

16. 唐海濤：〈鮑照詩文中所表現的鄉土家人之戀〉，《中華文化復興月刊》，二十一卷第四期。

17. 唐海濤：〈鮑照與杜甫〉，《幼獅學誌》，第十九卷第四期。

18. 唐海濤：〈鮑照的「贈故人馬子喬」六首〉，《中華文化復興月刊》，二十一卷第二期。

19. 廖蔚卿：〈從文學現象與文學思想的關係談六朝－「巧構形似之言」的詩〉下，《中外文學》，三卷八期。

20. 廖蔚卿：〈南朝樂府與當時社會的關係〉，《台灣大學文史哲學報》，三期。

21. 洪順隆：〈六朝詠物詩研究〉，《大陸雜誌》，五十六卷三、四期。

22. 高郁婷：〈從《擬行路難》十八首看鮑照詩的文學價值〉，《孔孟月刊》，第三十三卷第五期。

23. 李伯勳等：〈讀鮑照研究〉，《四川大學學報》，1958年第一期。

24. 張志岳：〈鮑照及其詩新探〉，《文學評論》，1979年一期。

25. 蕭月賢、尹建章：〈關於鮑照詩的評價－與張志岳同志商榷〉，《鄭州大學學報》，1980年第三期。

26. 袁行霈：〈論意境〉，《文學評論》，1980年四期。

27. 王志民：〈俊逸鮑參軍〉，《內蒙古師院學報》，1981年第二期。

28. 王錫榮：〈鮑照的《梅花落》試解〉，《吉林大學社會科學學報》，1982年第三期。

29. 王長發：〈論鮑照的懷才不遇〉，《江海學刊》，1982年第五期。

30. 王長發：〈論組詩《擬行路難》十八首的主題〉，《南京大學學報》，1982年第二期。

31. 朱思信：〈關於鮑照身世的幾個問題〉，《新疆大學》，1983年第四期。

32. 丁福林：〈試論鮑照詩歌的「俊逸」特色〉，《文學遺產》，1983 年第三期。

33. 凌迅：〈試論鮑照于齊梁之際的文學影響〉，《東岳論叢》，1984 年第四期。

34. 丁福林：〈鮑照詩文繫年考辨〉，《文史知識》，1984 年第四期。

35. 丁福林：〈論鮑照的社會詩〉，《鎮江師專學報》，1995 年 3 月。

36. 吳錦：〈擬古與寫實－讀鮑照《擬古八首》之三《幽并重騎射》〉，《文史知識》，1984 年第四期。

37. 王毅：〈鮑照政治命運及其詩文風格再認識〉，《文學評論》，1988 年第六期。

38. 徐尚定：〈南朝文學思想演變的邏輯起點－劉宋詩歌思想初探〉，《杭州大學學報》，1988 年第十八卷第二期。

39. 敏澤：〈關於傳統美學批評的兩種標準問題〉，《文藝研究》，1989 年四期。

40. 胡大雷：〈論鮑照「俊逸」藝術風格構成的主觀因素〉，《廣西民族學院學報》，1989 年第一期。

41. 余蓋：〈文學觀念的演進與詩風的變異〉，《杭州大學學報》，第十九卷四期。

42. 朱志榮：〈中國美學的時空觀〉，《文藝研究》，1990 年第一期。

43. 戴燕：〈論六朝詩歌聲律說的美感效應〉，《文藝研究》，1990 年第一期。

44. 陳貽焮：〈鮑照和他的作品〉，《文學遺產》，增刊第一輯。

45. 王成杰：〈劉宋時代的傑出詩人－鮑照〉，《貴州民族學院學報》，1993 年第四期。

46. 王鍾陵：〈中古詩歌史的邏輯進程〉，第三屆魏晉南北朝文學國際學術研討會。

47. 蘇瑞隆：〈南朝的文學品味與鮑照作品的評價〉，第三屆魏晉南北朝文學國際學術研討會。